刘晓蕾 — 著

作为欲望号的

金瓶梅

Copyright © 2021 by SDX Joint Publishing Company.
All Rights Reserved.

本作品版权由生活·读书·新知三联书店所有。
未经许可，不得翻印。

图书在版编目（CIP）数据

作为欲望号的《金瓶梅》／刘晓蕾著. —北京：
生活·读书·新知三联书店，2021.5（2023.10 重印）
ISBN 978-7-108-07060-9

Ⅰ.①作…　Ⅱ.①刘…　Ⅲ.①《金瓶梅》-小说研究
Ⅳ.① I207.419

中国版本图书馆 CIP 数据核字（2021）第 007020 号

责任编辑	崔　萌
装帧设计	刘　洋
责任校对	张国荣
责任印制	李思佳
出版发行	生活·讀書·新知 三联书店
	（北京市东城区美术馆东街 22 号 100010）
网　　址	www.sdxjpc.com
经　　销	新华书店
印　　刷	三河市天润建兴印务有限公司
版　　次	2021 年 5 月北京第 1 版
	2023 年 10 月北京第 2 次印刷
开　　本	635 毫米 × 965 毫米　1/16　印张 22
字　　数	246 千字
印　　数	10,001-13,000 册
定　　价	59.00 元

（印装查询：01064002715；邮购查询：01084010542）

每一个配角，内心都有一个黑暗的江湖　　137

生死问题

李瓶儿：「尽好匹红罗，只可惜尺头短了些」　　157

宋蕙莲：「世间好物不坚牢」　　159

葡萄架下的性与死　　187

那一届商人的欲望和恐惧　　204

乱红错金　　223

《金瓶梅》写市井，《红楼梦》写贵族　　241

《金瓶梅》写中年，《红楼梦》写少年　　243

一代又一代中国人，在饭桌上沉沦　　261

从《水浒传》到《金瓶梅》再到《红楼梦》，呈现的是文明的阶梯　　278

后　记　　305

　　329

目录

前　言 ... 001

伤花怒放

她们的痛与美

我是潘金莲（上）：「买金偏撞不上卖金的」 ... 001

我是潘金莲（下）：「可惜你一段儿聪明，今日埋在土里」 ... 003

王六儿：一个平行世界里的潘金莲 ... 019

另眼相看

西门庆（上）：每个人心里都有一个西门庆 ... 042

西门庆（下）：「叹浮生有如一梦里」 ... 059

应伯爵：一个帮闲的自我修养 ... 075

... 077

... 099

... 114

前言

我是一个资深红迷。

第一次翻《金瓶梅》时,我还年轻,感觉文字和人物太粗粝,难以下咽。到了三十多岁,再度翻开《金瓶梅》,读着竟不舍得撒手,好似林黛玉在桃树下读《西厢》,只觉通篇锦绣,余香满口。待读到李瓶儿之死,更是潸然泪下,原来《金瓶梅》这么好!

赞叹之余,还有点不甘心。毕竟,自己兜兜转转多年,终于找到真爱《红楼梦》,难道要移情别恋了吗?

经过两年的"挣扎",终于想明白:我又何苦呢?兼爱不更好吗?然后,我就心安理得左手《红楼梦》,右手《金瓶梅》,并深刻体会到张爱玲说的:"《红楼梦》和《金瓶梅》是我一切的源泉。"

对我而言,金红虽算不上"一切的源泉",却是我生命的重要组成部分。

《金瓶梅》和《红楼梦》的气质,绝对大相径庭。大观园里水草丰美,诗意盎然;清河县则欲望升腾,金钱主宰一切。

在《红楼梦》里,我们很容易找到喜欢的角色,为捍卫自己的所爱，拥黛派和拥钗派打了多年的口水仗，谁也不服谁。

如果我问：你喜欢《金瓶梅》里的谁呢？恐怕就不好回答了。

读《金瓶梅》是需要机缘的。

任何年龄都能走进《红楼梦》，读《金瓶梅》，要去接受一个因过于诚实而处处有冒犯和挑战的世界，可能更需要耐心、阅历和理解力。

更何况，处处都有偏见和成见，潘金莲、西门庆早就成了特定的文化符号。有一部《我不是潘金莲》的电影，女主角为证明自己不是潘金莲，拼命上访。她没文化，没读过《水浒传》和《金瓶梅》，但她知道潘金莲是个淫妇。

潘金莲是在《水浒传》里定型的。

《水浒传》作者关注的是男性，对女性没什么耐心。但《金瓶梅》的作者一反文化的常态，写了女性的心思和欲望，并给予理解与慈悲。作者承认潘金莲们有罪，不配有好的结局，但作者能看见她们在受苦，也能看见她们的美。

同样，说一个人像西门庆，几乎每个人都能心领神会。但《金瓶梅》里的西门庆，虽然放纵、粗陋和肤浅，却很有人情味：他吃饭抢着埋单，美食舍得分享，也开得起玩笑，做他的朋友，可能很愉快。

看上去，这些人欲望沸腾，活得烂糟糟的，他们的生活喧闹无比，他们的内心一片荒凉。《金瓶梅》的作者却不认为他们是坏人，在他笔下，这些人只是不够好。

这是《金瓶梅》作者的厉害之处，他有本事让我们放下傲慢，从这些人身上辨认出自己，并承认自己没想象中那么好。所以，保持开放的心态，不急于下价值判断，这是我读《金瓶梅》

最大的收获。

要注意的是,《金瓶梅》的世界里,没一个种地的,人人都做生意,这是一个崭新的商业社会和城市空间。

只有在城市里,西门庆才会遇到潘金莲,才会创建他的商业帝国,才会性资源多到爆。至于应伯爵,都说他是帮闲、是寄生虫、是丑角,但在这个新世界里,应伯爵承担了新的功能,比如中介和心理按摩师。

如今,我们也生活在城市里,身边不乏西门庆、潘金莲和应伯爵们……早在四百多年前,《金瓶梅》的作者就看见他们了。

《金瓶梅》的世界其实很现代,比《红楼梦》离我们更近。

它的内涵如此丰富,如此驳杂。从文学的角度,看见人心如海;从哲学的角度,看见生死与虚无;从经济的角度,看见商业社会;从性别的角度,看见男人和女人;儒家看见颠覆,道家看见贪生,佛家看见"贪嗔痴"。

我更愿意把《金瓶梅》看作凡人生死书。兰陵笑笑生下笔狠辣,心怀慈悲,写透了中国人的生与死,人心与欲望。

还有,讨论《金瓶梅》,离不开《水浒传》和《红楼梦》,把这三本书对照阅读,会发现更多的秘密。在这本书里,我就是这样做的。

伟大的文学,就是民族的寓言,人性的寓言。

最后,感谢独一无二的潘向黎,感谢独具慧眼的王竞,感谢原《腾讯·大家》的贾嘉和编辑同仁,还有我的先生蓝京华。

没有你们,就没有这本书。

伤花怒放

她身上有强悍的生命力,也有破败宇宙的深渊,注定不得好死。莎士比亚让罗密欧说:『狂暴的欢愉,必将以狂暴结束。』是的,她必将摧毁自己。

她们的痛与美

1

《金瓶梅》的故事,从西门庆、潘金莲和武大、武松开始,这个创意来自《水浒传》。

《水浒传》是男人的传奇。施耐庵笔下的女人,但凡漂亮的,都爱偷汉子,最后也都不得好死。好人孙二娘和顾大嫂,不是"母夜叉"就是"顾大虫"。好不容易有个好看又正点的扈三娘,却像提线木偶,还被嫁给了"矮脚虎"王英。

有人说施耐庵"直男癌",但这标签贴得似乎也不对。

你看,他写"淫妇"们偷情,笔法旖旎,津津有味——

潘金莲撩武松,先跟叔叔单独喝小酒,接着就问人家:我听说,叔叔养着一个唱的?说着风话,还去人家肩头只一捏:叔叔,只穿这些衣服不冷吗?最后使出撒手锏,筛一盏酒,自喝了一口,剩了大半盏,看着武松道:"你若有心,吃我这半盏儿残酒。"

这撩汉的功力!一般人真扛不住,但武松不是一般人,是"钢铁直男"。

写阎婆惜爱上白面小生张三郎，疏远了舞枪弄棒的黑粗宋江。阎婆想让二人和好，把宋江拉过来，在下面喊：儿啊，你的三郎来啦。阎婆惜飞也似的下楼，却发现不是她的张三郎，而是黑三郎，一扭头又上了楼。

而潘巧云跟师兄裴如海的故事，更像偷情教科书一样，两人商定时间、地点、方式，还别出心裁，拉了一个和尚当更夫报时。

直男编不出这样的剧本，写不出这一路的迤逦，可是，他又让她们死得这么惨，个个都被开肠破肚。为何？因为他觉得这些女人太危险。你看，潘金莲一口一个"叔叔"，潘巧云看见师兄心眼俱开，阎婆惜躺在床上思念张文远……她们个个风情万种，散发着危险的气息。

宋江劝"矮脚虎"王英：但凡好汉犯了"溜骨髓"三个字的，好生惹人耻笑。他自认好汉，只爱学枪使棒，于女色上不十分要紧。男性的精气好似骨髓，近了女色会伤及骨髓，人生彻底完蛋，这是梁山好汉的世界观。

所以，施耐庵一定要写死她们：武松杀潘金莲，杨雄杀潘巧云，宋江杀阎婆惜，下手狠辣，心安理得。

然而，在《水浒传》里惊鸿一瞥，最终被杀的潘金莲们，在《金瓶梅》里，却摇曳多姿，伤花怒放。

《金瓶梅》的女主角都是已婚女性。第37回里，少女韩爱姐第一次出场，尽管她"意态幽花秀丽，肌肤嫩玉生香"，西门庆的眼里却只有她母亲："长挑身材，紫膛色瓜子脸，描的水鬓长长的。"心摇目荡，不能定止。彼时的王六儿，已经二十九岁。

潘金莲遇到西门庆时是二十五岁，是武大的娘子，还勾引过武松，未遂。李瓶儿二十四岁嫁给西门庆，之前经历过两次婚姻……她们是熟透的蜜桃，都是有故事的人。

李瓶儿多金、白皙又温柔，且善饮，喝酒后更是"醉态颠狂，情眸眷恋"。她死后，画师来给她画像："此位老夫人，前者五月初一日曾在岳庙里烧香，亲见一面，可是否？"可见李瓶儿之美。

孟玉楼嫁给西门庆时，已然三十，作者这样写她："素额逗几点微麻，天然美丽；湘裙露一双小脚，周正堪怜。行过处花香细生，坐下时淹然百媚。"当年胡兰成要形容张爱玲，不得好词句，张爱玲对他说：写孟玉楼的最后这两句真好，可以送给我。

西门庆死后，清明节吴月娘们去上坟，李衙内偶然看见玉楼，不觉心摇目荡。回家后念念不忘"长挑身材，瓜子面皮，模样儿风流俏丽"的玉楼，想尽办法遣媒人说合，终于娶得美人归。为了捍卫自己的婚姻，还跟父母决裂，带着玉楼回到山东老家。

彼时的玉楼，已三十七岁了，李衙内三十一岁，妥妥的姐弟恋。

真是惊人。要知道，在那个时代，女性十三岁就能嫁人生子，三十七岁差不多已是中老年妇女了。在妙龄少女扎堆的传统文学世界里，这个年纪的女性，不是慈爱的母亲，就是低眉的儿媳，还有凶悍的婆婆，突出的是功能性，没什么女性韵致。

中国男性其实很专一，一直都喜欢十八岁的少女。少女是空白的纸，可以画最美丽的图画，可以按自己的想法塑造她、占有她。这大概是男权社会里，大多数男人的梦想吧？

金庸笔下可谓美女众多，但他格外钟情的还是小昭、钟灵和双儿这样的少女，清新可爱，圣洁痴情。她们的世界那么小，刚好只放下一个男主角。连《聊斋志异》里的狐狸精，也懂男性心理，所以个个都变化成妙龄美少女，满是处女的芳香。

日本小说《源氏物语》，主人公光源氏收养了小女孩紫姬，从小教育她顺从、崇拜自己，要求她全心全意，对他毫无保留："从幼年起，无论何事，凡我心中不喜爱的，她从来不做。"他最后娶了她，但紫姬后来郁郁而亡，结果并不好。

这些少女，不是"袅娜少女羞，岁月无忧愁"，就是"笑颜如花绽，玉音婉转流"，她们不是《红楼梦》里被宝玉奉若神明的"水做的骨肉"，因为她们只有空洞的年龄、模式化的笑靥，没有真实的内心世界，也没有灵魂。

我想起了夏姬，这个中国历史上最著名的狐狸精之一。

她是春秋时代的人，出身郑国公室，不巧先后两任丈夫都死了。她大概是作风豪放，先跟陈灵公私通，另外还有情人。一次，几个情人间乱开玩笑，夏姬的儿子一怒之下，射死了陈灵公，陈国因此内乱。楚国趁机跑来主持正义，楚庄王看上了夏姬，但他手下屈巫劝谏：大王，这个女人克死了两个丈夫，又导致陈国大乱，不能娶啊！楚庄王就把夏姬给了襄老，襄老后来战死。有意思的是，正是这个劝谏的屈巫，带着夏姬私奔到了晋国。

彼时，夏姬四十三岁，已是不惑之年。

夏姬那个时代，文明尚未烂熟，道德比较松散，女性的贞操、男性的忠烈，还不是勒紧脖子的道德绳索。时人眼里的夏姬，只是一个美丽又有点放纵的女人。

可是，在汉代刘向编写的《列女传》里，夏姬却成了这个样子："其状美好无匹，内挟伎术，盖老而复壮者。"这样的一个"老女人"，屈巫居然为其疯狂，不惜背叛自己的祖国！他完全不能理解，只好脑洞大开，怪力乱神一番：这女人一定身怀邪术，会采阳补阴,永远十八岁!

没有审美,不懂爱情,也就罢了,连想象力也这么猥琐!

我怀疑施耐庵也是这种脑回路,《水浒传》里从来没有正常的爱情,只有奸情。

石秀一定要对杨雄挑破真相,促使后者虐杀潘巧云和丫鬟。李逵看见刘太公的女儿和情人,一定要剁成两段,还要把二人的尸首拼在一起,乱砍一气。

2

相比之下,兰陵笑笑生简直是中国男人的另类和叛徒。

他是真懂女人。他让时间赐予女性独特的意态与风致,写她们的爱与痛,写她们沉重的肉体,五味杂陈的人生,举手投足都是熟女质感。

他笔下的女人是酒,滋味老辣;是风,浩浩荡荡;也是生活,丰富又沉痛。

这些女人,甚至在道德上都有瑕疵。

李瓶儿跟西门庆通奸,气死了前夫花子虚,然后一心要嫁给西门庆。她肤白貌美,温柔有钱,在算命先生眼里,她"皮肤香细,乃富室之女娘;容貌端庄,乃素门之德妇。只是多了眼光如醉,主桑中之约;眉黛厴生,月下之期难定。观卧蚕明润而紫色,必产贵儿;体白肩圆,必受夫之宠爱"。

李瓶儿的"眼光如醉",真让人心神荡漾。她喜欢喝酒,喝了酒之后,"醉态颠狂,情眸眷恋",对西门庆深情表白:"谁似冤家这般可奴之意,就是医奴的药一般。白日黑夜,教奴只是想你。"感染力可媲美"良辰美景奈何天",不过是成人版的。后来,这句话被张爱玲稍事修改,让《倾城之恋》的范柳原说给了白流苏。

李瓶儿的痴情,跟纯洁无关,但她对西门庆的爱,当然是爱情,只不过是欲海中的爱,裹挟着情欲和罪孽。儿子死后,她病得沉重,瘦如银条,眼眶也塌了,嘴唇也干了,下体流血不断,每日垫着草纸……西门庆要买副棺材给她冲喜,她嘱咐:

> 你休要信着人使那憨钱,将就使十来两银子,买副熟料材儿,把我埋在先头大娘坟旁,只休把我烧化了,就是夫妻之情。早晚我就抢些浆水,也方便些。你偌多人口,往后还要过日子哩!

临死前,更是双手搂抱着西门庆的脖子,呜呜咽咽地悲哭,半日哭不出声,说道:

> 我的哥哥,奴承望和你白头相守,谁知奴今日死去也。趁奴不闭眼,我和你说几句话儿:你家事大,孤身无靠,又没帮手,凡事斟酌,休要一冲性儿。大娘等,你也少要亏了他。他身上不方便,早晚替你生下个根绊儿,庶不散了你家事。你又居着个官,今后也少要往那里去吃酒,早些儿来家,你家事要紧。比不的有奴在,还早晚劝你。奴若死了,谁肯苦口说你?

即使死了,还一再来到西门庆的梦里相会,叮嘱他,并与他欢好。这不是爱,又是什么呢?对这样的一个女人,兰陵笑笑生能给予包容与谅解。

潘金莲更是毒杀亲夫的罪人。

在《水浒传》里，她勾引小叔，又与西门庆偷情，还毒死了武大，一出场，脑门上就贴着"淫妇"的标签，很快被武松杀死。然而，在《金瓶梅》里，潘金莲不再是那个潘金莲，人物更复杂，也更深刻。

来，让我们先看看第3回，西门庆撩潘金莲的一场戏，不，互撩的那一场戏。

王婆邀请潘金莲来自家缝制送终衣服，第三天，西门庆迫不及待上门，王婆殷勤摆酒，中间借出门买酒，只剩下潘金莲和西门庆两人在屋里。

这个场景，《金瓶梅词话》几乎照搬《水浒传》，《绣像批评金瓶梅》则进行了大幅度的改写。

我们不妨把两个版本对照着读一下，先看词话本：

> 西门庆在房里，把眼看那妇人，云鬟半軃，酥胸微露，粉面上显出红白来。一径把壶来斟酒，劝那妇人酒。一回推害热，脱了身上绿纱褶子："央烦娘子，替我搭在干娘护炕上。"那妇人连忙用手接了过去，搭放停当。这西门庆故意把袖子在桌上一拂，将那双箸拂落在地下来。一来也是缘法凑巧，那双箸正落在妇人脚边。这西门庆连忙将身下去拾箸。只见妇人尖尖趫趫刚三寸，恰半叉一对小小金莲，正趫在箸边。西门庆且不拾箸，便去他绣花鞋头上只一捏。那妇人笑将起来，说道："官人休要啰唣！你有心，奴亦有意。你真个勾搭我？"西门庆便双膝跪下，说道："娘子，作成小人则个！"那妇人便把西门庆搂将起来说："只怕干娘来撞见。"西门庆道："不妨！干娘知道。"当下两个就在王婆房

里脱衣解带，共枕同欢。

过程比较短，而且潘金莲表现得很主动，先搂住西门庆。

绣像本就不一样了，先是西门庆涎瞪瞪地看着潘金莲，问：忘记问娘子尊姓？潘金莲低头带笑，回答：姓武。西门庆装听不清，说：姓堵？她却把头又别转着，笑着低声说道："你耳朵又不聋。"

西门庆说：武大郎敢是娘子一族？潘金莲便把脸通红了，低头微笑道："便是奴的丈夫。"西门庆听了，半日不作声，呆了脸，失声喊屈——

妇人一面笑着又斜瞅他一眼，低声说道："你又没冤枉事，怎的叫屈？"西门庆道："我替娘子叫屈哩！"却说西门庆口里娘子长，娘子短，只顾白嘈。这妇人一面低着头弄裙子儿，又一回咬着衫袖口儿，咬得袖口儿格格驳驳的响，要便斜溜他一眼儿。

请注意潘金莲的低头和微笑，评点者张竹坡，就一边读一边数：笑了四次，低头三次了！还发一弹幕：《水浒传》有此追魂夺魄之笔乎！意思是，这写法，真是要了亲命了。我一个女人家看了都坐不住了，况西门大官人乎！

这样的低头，也被张爱玲学了去，给了《倾城之恋》里的白流苏，让范柳原一见倾心。

让我们接着看故事——

只见这西门庆推害热，脱了上面绿纱褶子道："央烦娘子替我搭在干娘护炕上。"这妇人只顾咬着袖儿别转着，不接他的，低声笑道："自手又不折，怎的支使人！"西门庆笑着道："娘子不与小人安放，小人偏要自己安放。"一面伸手隔桌子搭到床炕上去，却故意把桌上一拂，拂落一只箸来。却也是姻缘凑着，那只箸儿刚落在金莲裙下。西门庆一面斟酒劝那妇人，妇人笑着不理他。他却又待拿起箸子起来，让他吃菜儿。寻来寻去不见了一只。这金莲一面低着头，把脚尖儿踢着，笑道："这不是你的箸儿！"西门庆听说，走过金莲这边来道："原来在此。"蹲下身去，且不拾箸，便去他绣花鞋头上只一捏。那妇人笑将起来，说道："怎这的罗唣！我要叫了起来哩！"西门庆便双膝跪下说道："娘子可怜小人则个！"一面说着，一面便摸他裤子。妇人叉开手道："你这歪厮缠人，我却要大耳刮子打的呢！"西门庆笑道："娘子打死了小人，也得个好处。"于是不由分说，抱到王婆床炕上，脱衣解带，共枕同欢。

你看你看，金莲一共八笑四低头，怎一个妩媚了得！当西门庆示爱之际，潘金莲没有主动，反而"威胁"要打，好一个欲迎还拒！

评点者张竹坡的态度很有意思，他责备金莲"不孝"，又恶毒，简直不是人；批评吴月娘不守妇道，最可恨；他最喜欢孟玉楼，因为她隐忍又守礼……从思想到趣味，他还是中规中矩的儒家文人。

这一段调情文字，他却看出了滋味，忍不住再三感叹。看金莲"咬得袖口儿格格驳驳的响"，他发弹幕："不废书而起，不圣贤即木石！"意思是，此情此景还能端坐如柳下惠者，不是圣贤就是木头吧。

然后，就不用说了，西门庆自然如愿以偿。不，这两个人如愿以偿。

改写后的文字，显然更好。偷情男女的心态更微妙，堪称曲径通幽：西门庆语言甜净，攻守有度，一看就是偷情老手，潘金莲惊喜中有羞涩，还有点犹豫，有点调皮……这样的场景，可谓张力十足。

我们接着看。

二人成其好事，王婆推门进来，做大惊小怪状，佯装要告诉武大去：

> 那妇人慌的扯住她裙子，红着脸低了头，只得说声："干娘饶恕！"王婆便道："你们都要依我一件事，从今日为始，瞒着武大，每日休要失了大官人的意。早叫你早来，晚叫你晚来，我便罢休。若是一日不来，我便就对你武大说。"那妇人羞得要不的，再说不出来。王婆催逼道："却是怎的？快些回覆我。"妇人藏转着头，低声道："来便是了。"

王婆便要二人交换物件，西门庆拔下一根金头簪，插在潘金莲云髻上——

> 妇人便不肯拿甚的出来，却被王婆扯着袖子一掏，掏出一条杭州白绉纱汗巾，掠与西门庆收了。

王婆闯入，潘金莲红了脸，羞得说不出话来，还不肯拿出东西给西门庆……词话本里的潘金莲，先是满口答应再来，还主动拿出手帕给西门庆。前者含蓄，更符合初次偷情得手的武大娘子，后者像久惯牢成。

绣像本技高一筹，又加一分。文学的精妙，往往藏在这样的细节里。

再来看潘金莲。她跟西门庆好了以后，二人棋逢对手将遇良才，在性与爱的双重诱惑以及王婆的教唆下，终于下手毒死了武大，这是她致命的罪恶，是她人生黑化的开始。《水浒传》作者已磨刀霍霍，但兰陵笑笑生却笔锋一转，另辟蹊径，让西门庆偷娶了潘金莲，又让武松杀错了人，给她偷来七年时光。

这七年里，写满了潘金莲的罪恶、欲望，还有美。

3

今天只说她的美。

她本来聪明伶俐，长得格外漂亮，又会弹琵琶、听曲识字，却先被母亲卖给王招宣家，后又被卖给张大户，张大户把她嫁给武大，自始至终，都是身不由己。武大当然不是坏人，但要这样的金莲心甘情愿从一而终，不也强人所难吗？

所以，兰陵笑笑生叹息："自古佳人才子相配着的少，买金偏撞不上卖金的。"他是为她鸣不平的！《水浒传》作者说她专好偷汉，他却看到了风情，乃至爱情。

后来西门庆忙着娶孟玉楼，两个多月没来看潘金莲。她相思入骨，银牙咬碎，日日倚门盼望。待听玳安说起西门庆新娶之事，眼泪便扑簌簌掉下来。写了一首《寄生草》，叠成一个方胜儿，让玳安交给西门庆：

将奴这知心话，付花笺寄与他。想当初结下青丝发，门儿倚遍帘儿下，受了些没打弄的耽惊怕。你今果是负了奴心，不来还我香罗帕。

等不来西门庆，骂几句"负心贼"，无情无绪，脱下绣鞋来，试打一个相思卦。大概便如现在的女子掷硬币：正面他来电话，反面不来电话……如此这般，便是爱情了吧。

经过一番努力，王婆终于见到了西门庆，他宿醉未醒，醉眼摩挲，前合后仰，王婆向前一把手把马嚼环扯住。

金莲见他来了，"就象天上掉下来的一般，连忙出房来迎接。西门庆摇着扇儿进来，带酒半酣，与妇人唱喏"。距离上次见面，已然过了将近三个月。那时，西门庆在王婆的房里等潘金莲，"见妇人来了，如天上落下来一般"。如今，喜出望外的是潘金莲，西门庆却大大咧咧，满不在乎，角色就这样反转了。

不少论者看到了这一点，所以西谚说：细节里有神灵。

男作家写女人，隔着性别的鸿沟，比写男人难多了，法国的司汤达曾说梅里美不会写女人，写的女人也像男人。但读《金瓶梅》，你会觉得作者身体里一定住着一个女人，他对女性的理解与慈悲，是如此动人。英国作家弗吉尼亚·伍尔夫说"伟大的灵魂都是雌雄同体的"，这样伟大的灵魂还有一个，就是曹公曹雪芹。

接着说西门庆。他这段时间忙什么去了？娶孟玉楼去了，把金莲忘得干干净净。看金莲如此幽怨，西门庆赶紧赌咒发誓："我若负了你，生碗来大疔疮，害三五年黄病，匾担大蛆叮口袋。"这誓言也太没心没肺了，所以金莲怼他："负心的贼！匾担大蛆叮口袋，管你甚事！"

金莲不知道，西门庆很快连这敷衍潦草的誓言都没有了，她的苦日子还在后面。

她早就给西门庆准备了生日礼物，其中三件是：绣着松竹梅岁寒三友的护膝，一个装着排草的玫瑰肚兜，还有一个并头莲瓣簪，上面刻着一首诗："奴有并头莲，赠与君关鬓。凡事同头上，切勿轻相弃。"

她不仅会写情诗，还会弹琵琶、唱曲子：

冠儿不带懒梳妆，髻挽青丝云鬓光，金钗斜插在乌云上。唤梅香，开笼箱，穿一套素缟衣裳，打扮的是西施模样。出绣房，梅香，你与我卷起帘儿，烧一炷儿夜香。

把西门庆欢喜得没入脚处：原来你如此聪慧！他情感粗陋，没文化，正喜欢这样的文艺范儿。

西门庆的妻妾里，数她最漂亮，最有情趣。

她跟西门庆、孟玉楼下棋，输者拿一两银子做东道，偏她输了。西门庆正数子，却被她把棋子扑撒乱，走到瑞香花下，倚着山石，掐花儿，又将手中花撮成花瓣，撒西门庆一身，昵笑不止。日常在花园里，潘金莲会坐在西门庆身上，嚼酒喂他，再用纤手剥一个鲜莲蓬子给他吃，西门庆嫌涩，她又嚼了一粒鲜核桃仁给他。

她还写情书。嫁给西门庆不久，西门庆就包了妓女李桂姐，半个多月不回家。潘金莲相思难耐，托玳安带了一封信给西门庆，玳安在酒席上，偷偷交给西门庆，原来上面是一首词：

黄昏想，白日思，盼杀人多情不至。因他为他憔悴死，可怜也,绣衾独自。 灯将残,人睡也,空留得半窗明月。眠心硬,浑似铁,这凄凉怎挨今夜?

很别致吧?可惜,这封信的下场很惨,李桂姐一听,立刻撇了酒席,躺到床上,恼了。西门庆赶紧把情书扯烂,踢了玳安两脚,亲自抱她出来:别生气,我回家打淫妇一顿去。

真是"我本将心向明月,奈何明月照沟渠"。

一心要判潘金莲死刑的人,是看不见她的聪慧、妩媚和风情的。

文学的疆域是人性的世界。被道德家判死刑的,"不正常""不对劲"甚至"罪大恶极"的人,在伟大的文学作品里,却有一席之地。这样的人、这样的时刻,其实也是对我们的考验,考验我们对生命的态度以及道德的想象力,是否足够辽阔。

我想起《红楼梦》里的"晴雯撕扇"——那天,宝玉和晴雯日间因跌折扇子发生口角,二人前嫌尽释后,宝玉说:扇子这东西不过是借人所用,你要撕着玩也可以,只是不要生气时拿它出气,这就是爱物!晴雯说:"你就拿了扇子来我撕。我最喜欢撕的。"宝玉递给她,果然就把扇子哧的一声,撕了两半。宝玉在一旁笑:"响的好,再撕响些!"

此情此景,你会想到周幽王和褒姒,以为这是不祥之音吗?

别紧张。道德的弦绷得太紧,会时刻如临大敌,上纲上线。其实,曹公不过是写了一个夏日的傍晚,一个少女心无旁骛的娇嗔,以及一个情僧独特的生命原则:人总比物有价值。人才是目的。

这是我阅读《金》《红》最宝贵的收获之一。读这样的经典，是一个逐渐去蔽、破执的过程，能让我们的心灵更加开放，而不是急于做价值判断，从而对人性，对这个世界，多一些理解和担待。

再来看潘金莲。嫁到西门家后，西门庆的女人越来越多，从李桂姐到李瓶儿，到宋蕙莲，到王六儿……李瓶儿生了官哥之后，她越来越焦灼。这天，西门庆从外面回来，直接去了李瓶儿屋里。潘金莲每日翡翠衾寒，芙蓉帐冷，到三更依然不见西门庆来。外面屋檐上铁马儿一片响，她以为是西门庆敲门，着春梅去看，却是外面风起落雪了。

她拿起琵琶，唱着"懊恨薄情轻弃，离愁闲自恼。""奴将你这定盘星儿错认了。想起来，心儿里焦，误了我青春年少。你撇的人，有上稍来没下稍。"眼泪扑簌簌流下来。

李瓶儿听见，赶紧劝西门庆请她过来喝酒，金莲不肯。西门庆便拉着李瓶儿来到她屋里，金莲坐在床上，纹丝儿不动，把脸沉着：你们别管我，就让我一个人死了算了，我都瘦成什么样了！西门庆摸了摸她的腰：我的儿，果然瘦了。

她是恶人不假，但她也在苦熬。熬着熬着，就丧心病狂了，那是另一个故事。

在兰陵笑笑生笔下，潘金莲从淫妇成了一个活生生的人，有欲望，有挣扎，也有毁灭，有她的罪与美。这是作者的慈悲，也是《金瓶梅》的伟大。

他甚至写了她非同一般的性魅力。

在性的方面，金莲一向有想象力，燃情奔放，欲念升腾。她善学习，西门庆从李瓶儿那里拿来春宫画，她急忙藏起来，用心钻研；她拣一条白绫儿，将春药装在里面，周围用倒口针儿撩缝得甚是细密……"兰汤邀午战""新试白绫带"，个个别出心裁，都是金莲的杰作。西门庆喜欢李瓶儿的白屁股白腿，她就用茉莉花粉拌酥油，给自己做全身美白。

著名的"醉闹葡萄架"，女主角也正是她，这是全书最香艳的片段，读来却并不格外淫秽。换了王六儿，同样的尺度，显得特别污。盖因后者一味图财，而金莲心里还是有爱的。

为了营造新鲜感，她还把自己打扮成丫鬟，摘掉笼头发的髮髻，打了个盘头楂髻，嘴唇擦得红艳艳。等于是扎了俩羊角辫，cosplay成小姑娘，扮嫩。果然，西门庆见了，眼睛笑成一条缝，当晚就去找潘金莲了。

而这些，《水浒传》作者绝对写不出来。传统的中国文学，看不见也不想承认女人有性欲，所写无非是贤妻良母、月下佳人。即使写妓女，也是才女做派，个个都会作词弹琴，都想从良。

性感的女人去哪儿了？在狐狸精的传说里。

妲己、褒姒和杨贵妃都妩媚撩人，爱上她们的，都是最有权势的男人，她们是庙堂型狐狸精，红颜祸水、祸国殃民。而潘金莲们属于民间，明艳照人、勾人魂魄，让人又爱又怕，连《水浒传》这样的英雄传奇，也要给她们留几个镜头。

就这样，潘金莲们出没于字里行间，在道德的罅隙里顶风作案，姿态万千。

她们是暗夜之花，也是很多男生的"苍老师"。

我是潘金莲（上）：「买金偏撞不上卖金的」

1

潘金莲，是中国最著名的荡妇。

只要一个女人被骂成潘金莲，等于给她判了道德死刑。所以电影《我不是潘金莲》里的女主角，被老公宣扬为潘金莲后，拼命上访，就是证明自己不是潘金莲。

潘金莲到底是怎样一个人，却没人关心。我常常疑心，其实大家只是需要一个靶子，来证明自己贞洁。

《金瓶梅》里的潘金莲，不是《水浒传》里的潘金莲。《水浒传》是男人的书，对女人没什么耐心。

兰陵笑笑生先给潘金莲改了身世。

她父亲去世早，"自幼生得有些姿色，缠得一双好小脚儿，所以就叫金莲"。九岁时被母亲潘姥姥卖给王招宣家，习学弹唱，读书识字——

> 本性机变伶俐，不过十二三，就会描眉画眼，傅粉施朱，品竹弹丝，女工针指，知书识字，梳一个缠髻儿，着

一件扣身衫子，做张做致，乔模乔样。

扣身衫子，就是紧身衣衫，曲线毕露，这显然不是普通丫鬟，她很小就懂得展示自己的女性魅力了。十五岁那年，王招宣死了，她被潘姥姥挣将出来，卖给了张大户。张大户收用了她，身体日渐衰弱，大婆不乐意了，大户只好把她嫁人。

嫁给谁呢？众人都推荐武大。

武大丧妻，带着女儿迎儿，租住大户的房子，为人老实会奉承。大户把金莲嫁给了武大，还赞助他，有时趁他不在，去找金莲私会。"武大虽一时撞见，原是他的行货，不敢声言。"后来张大户死了，老有浮浪子弟在附近逡巡，武大想换房，却没钱，还是金莲变卖了钗环，买了套像样的院子。

《水浒传》里，施耐庵安排金莲在张大户家当使女，大户缠她，她不愿意，还告诉了大婆，大户一怒之下才把她嫁给武大。可是，后来金莲一改常态，又是勾引武松，又是与西门庆偷情，又主动又老练，像换了一个人，不合她的性格逻辑。

于是，在《金瓶梅》里，金莲不是原来的金莲，武大也不是原来的武大，他不再是单纯被侮辱被损害的小人物，反而有点懦弱，也有点猥琐——看见张大户来，自己就躲出去，说他猥琐也不为过吧。

《金瓶梅》告诉我们，在这个世界上，没有绝对的无辜。

人人都说潘金莲是荡妇，却不知道她自始至终都被卖来卖去，身不由己，是武大说的"行货"。行货就是商品、物品，可以随意处置。宋江落狱，牢头戴宗不知是宋江，因其不送礼，大怒："你这贼配军是我手里行货，轻咳嗽便是罪过！"

西门庆死后，吴月娘又让王婆重新卖金莲，最终又落在武松手里,潘金莲到死都是行货。《金瓶梅》告诉我们,她终究是一个人,不是天生淫妇,而且是一个年轻漂亮的女人,不甘心是必然的。被嫁给武大后,见他一味老实,人物猥琐,甚是嫌憎,也甚愤怒:

> 普天世界断生了男子,何故将我嫁与这样个货!每日牵着不走,打着倒退的,只是一味喫酒。着紧处却是锥钯也不动。奴端的那世里悔气,却嫁了他!是好苦也!

这婚姻明显不登对。推荐武大的邻居们,把金莲嫁给武大的张大户,还有,把扈三娘嫁给王英的宋江,到底在想什么?扈三娘一直沉默,面对这样的世界,她早就心死了吧?但金莲却"贼心"不死,爱上了武松。

很多人认定金莲天性淫荡,包括施耐庵也这样想。但兰陵笑笑生是一个伟大的作家,他更愿意讲一个女人如何遭遇命运的故事——

如果武大没有武松这个弟弟,武松不拒绝金莲,武松不叮嘱武大早回家,武大不听武松的话,潘金莲不早早放帘子,西门庆不打帘下走,隔壁不是老王,没有郓哥,武大被打伤后不提醒金莲武二早晚会回来……这个因果链条,缺少任何一环,都不成立。

就这样,境遇、性格和未知的变量,共同构成了命运。

故事还是那个故事,但怎么讲,受作家的世界观影响。

武松拒绝了金莲。后来,潘金莲一叉竿打到了西门庆。此时金莲二十五岁,她的世界只有张大户、武大,还有武松这样的男人,而西门庆手里摇着洒金扇,"风流浮浪,语言甜净",完全是另一个世界里的人。

西门庆笑眯眯表示没关系，潘金莲小心翼翼赔不是，这阳光下的暧昧，被隔壁老王王婆看在眼里：这下，我可有钱赚了！于是便有了"定挨光王婆受贿，设圈套浪子私挑"。王婆的十条"挨光计"，让西门庆连连叹服："虽然上不得凌烟阁，干娘你这条计，端的绝品好妙计！"

金莲无论如何也想不到，自己又成了被算计的"行货"。

西门庆和潘金莲的事，街坊邻居都知道了，唯有武大蒙在鼓里。唯一的纰漏，就是郓哥的出现。"闹茶坊郓哥义愤"的结果，就是郓哥撺掇并协助武大捉奸，于是，武大被西门庆一脚踢中心窝，卧床不起。

说郓哥是出于"义愤"，我是不信的。他拎着一篮子雪梨，到处找西门庆，因为后者经常照顾他的生意。王婆在门口放风，不承认西门庆在这里，郓哥认为她这是在吃独食，不"把些汁水与我呷一呷"，索性闹开谁也别吃："定然糟蹋了你这场门面，交你赚不成钱！"即使是"义愤"，也是"水浒式"的——因个人利益受损，愤而举刀，个人正义实现了，带给别人的，却往往是灾难。

武大病倒，央求金莲：你给我买药吃，我就不告诉我兄弟，不然，等我兄弟回来，就麻烦了。这一席话，让局面瞬间复杂了。于是王婆出主意，西门庆拿药，潘金莲下手，最后王婆来收拾残局。

武大被杀的一幕是《金瓶梅》最悲惨的一幕。而王婆的手段，着实令人骇异。

台湾的侯文咏在他的《没有神的所在——私房阅读〈金瓶梅〉》里说，从博弈的角度，金莲杀武大，对自己最有利，因为武大活着，就有百分之五十的概率会告诉武松实情，这个定时炸弹随时会引爆。

当然，这不是在教唆犯罪，事实上，这恰恰是《金瓶梅》世界里的生存逻辑：只有利害，没有任何敬畏。

我们看见，在这个事件里，所有人不是冷酷，就是冷漠、自私，唯有被杀的武大，让人唏嘘。杀武大时，潘金莲见他"咬牙切齿，七窍流血，怕将起来"，手脚都软了，赶紧让王婆过来收拾残局。

请注意，这样的"怕"，金莲以后不会再有了。

2

嫁给西门庆后，金莲成了五娘——上有吴月娘、李娇儿、孟玉楼和孙雪娥。西门庆把吴月娘身边的大丫鬟春梅，给了她，这个聪慧又自尊的春梅，在潘金莲的生命中，将占据重要位置。

吴月娘们各自住在正房和东西厢房，潘金莲的房子却是在后花园里，有单独的一个角门出入。后来李瓶儿也嫁过来，跟她做了邻居。这安排意味深长，后花园是化外之地，从传统的伦理空间逃逸而出，自成一体。

在西门庆的一众妻妾中，金莲最漂亮，也最不安分。

她是武大娘子的时候，穿的"毛青布大袖衫儿"，也换成了"大红遍地金比甲"；头上"黑油油的头发髢髻"，也换成了银丝髢髻。书中第一次元宵节，众妻妾在狮子街看灯：

潘金莲一径把白绫袄袖子儿搂着，显他那遍地金袄袖儿；露出那十指春葱来，带着六个金马镫戒指儿，探着半截身子，口中嗑瓜子儿，把嗑的瓜子皮儿，都吐落在人身上，和玉楼两个嘻笑不止。一回指道："大姐姐，你来看，那家房檐下，挂的两盏绣球灯，一来一往，滚上滚下，到好看。"一回又道："二姐姐，你来看，这对门架子上，挑着一盏大鱼灯，下面还有许多小鱼鳖虾蟹儿，跟着他倒好耍子。"一回又叫："三姐姐，你看，这首里这个婆儿灯，那个老儿灯。"正看着，忽然被一阵风来，把个婆子儿灯下半截刮了一个大窟窿。妇人看见，笑个不了，引惹的那楼下看灯的人，挨肩擦背，仰望上瞧……

这时的潘金莲，快乐得像个孩子。

这样的快乐，注定只是昙花一现。西门庆继续马不停蹄地泡女人，偷娶金莲前，还忙里偷闲娶了寡妇孟玉楼，把金莲冷落了很久，长达三个月。金莲刚进门没多久，他又梳笼了妓女李桂姐。这个元宵节，西门庆正忙着跟李瓶儿偷情，李瓶儿一心要嫁给西门庆。

别人犹可，唯有金莲备受折磨。

吴月娘只关心自己的地位和钱财；孟玉楼不争不抢，有钱自安心，对西门庆谈不上爱；李瓶儿嫁过来，生了官哥，一心做贤妻良母；李娇儿和孙雪娥眼里只有钱。

在西门庆的女人中，潘金莲是唯一一个对爱有期待的。

当初武大死后，西门庆近三个月没来。她相思入骨，银牙咬碎，拿起绣鞋，打相思卦，包饺子等西门庆。待听玳安说起西门庆新娶了孟玉楼，扑簌簌掉下泪来。还写了一首《寄生草》，叠成一个方胜儿，让玳安交给西门庆：

将奴这知心话，付花笺寄与他。想当初结下青丝发，门儿倚遍帘儿下，受了些没打弄的耽惊怕。你今果是负了奴心，不来还我香罗帕。

她格外聪慧，也格外敏感。敏感的人，感受力丰富，这是天赋。但在两性关系中，摊上西门庆这样的，结果就很不妙。西门庆梳笼妓女李桂姐，跟李瓶儿隔墙密约，又勾搭上宋蕙莲、包占王六儿，后来还有如意儿、贲四嫂……

她总是第一个发现"敌情"，这滋味相当不好受。

一次，西门庆发现李桂姐背着自己偷偷接客，翻脸回家，发誓再也不去丽春院。第二天，应伯爵"替花邀酒"，又拉他出了门，众人都不知道他去哪儿，只有潘金莲知道：一定找院里李桂姐去了！

她会听篱察壁，又多疑，还听得懂各类曲文，情况就更复杂了。

西门庆和吴月娘因娶李瓶儿之事，起了嫌隙，双方互不搭理。吴月娘半夜烧香，为西门庆祈祷，被半夜回家的西门庆撞见，二人遂言归于好。众人一起喝酒听戏，潘金莲执意点唱"佳期重会"。当天是孟玉楼生日，吴月娘、潘金莲和李瓶儿把西门庆送到孟玉楼房里，然后离开：

> 刚走到仪门首，不想李瓶儿被地滑了一交。这金莲遂怪乔叫起来道："这个李大姐，只相个瞎子，行动一磨子就倒了。我扶你去，倒把我一只脚蹅在雪里，把人的鞋儿也踹泥了。"月娘听见，说道："就是仪门首那堆子雪，我分付了小厮两遍，贼奴才白不肯抬。只当还滑倒了。"因叫"小玉，

你拿个灯笼,送送五娘、六娘去。"西门庆在房里,向玉楼道:"你看贼小淫妇儿!他踹在泥里,把人绊了一交,他还说人踹泥了他的鞋。恰是那一个儿,就没些嘴抹儿。恁一个小淫妇,昨日教丫头们平白唱'佳期重会',我就猜是他干的营生。"玉楼道:"'佳期重会'是怎的说?"西门庆道:"他说吴家的不是正经相会,是私下相会。恰似烧夜香,有心等着我一般。"玉楼道:"六姐他诸般曲儿到都知道,俺们却不晓的。"西门庆道:"你不知,这淫妇单管咬群儿。"

西门庆一听"佳期重会",就知道潘金莲的心思。至于潘金莲和李瓶儿谁踩了谁,他没看见外面的情形,也能猜个八九不离十。他最了解潘金莲,说她"单管咬群",也知道李瓶儿"没些嘴抹儿",人老实,嘴又笨。

什么是"单管咬群"?就是掐尖要强,与众不同,参见《红楼梦》里的晴雯,经常嘴贱。因为聪明,啥都能看得穿;因为嘴快,有话绝不憋在肚里。

吴月娘钝钝的,西门庆爱找谁找谁,只要自己正房的地位稳固,只要西门庆把银子都拿到自己房里来,哪管外面洪水滔天。妓女李桂姐上门给西门庆拜寿,她还热情招待,后来居然还认其做了干女儿。可是,李桂姐要见金莲——

连使丫头请了两遍,金莲不出来,只说心中不好。到晚夕,桂姐临家去,拜辞月娘。月娘与他一件云绢比甲儿、汗巾花翠之类,同李娇儿送出门首。桂姐又亲自到金莲花园角门首:"好歹见见五娘。"那金莲听见他来,使春梅把角门关得铁桶相似,说道:"娘分付,我不敢开。"这花娘遂羞讪满面而回。

太聪明,能看清别人的伎俩,但在西门庆混乱的两性关系世界里,聪明就成了折磨。

第76回,王婆有事来找西门庆,见潘金莲戴着卧兔儿,穿着锦缎衣裳:娘子,你享福了。金莲却说:大妇小妻,一个碗里两张匙,不是汤着就抹着。成日怄气。

这话不假。福克纳在《喧哗与骚动》的结尾,写"他们在苦熬"。潘金莲确实不是好人,但她也在苦熬。

有段时间,西门庆外有王六儿,内有李瓶儿和官哥,潘金莲被冷落了很久。她独守空房,雪夜里弹琵琶,外面屋檐铁马响,忙喊春梅去看是不是西门庆来了,却是起风落雪了。

听到琵琶声,李瓶儿让迎春请潘金莲,就说:"娘和爹请五娘哩。"潘金莲当然不去,听到"娘和爹"这样的称呼更受不了。西门庆拉着李瓶儿来到潘金莲屋里,两个人手拉手更是刺痛了她——

> 金莲道:"李大姐,你们自去,我不去。你不知我心里不耐烦,我如今睡也,比不的你们心宽闲散。我这两日只有口游气儿,黄汤淡水谁尝着来?我成日睁着脸儿过日子哩!"西门庆道:"怪奴才,你好好儿的,怎的不好?你若心内不自在,早对我说,我好请太医来看你。"金莲道:"你不信,叫春梅拿过我的镜子来,等我瞧。这两日,瘦的相个人模样哩!"春梅把镜子真个递在妇人手里,灯下观看。正是:
>
> 羞对菱花拭粉妆,为郎憔瘦减容光。

闭门不管闲风月，任你梅花自主张。

西门庆拿过镜子也照了照，说道："我怎么不瘦？"金莲道："拿甚么比你！你每日碗酒块肉，吃的肥胖胖的，专一只奈何人。"被西门庆不由分说，一屁股挨着他坐在床上，搂过脖子来就亲了个嘴，舒手被里，摸见他还没脱衣裳，两只手齐插在他腰里去，说道："我的儿，是个瘦了些。"金莲道："怪行货子，好冷手，冰的人慌！莫不我哄了你不成？我的苦恼，谁人知道，眼泪打肚里流罢了。"乱了一回，西门庆还把他强死强活拉到李瓶儿房内，下了一盘棋，吃了一回酒。临起身，李瓶儿见他这等脸酸，把西门庆撺掇过他这边歇了。

面对潘金莲的酸脸，西门庆也只好耍赖，最后虽然过来歇息了，却纯属李瓶儿"施舍"，何况他还有一个新欢王六儿。果然，第二天西门庆就花一百二十两银子，给王六儿买了新房。

第34回，潘金莲回娘家，春梅来到李瓶儿屋里找西门庆，提醒他找小厮接潘金莲回家。彼时，西门庆和李瓶儿正腿压着腿在喝酒。潘金莲听小厮说，还是春梅想着接自己，在轿子里半日没说话，冷笑道："贼强人，把我只当亡故了的一般。"

第39回潘金莲过生日，西门庆偏偏挑了她生日这天，去玉皇庙给官哥祈福，当天就没回家。

潘金莲几乎被彻底遗忘了。

一旦西门庆来到她屋里，她恨不得钻入他腹中，百般迎合。有一次，西门庆要小解，她怕冻着他，让他尿自己嘴里。啊啊啊，这该是书中最重口的一幕了，为了邀宠，也是拼了。这是第72回，彼时，李瓶儿虽然死了，但西门庆又把官哥的奶妈如意儿拉上了床。

有人说她变态，我却看见了她的卑微、焦灼，以及强烈的不安全感。

她刚嫁过来时，西门庆梳笼李桂姐，半个多月不回家。不知是出于报复，还是不甘寂寞，她搭上了小厮琴童，却被李娇儿和孙雪娥告发，西门庆拿着马鞭子狠狠教训她。此处作者写："为人莫作妇人身，百年苦乐由他人。"

虽语出白居易，却饱含了兰陵笑笑生的慈悲。他懂女性的悲苦，也懂潘金莲带着亡命之气的忧伤、愤怒和焦虑。

3

很多人把《金瓶梅》看成小黄书，却不知道，这本书也是写给女人的哀书。

有谁，能突破男权观念的藩篱，写下"荡妇"们的爱与痛？这里，不仅有对制度、文化和人性的深刻洞悉，还有辽阔而深邃的世界观，有真正的理解、包容和接纳。

在兰陵笑笑生笔下，潘金莲是一个女人，一个真正的女人，携带着丰富的人性和命运的深渊。

第78回，潘金莲的母亲潘姥姥坐着轿子来了，要六分轿子钱，但金莲拒绝拿钱出来：我没银子，你自己怎么不带轿子钱？西门家的规矩，是众妻妾轮流管家务开支的账目，刚好，轮到金莲管，吴月娘让她写账上，她不肯：

> 我是不惹他，他的银子都有数儿，只教我买东西，没教我打发轿子钱。

孟玉楼看不下去,从袖中拿出一钱银子打发了。评点者张竹坡非常讨厌潘金莲,说她刻薄、恶毒,简直不是人。在此处弹幕痛骂金莲不孝,对自己的母亲这么吝啬,并说此恶(不孝)跟鸩武大一般,太过分。

他却没想到,潘金莲是真的穷。

《金瓶梅》的背景虽是宋代,实际写明朝。彼时,商业经济发达,钱是《金瓶梅》世界里唯一的信仰,有钱如西门庆,连蔡京都能攀附上。没钱如常峙节,饭都吃不上。书的开篇,就是"西门庆热结十兄弟",按年龄应伯爵是大哥,但他说:"如今年时,只好叙些财势,那里好叙齿!"有钱,就是大哥。

在西门庆的后院里,也有贫富差异。

孟玉楼嫁过来,带来两张南京拔步床,一堆箱笼,还有上千两银子。李瓶儿更不用说,未嫁时,三千两银子和若干箱笼已经到了西门庆家里。嫁过来后,更是一百颗西洋珠子、无数的珍奇宝贝,还有一顶重九两的金鬏髻。

她们手头有钱,日子宽裕,心里不慌。吴月娘、孟玉楼和李瓶儿,都有时髦的皮袄,金莲没有。这天,众妻妾都去吴大妗子家做客——

> 月娘便道:"怎的这一回子悽凉凄凄的起来?"来安儿在旁说道:"外边天寒下雪哩。"孟玉楼道:"姐姐,你身上穿的不单薄?我倒带了个绵披袄子来了。咱这一回,夜深不冷么?"月娘道:"既是下雪,叫个小厮,家里取皮袄来咱每穿。"那来安连忙走下来,对玳安说:"娘分付教人家去取娘们皮袄哩。"那玳安便叫琴童儿:"你取去罢,等我在这里伺候。"那琴童也不问,一直家去了。少顷,月娘想

起金莲没皮袄，因问来安儿："谁取皮袄去了？"来安道："琴童取去了。"月娘道："也不问我就去了。"玉楼道："刚才短了一句话，不该教他拿俺每的，他五娘没皮袄，只取姐姐的来罢。"月娘道："怎的没有？还有当的人家一件皮袄，取来与六姐穿就是了。"

一向嘴快的金莲，却保持了沉默。直到吴月娘再次强调，把王招宣家当的皮袄给金莲穿，她才接过话茬：

姐姐，不要取去。我不穿皮袄，教他家里稍了我的披袄子来罢。人家当的，好也歹也，黄狗皮也似的，穿在身上教人笑话，也不长久，后还赎的去了。

贫穷让人丧气。贫穷又像锉刀，刀刀扎心，让人如坐针毡。潘金莲的处境本来就很尴尬，如今，因为一件皮袄，这尴尬明晃晃地摆在了桌面上，她会怎么想？

最后，玳安把皮袄拿来了——

吴大妗子灯下观看，说道："好一件皮袄，五娘你怎的说他不好，说是黄狗皮。那里有恁黄狗皮，与我一件穿也罢了。"月娘道："新新的皮袄儿，只是面前歇胸旧了些儿。到明日，从新换两个遍地金歇胸就好了。"孟玉楼拿过来，与金莲戏道："我儿，你过来，你穿上这黄狗皮，娘与你试试看好不好。"金莲道："有本事明日问汉子要一件穿，也不枉的。平白拾了人家旧皮袄披在身上做甚么！"玉楼戏道："好个不认业的，人家有这一件皮袄穿在身上念佛。"

于是替他穿上。见宽宽大大，潘金莲才不言语。

当下月娘与玉楼、瓶儿俱是貂鼠皮袄，都穿在身上，拜辞吴大妗子、二妗子起身。

还是嘴硬。这是她化解尴尬的方式。

尤其是李瓶儿，出手更是豪阔。随便见个亲戚朋友，别人都给个小礼物，她一出手就是几钱银子。给官哥念经，一下子掏出一对银狮子给薛姑子，有四十多两重，金莲却连六分银子都拿不出来。

因为轿子钱的事，潘姥姥也对金莲心生怨怼，向奶妈如意儿抱怨金莲太吝啬。春梅来了，对她说了一番话：

姥姥，罢，你老人家只知其一，不知其二，俺娘是争强不伏弱的性儿。比不的六娘银钱自有，他本等手里没钱，你只说他不与你。别人不知道，我知道。想俺爹虽是有的银子放在屋里，俺娘正眼儿也不看他的。若遇着买花儿东西，明公正义问他要，不惜瞒瞒藏藏的，教人看小了他，怎么张着嘴儿说人！他本没钱，姥姥怪他，就亏了他了。莫不我护他？也要个公道。

还是春梅懂得潘金莲。她超强的自尊心背后，其实是自卑，是强烈的不安全感。纵有万般不堪，潘金莲不贪财，只贪爱与性。

张竹坡极恶金莲，也不喜吴月娘，说她蠢笨、凉薄、没教养、贪财的样子很难看。他最喜欢的是孟玉楼，赞她贤良淑德、与世无争，全书也只有她的结局最好——西门庆死后，嫁给了爱她的李衙内。

孟玉楼其实很复杂。表面上，她确实保持了适度的恬淡与疏离，不怎么参与争宠斗气，其实也没少挑拨潘金莲。一是因为她善于隐藏自己的情绪和欲望，有点像宝钗，属于"深人"。相比之下，潘金莲倒显得很"浅"，有点孩子气，性格直露；二是她本身不那么爱西门庆；三是她手里有钱，底气足。

而潘金莲，连节日的新衣服也要跟西门庆张口，还要瞅准时机：

> 春梅收拾上酒菜来。妇人从新与他递酒。西门庆道："小油嘴儿，头里已是递过罢了，又教你费心。"金莲笑道："那个大伙里酒儿不算，这个是奴家业儿，与你递钟酒儿，年年累你破费，你休抱怨。"把西门庆笑的没眼缝儿，连忙接了他酒，搂在怀里膝盖上坐的。春梅斟酒，秋菊拿菜儿。金莲道："我问你，十二日乔家请，俺每都去？只叫大姐姐去？"西门庆道："他即下帖儿，都请，你每如何不去？到明日，叫奶子抱了哥儿也去走走，省的家里寻他娘哭。"金莲道："大姐姐他们都有衣裳穿，我老道只有数的那几件子，没件好当眼的。你把南边新治来那衣裳，一家分散几件子，裁与俺们穿了罢！只顾放着，敢生小的儿也怎的？到明日咱家摆酒，请众官娘子，俺们也好见他，不惹人笑话。我常是说着，你把脸儿憨着。"西门庆笑道："既是恁的，明日叫了赵裁来，与你们裁了罢。"

凭潘金莲多么聪慧、多么漂亮，做一件新衣裳也要如此下气。金钱不是万能的，但金钱确实能让人独立，给人尊严。

最懂金莲的还是春梅，她们是真正的知己。

《金瓶梅》里的人，个个都一脸聪明，但一到利益关头，便纷纷露出袍子底下的"小"来。但金莲和春梅的姐妹情谊,却格外坚固——金莲处处与人为敌,对春梅却百依百顺,甚至为维护她,不惜跟吴月娘翻脸。西门庆跟春梅上床,她非但不介意,还悄悄走开。而春梅,对金莲的一片冰心,也知恩图报,这是后话。

纵观全书,没有一对CP能像金莲和春梅这样,有情有义,而且自始至终,可谓终生不渝。

4

金莲的人生只有两件事:邀宠、diss情敌。

她聪明绝顶、伶牙俐齿,又爱听篱察壁、惹是生非,战斗力超强。她的愤怒所向披靡,所到之处寸草不生——

刚嫁过来,就激打了孙雪娥,又刺激宋蕙莲自杀。生了官哥的李瓶儿,更是她的眼中钉肉中刺,开足马力,全力以对。不是挑拨离间,就是打狗伤人、指桑骂槐,后者气得胳膊发软,无奈嘴笨反应慢,直接认戚。孙雪娥对吴月娘诉苦:她的嘴巴像淮洪,谁能说得过她!

潘金莲是奥特曼,她们都是小怪兽,绝对降维打击。

《金瓶梅》里几乎人人能说会道,潘金莲无疑是最厉害的,堪称歇后语女王,一张口,排山倒海、泥沙俱下。"五四"时期,《金瓶梅词话》备受推崇,就是因为这全面的"俗气",相当接地气,让学者发现了活泼泼的民间。

潘金莲的嘴上功夫,连西门庆的拳头都甘拜下风。整部《金瓶梅》,唯有她敢公开"怼"西门庆。西门庆勾搭王六儿,她骂他没廉耻,什么人都上:齐腰拴着根线儿,只怕合过界儿去了。

贼没羞的货，一个大眼里火行货子！李瓶儿死后，西门庆又刮上奶子如意儿，她骂：贼没廉耻撒根基的货！烂桃行货子，豆芽菜，有甚么正捆！

一次，西门庆把四锭金子拿到李瓶儿房里，让官哥玩儿，结果有一锭找不着了，潘金莲借此好好数落了一番西门庆——

几句说的西门庆急了，走向前把金莲按在月娘炕上。提起拳来骂道："狠杀我罢了！不看世界面上，把你这小歪刺骨儿，就一顿拳头打死了！单管嘴尖舌快的，不管你事也来插一脚。"那潘金莲就假做乔妆，哭将起来，说道："我晓的你倚官仗势，倚财为主，把心来横了，只欺负的是我。你说你这般威势，把一个半个人命儿打死了，不放在意里。那个拦着你手儿哩不成！你打不是的？我随你怎么打，难得只打得有这口气儿在着，若没了，愁我家那病妈妈子不问你要人！随你家怎么有钱有势，和你家一递一状。你说你是衙门里千户便怎的？无故只是个'破纱帽债壳子——穷官罢了'，能禁的几个人命？就不是教皇帝敢杀下人也怎的！"

张竹坡此处点评曰："语语带奉承，故妙！"表面上看潘金莲是在"控诉"，其实把西门庆抬得很高，这是典型的"嗔怒"，愤怒里夹杂着娇憨，泼辣里又有委屈，结果——

几句说的西门庆反呵呵笑了，说道："你看你这小歪刺骨儿，这等刁嘴！我是破纱帽穷官。教丫头取我的纱帽来。我这纱帽，那块儿破？这清河县问声，我少谁家银子？你说我是债壳子。"金莲道："你怎的叫我是歪刺骨来？"因跷起一只脚来:"你看,老娘这脚,那些儿放着歪?你怎骂我是歪刺骨?"月娘在旁笑道:"你两个铜盆撞了铁刷帚。常言'恶人自有恶人磨,见了恶人没奈何'。自古嘴强的争一步。六姐也亏你这个嘴头子,不然,嘴钝些儿也成不的。"那西门庆见奈何不过他,穿了衣裳往外去了。

因爱才会生怨、生恨,才会天天盯着找碴儿,潘金莲对西门庆,是有爱的。西门庆对她都无可奈何,被她抢白急了:小淫妇,你单管咬群!金莲再噼里啪啦一番,他只好呵呵笑了。

在西门庆的所有女人里,潘金莲是最爱他的那一个,虽然这爱泥沙俱下,说不清是性,还是占有欲,同时还裹挟着愤怒和焦虑。她受了委屈,会哭着对西门庆说:

> 我的哥哥,这一家谁是疼你的?都是露水夫妻,再醮货儿。惟有奴知道你的心,你知道奴的意。旁人见你这般疼奴,在奴身边的多,都气不愤,背地里驾舌头,在你跟前唆调。我的傻冤家!你想起甚么来,中人的拖刀之计,把你心爱的人儿这等下无情的折挫!常言道:"家鸡打的团团转,野鸡打的贴天飞。"你就把奴打死了,也只在这屋里。就是前日你在院里踢骂了小厮来,早是有大姐姐、孟三姐在跟前,我自不是说了一声,恐怕他家粉头掏漉坏了你身子,院中唱的一味爱钱,有甚情节?谁人疼你?谁知被有心的人听见,两个背地做成一帮儿算计我。自古人害人不死,天害人才害死了。往后久而自明,只要你与奴做个主儿便了。

几句话就把西门庆说得云开雾散,于是跟她继续鱼水欢好。

兰陵笑笑生总是让金莲说很多话，即便她在气急败坏、搬弄是非，他一定觉得伶牙俐齿本身就很美。

《红楼梦》里的小红，替王熙凤当差，捎来一段话，舅奶奶五奶奶的，一样口齿生香。王熙凤更像翻版潘金莲，也是歇后语女王，但凡一开口，活色生香，绝不重样，生机勃勃。

这种天赋，用来争宠和怼情敌，战斗力超强。李瓶儿是她最大的敌人，也受其害最深。

李瓶儿是白富美，见过大世面，作为清河县的土豪，西门庆很迷恋她的名媛范儿。她也有黑历史，背着老公花子虚，把财产转移到西门庆家里。花子虚生病，她狠下心不叫医生，花子虚又气又病，一命呜呼。说起来，她对前夫之心狠，仅次于潘金莲。但自从嫁给西门庆，又生了儿子，她就一心做贤妻良母，温良恭俭让，处处与人为善，从不愿意起争执。

官哥做了亲，她笑嘻嘻地对西门庆说："今日与孩儿定了亲，累你，我替你磕个头儿。"插烛也似磕下去，喜得西门庆满面堆笑。西门庆一到房里，李瓶儿就迎上去，替他拂去身上雪霰，两人围着火盆，一边喝酒一边看娃，一边拉家常。

而这样的场景不属于潘金莲。她有的是狂乱的激情，花样翻新的性。所以，哈佛大学的田晓菲说李瓶儿是社会的人，是"过日子"的人，而金莲，是情人，永远激情四溢、干柴烈火，在社会规范之外，代表原始的本能。

西门庆和李瓶儿的岁月静好，让隔壁的金莲心如刀绞。

她的谋杀计划应该早就开始了。先是把刚满月的官哥举得高高的，孩子受惊生病。官哥生来胆小，家里又经常喝酒唱戏，小孩子经常吓得紧闭着眼，往妈妈怀里钻；后来她又养了一只狮子猫，每日以红帕裹生肉教它扑，养得又肥又壮。官哥穿着小红袄躺在炕上,"雪狮子"就扑过来,官哥吓得背过气去。李瓶儿和吴月娘手忙脚乱,找刘婆子来看,却误了病情最后不治而亡。

官哥死了,最开心的是潘金莲。

她每日抖擞精神,百般称快,指着丫头骂:

> 贼淫妇!我只说你日头常响午,却怎的今日也有错了的时节。你"班鸠跌了弹——也嘴答谷了"!"春凳折了靠背儿——没的椅了"!"王婆子卖了磨——推不的了"!"老鸨子死了粉头——没指望了"!却怎的也和我一般?

李瓶儿听见,不敢声言,只是抹眼泪。她失去儿子,又生暗气,很快就病倒,三个月后也死了。

这个时候的金莲,已几近疯狂。是外部的"地狱",还有内心的黑暗,让她成了一个地道的夜叉。

《金瓶梅》的世界是灰色的。从西门庆到应伯爵,从王婆到李桂姐,从韩道国到王姑子,个个灰头土脸,软塌塌油腻腻,世界是什么样子,他们就活成了什么样子。唯有潘金莲,自始至终都保持着愤怒的姿态,怼天,怼地,怼人,怼一切。

李瓶儿死了,金莲的战斗结束了?No!西门庆又把奶妈如意儿拉上床,俨然李瓶儿第二。她如坐针毡,一丁点儿生活小琐事,茶杯里的风波,也能让她搅成滔天巨浪。

这天,秋菊去跟如意儿借棒槌,如意儿没给,秋菊添油加醋告诉春梅。潘金莲急了,撺掇春梅去闹,自己也过来大骂如意儿,还动手去抠如意儿的肚子。

孟玉楼问她怎么回事,她一壁喝茶,一壁说:

"我在屋里正描鞋,你使小鸾来请我。我说且倘倘儿去,歪在床上,也未睡着。只见这小肉儿,百忙且搋裙子,我说你就带着把我的裹脚搋搋出来。半日只听的乱起来,却是秋菊问他要棒槌使,他不与,把棒槌匹手夺下了,说道:'前日拿个去不见了,又来要!如今紧等着与爹搋衣服哩。'教我心里就恼起来,使了春梅去骂那贼淫妇!从几时就这等大胆降服人,俺每手里教你降伏,你是这屋里甚么儿?压折轿竿儿娶你来?你比来旺儿媳妇子差些儿!我就随跟了去。他还嘴里哔里剥喇的,教我一顿卷骂。不是韩嫂儿死气力赖在中间拉着我,我把贼没廉耻雌汉的淫妇心里肉也掏出他的来!大姐姐也有些不是。想着他把死的来旺贼奴才淫妇,惯的有些折儿,教我和他为冤结仇,落后一朵脓带还垛在我身上,说是我弄出那奴才去了。如今这个老婆,又是这般惯他,惯的恁没张倒置的。你做奶子行奶子的事,许你在跟前花黎胡哨?俺每眼里是放不下砂子的人。有那没廉耻的货,人也不知死的那里去了,还在那屋里缠,但往那里回来,就望着他那影作个揖,口里一似嚼蛆的,不知说些甚么。到晚夕要茶吃,淫妇就连忙起来,替他送茶,又替他盖被儿,两个就弄将起来。就是个久惯的淫妇!只该丫头递茶,许你去撑头获脑雌汉子?为甚么问他要披袄儿?没廉耻的便连忙铺里拿了绸段来,替他裁披袄儿。你还没见哩:断七那日,他爹进屋里烧纸去,见丫头老婆在炕上搋子儿,就不说一声儿。反说道:'这供养的匾食和酒,也不要收到后边去,你每吃了罢。'这等纵容着他,这淫妇还说:'爹来不来?俺每好等的。'不想我两三步扺进去,唬得他眼张失道,就不言语了。甚么好老婆,一个贼活人妻淫妇,就这等饿眼见瓜皮，不管好歹的，都收揽下。原来是一个眼里火烂桃行货子。那淫妇的汉子说死了。前日汉子抱着孩子，没在门首打探儿？还瞒着人捣鬼，张眼溜睛的。你看他如今别模改样的，又是个李瓶儿出世了！那大姐姐成日在后边，只推聋装哑的，人但开口，就说不是了。"那玉楼听了，只是笑，因说："你怎知道的这等详细？"金莲道："南京沈万三，北京枯柳树：人的名儿，树的影儿，怎么不晓得？'雪里埋死尸——自然消将出来'。"玉楼道："原说这老婆没汉子，如何又钻出汉子来了？"金莲道："天不着风儿晴不的，人不着谎儿成不的！他不撺瞒着，你家肯要他！想着一来时，饿答的个脸，黄皮寡瘦的，乞乞缩缩，那个腔儿。吃了这二年饱饭，就生事儿雌起汉子来了。你如今不禁下他来，到明日又教他上头上脸的。一时捅出个孩子，当谁的？"玉楼笑道："你这六丫头，到且是有权属。"

放这一大段原文，是要我们一起见识潘金莲的厉害：叙事清晰，头脑灵敏，外加口才惊人。这段话更是非常有技巧，有详有略，自己骂脏话，甚至动手去抠如意儿的肚子，统统不提，对方的过错却添油加醋。该省的省，该添的添，显得自己又无辜又正确。

真是利嘴如刀，刀刀见骨。没人是她的对手。

她是斗士，一个人活成了千军万马；她爱欲强大，恨比天高，狂暴之风永不停歇。

评论家布鲁姆说：认知的敏锐、语言的活力和富有创造性，这三种禀赋是"本体性的激情"，充满危险，但活力四射。一个心理学家说"自恋、性和攻击性"，是人类的三大动力，往往是生命力的源头，缺少这些，可能就没有生机和活力，暮气沉沉。换言之，这些质素，不属善，也不属恶，只有在具体的情境里，才会呈现出善恶属性。

但"我们的文化讨厌自大，忌讳谈性，强调克制愤怒"，所以，潘金莲一直被认为是那个最坏的女人。人们更喜欢孟玉楼、薛宝钗，她们藏愚守拙、滴水不漏、笑脸相迎、顺应社会，不会公然挑战我们的耐心、智力和道德。

不过，你能想象孟玉楼、吴月娘和宝钗们活成别的样子吗？她们早就活成了笔直的线条，只有一种样态。

坏人比好人聪明，恶人比善人勇敢。

潘金莲是"危险"的"另一个"。她身上有半部《奥赛罗》和半部《麦克白》。

不过，在金莲身上，有人看见危险，也有人看见丰富、华丽和强大的生命潜能。莱昂纳多·科恩唱道："万物皆有裂隙，那是光进来的地方。"给她一个相对正常的环境，她是能活成女王的。

她满腔欲望、虐人虐己，活得最狂暴、最惊心动魄，同时也最有灵气、想象力以及生命的多重可能。意大利导演费里尼最喜欢危险、未知、不受控制的人和事，他相信"骇怕的感觉是健康的"。叔本华也说，这样的人，如果能获得平衡或转化，能成为真正的艺术家。

不妨再给一次机会，让她走进大观园，将会成为谁？嗯，凤姐、黛玉和晴雯，或多或少都有她的影子。

我是潘金莲（下）："可惜你一段儿聪明，今日埋在土里"

1

《金瓶梅》里有过两次算命。一次是第29回"吴神仙冰鉴定终身"，一次是第46回"妻妾戏笑卜龟儿"。

第一次西门庆全家都算了。吴神仙说西门庆不日有"平地登云之喜，添官进禄之荣"，却也凶险多多："不出六六之年，主有呕血流浓之灾，骨瘦形衰之病。"西门庆死于三十三岁，很灵验。

吴神仙是这样说潘金莲的："此位娘子，发浓鬓重，光斜视以多淫；脸媚眉弯，身不摇而自颤。面上黑痣，必主刑夫；唇中短促，终须寿夭。举止轻浮惟好淫，眼如点漆坏人伦。月下星前长不足，虽居大厦少安心。"

这是我们第一次看清潘金莲的模样：原来她头发乌黑，发量很重，喜欢斜瞄人，自带撩人功能；脸庞娇媚，眉毛弯弯，身材玲珑，摇曳多姿。

为啥突然剧透？

这个情节，并非可有可无，而是作者的巧妙安排：这些在欲海里翻腾的人，被命运撞了一下腰。至于他们是否有所警觉，那就看其造化了。后来，曹雪芹看懂了，学了去，在《红楼梦》里让宝玉梦游太虚幻境，看了薄命司里的册子，听了《红楼梦》的曲子。

可惜，大家都是"痴儿"，远未觉悟。

吴神仙走后，西门庆不信："自古'算的着命，算不着好'。相逐心生，相随心灭。"并表示算命先生是周大人送来的，也不好拒绝，相相得了。

潘金莲也不信命，他俩真是天生一对。

第二次算命是第46回"元夜游行遇雪雨，妻妾戏笑卜龟儿"，这是书中第三个元宵节。吴月娘们送王姑子出门，在大门首站立，看见一个卜卦的老婆子，每人算了一卦。

随后金莲过来，月娘说你早来一步，就能算上了，潘金莲摇头道：

> 我是不卜他。常言：算的着命，算不着行，想前日道士还说我短命哩，怎的哩？说的人心里影影的。随他明日街死街埋，路死路埋，倒在洋沟里就是棺材。

后来，曹雪芹在《红楼梦》里，也让王熙凤说出这样一番话："你是素日知道我的，从来不信什么是阴司地狱报应的。凭是什么事，我说要行就行。"无知无畏，霸气十足。

她们是同路人，无法无天、无所畏惧，是恶魔派，是黑格尔所说的"自我的自由艺术家"：只有此时此地，只为现世负责。一句话，只在现实的层面上承担自己的命运，至于死后有没有报应，有没有灵魂，无暇顾及。

李瓶儿虽然也有黑历史，但她对前夫花子虚，有负罪感。给钱让王姑子替自己念经，后来也总做噩梦，梦见花子虚来索命。潘金莲才不信，她甚至都不相信眼泪。李瓶儿死后，西门庆听戏，听到"今生难会面，因此上寄丹青"，想起瓶儿病时模样，不仅心有所感，眼中泪落，从袖子里拿出汗巾来擦——

> 被潘金莲在帘内冷眼看见，指与月娘瞧，说道："大娘，你看他好个没来头的行货子，如何吃着酒，看见扮戏的哭起来？"孟玉楼道："你聪明一场，这些儿就不知道了？乐有悲欢离合，想必看见那一段儿触着他心，他睹物思人，见鞍思马，才吊泪来。"金莲道："我不信。'打谈的吊眼泪——替古人耽忧'，这些都是虚。他若唱的我泪出来，我才算他好戏子。"

那个变卖钗环给武大买房子，初见西门庆又是脸红又是低头的金莲，再也不见了。

如今，她的心越来越硬，活在当下，就是她的人生哲学。

她身上有强悍的生命力，也有破败宇宙的深渊，注定不得好死。莎士比亚让罗密欧说："狂暴的欢愉，必将以狂暴结束。"是的，她必将摧毁自己。

西门庆死前几天，像被死神追赶，快马加鞭找女人。这天他喝得醉醺醺，在王六儿处狂乱一番，来到潘金莲房里。他一直昏睡不醒，金莲却欲火中烧，一气灌了他三粒春药，西门庆随之病倒，七天后死了。

此情此景，是不是很像武大之死？潘金莲和西门庆这一对冤家，在欲海中搏杀，终于被欲望吞噬，始于罪，终于孽。而西门庆死后，潘金莲再无傍依，实危矣。

李瓶儿临死前，悄悄向月娘哭泣道：

"娘到明日好生看养着，与他爹做个根蒂儿，休要似奴粗心，吃人暗算了。"月娘道："姐姐，我知道。"看官听说：只这一句话，就感触月娘的心来。后次西门庆死了，金莲就在家中住不牢者，就是想着李瓶儿临终这句话。

就这样，已四面楚歌，危机重重，潘金莲依然不知轻重，不懂收敛。

西门庆刚死，她就跟女婿陈敬济在灵前溜眼，帐子后调笑，很快就"售色赴东床"了。当年武大的灵位在楼下，她也和西门庆在楼上偷情，对西门庆还有爱，如今，又跟陈敬济打得火热，一切都在重演——

一日，四月天气，潘金莲将自己袖的一方银丝汗贴儿，裹着一个纱香袋儿，里面装一缕头发并些松柏儿，封的停当，要与敬济。不想敬济不在厢房内，遂打窗眼内投进去。后敬济进房，看见弥封甚厚，打开却是汗巾香袋儿，纸上写一词，名《寄生草》：

将奴这银丝帕，并香囊寄与他。当初结下青丝发。松柏儿要你常牵挂，泪珠儿滴写相思话。夜深灯照的奴影儿孤，休负了夜深潜等荼䕷架。

潘金莲这野蛮生长的情欲，见一个爱一个的劲儿，果然跟西门庆如出一辙。后来，她又把春梅拉下水，她、春梅和陈敬济一起，竟把后花园变成了一个男欢女爱的自由王国。

同样是男女游戏，潘金莲比春梅更投入，更不可自拔。她是性感之花，因男人而怒放，没有男人，她会迅速干瘪，活不下去。

春梅不一样，她更独立、更强大。当潘金莲思念陈敬济，春梅却有自己的小情趣——

> 床上收拾衾枕，赶了蚊子，放下纱帐子，小篆内炷了香。春梅便叫："娘不，今日是头伏，你不要些凤仙花染指甲？我替你寻些来。"妇人道："你那里寻去？"春梅道："我直往那边大院子里才有，我去拔几根来。娘教秋菊寻下杵臼，捣下蒜。"妇人附耳低言，悄悄分付春梅："你就厢房中请你姐夫晚夕来，我和他说话。"春梅去了，这妇人在房中，比及洗了香肌，修了足甲，也有好一回。只见春梅拔了几颗凤仙花来，整叫秋菊捣了半日。妇人又与他几钟酒吃，打发他厨下先睡了。妇人灯光下染了十指春葱，令春梅拿凳子放在天井内，铺着凉簟衾枕纳凉。

春梅更自我，不取悦男人。在她身上，有《红楼梦》尤三姐的影子："竟真是他嫖了男人，并非男人淫了她。"同样被吴月娘撵走，她能一滴眼泪也不掉，扬长决裂而去，潘金莲却方寸大乱，手足无措。

潘金莲的大结局即将到来。

先是偷女婿东窗事发。丫鬟秋菊一直被金莲虐待，几次三番向吴月娘告发潘金莲偷女婿，最后一次终被吴月娘撞破奸情。吴月娘先找薛嫂来，带走春梅，又把王婆叫来，把金莲带走，重新发卖——

妇人听见说领卖春梅，就睁了眼，半日说不出话来，不觉满眼落泪，叫道："薛嫂儿，你看我娘儿两个没汉子的，好苦也！今日他死了多少时儿，就打发我身边人。他大娘这般没人心仁义，自恃他身边养了个尿胞种，就把人躧到泥里。李瓶儿孩子周半还死了哩，花麻痘疹未出，知道天怎么算计，就心高遮了太阳！"

潘金莲慌了手脚，只是哭诉。倒是春梅，一点眼泪也没有，还劝她：

娘你哭怎的？奴去了，你耐心儿过，休要思虑坏了你。你思虑出病来，没人知你疼热。等奴出去，不与衣裳也罢，自古"好男不吃分时饭，好女不穿嫁时衣"。

吴月娘不让春梅带走一件东西。还是吴月娘屋里的小玉提醒金莲，不如瞒着月娘，给春梅带些东西。金莲才慌慌张张找出几件衣服和首饰，小玉也送给春梅两个簪子。临走，金莲还让春梅跟月娘告辞，小玉摇了摇手。最后，春梅不垂别泪，头也不回，扬长而去。后来她被卖给周守备，备受宠爱，发了迹，听说金莲也在王婆家等着发卖，一心想让守备买来金莲，娘儿俩一起过日子，自己情愿做小，这是后话。

轮到潘金莲自己被撵出去时，她毫无思想准备。等看见王婆在吴月娘屋里，才愣了，但也无可奈何。她身无长物，几乎是被净身出户——

两个箱子，一张抽替桌儿，四套衣服，几件钗梳簪环，一床被褥。其余他穿的鞋脚,都填在箱内。把秋菊叫到后边来,一把锁就把房门锁了。金莲穿上衣服,拜辞月娘,在西门庆灵前大哭了一回。又走到孟玉楼房中,也是姊妹相处一场,一旦分离,两个落了一回眼泪。玉楼瞒着月娘,悄悄与了他一对金碗簪子,一套翠蓝段袄、红裙子,说道:"六姐,奴与你离多会少了,你看个好人家,往前进了罢。自古道:'千里长篷,也没个不散的筵席。'你若有了人家,使个人来对我说声,奴往那里去,顺便到你那里看你去,也是姐妹情肠。"于是洒泪而别。临出门,小玉送金莲,悄悄与了金莲两根金头簪儿。金莲道:"我的姐姐,你倒有一点人心儿在我。"王婆又早雇人把箱笼桌子抬的先去了。独有玉楼、小玉送金莲到门首,坐了轿子才回。

她一直被卖来卖去,好不容易在西门庆家里待了七年,却又被撑出去,等候发卖。来到王婆家里,她是一夜回到解放前——

> 依旧打扮,乔眉乔眼在帘下看人。无事坐在炕上,不是描眉画眼,就是弹弄琵琶。

张竹坡在这里评论:"仍复收到帘下,何等笔力!"七年前,她还是武大的娘子,每每武大去卖炊饼,她"只在帘子下嗑瓜子儿,一径把那一对小金莲故露出来,勾引浮浪子弟,日逐在门前弹胡博词,撒谜语,叫唱:'一块好羊肉,如何落在狗嘴里?'"

这七年间,她与西门庆偷情,杀死武大,嫁给西门庆,后院争宠,宋蕙莲、官哥和李瓶儿之死,都与她有关,再与陈敬济偷情,被攥……如今,一下子被打回原形,依旧回到命运的原点。

且看她,不仅不思量,晚间又勾搭上王婆的儿子王潮。就这样,依旧沉溺在欲海里,不可自拔。

看到这样的潘金莲,我们只有长叹:这个看不见自己的罪孽,看不清自己的处境,毫无反省能力的女人,实在不配有更好的命运。

她一定会被杀死,但道德杀不死她,只有作者能。

2

在她生命的最后一段时间,命运再次捉弄了她。听说潘金莲在王婆手里待发卖,陈敬济赶紧来看,发誓要买她,娶她回家,但王婆定要一百一十两银子,他手里没钱,要到东京取银子。

张二官有钱,听应伯爵说潘金莲漂亮,也要买,但听说潘金莲在家养女婿,就不买了:"我家现放着十五岁未出幼儿子上学攻书,要这样妇人来家做甚?"又听说她当初用毒药摆布死了汉子,被西门庆偷娶过来,又偷小厮,把六娘李瓶儿和儿子生生害死,就更不敢要了。

彼时,春梅已嫁给周守备做小,极受宠爱。她听说金莲在王婆处,便央求周守备买金莲过来,自己情愿做小。守备派手下两个人张胜和李安来找王婆谈价钱,王婆咬定一百两不松口。二人嫌她太傲娇,打算过两天再来。

金莲面前本来有好几条路。正在胶着时刻,武松却回来了。

他是打虎英雄,正好来结果这个"虎中美女"。

这就是潘金莲的处境——西门庆活着时,她费尽心机,也怀不上胎。西门庆死后,跟女婿偷情,却怀孕了,只好打掉,扔到茅厕里。现今,明明有好几条路可走,最后走的偏偏是一条死路——

> 武松道:"我闻的人说,西门庆已是死了,我嫂子出来,在你老人家这里居住。敢烦妈妈对嫂子说,他若不嫁人便罢,若是嫁人,如今迎儿大了,娶得嫂子家去,看管迎儿,早晚招个女婿,一家一计过日子,庶不教人笑话。"婆子初时还不吐口儿,便道:"他在便在我这里,倒不知嫁人不嫁人。"次后听见说谢他,便道:"等我慢慢和他说。"
>
> 那妇人在帘内听见武松言语,要娶他看管迎儿,又见武松在外出落得长大身材,胖了,比昔时又会说话儿,旧心不改,心下暗道:"我这段姻缘还落在他手里。"就等不得王婆叫他,自己出来,向武松道了万福,说道:"既是叔叔还要奴家去看管迎儿,招女婿成家,可知好哩。"

武松是打定了主意要给哥哥报仇,潘金莲居然信以为真,急不可耐地出来表示愿意。难道她忘记自己曾经做过的事吗?武松怎么会娶她!但凡有点脑子,也不会做此痴心妄想。

有人说她还爱着武松,这是被爱情冲昏了头脑。

她确实还爱着武松,而且至死都不懂武松,不懂这个武松是何等人物,这很傻很天真。

该如何理解这种天真呢?

在《金瓶梅》这个世界里,人人都有自己的算盘,处处是市井气、烟火气,金钱是唯一的信仰。谁会认真爱上武松?李瓶儿不会,孟玉楼也不会,武松实在不是一个好的婚姻对象。

只有潘金莲会。她一不贪财,二不在意名分,一心只要爱与欲。自始至终，她都靠本能活着，不懂得规划未来，也没有啥心机，所有的爱恨都写在脸上。

有评论者说，吴月娘专门去泰山还愿这事很蹊跷，因为根本没必要。西门庆死了，祈福的愿望压根儿没实现，何来还愿？往深处了想：她出门前，秋菊已告密说金莲跟陈敬济偷情之事，吴月娘没有行动，是因为没抓到现行。在这节骨眼上，吴月娘执意出门，其实是想放任潘金莲做出更离谱的事，果然她偷情越来越大胆，还打了胎……因此，吴月娘回来后，很快就捉到了潘金莲和陈敬济的奸，再撵她出去，这是早有预谋，一气呵成。

这很像春秋时期的郑庄公对弟弟共叔段，老谋深算。这猜想并非捕风捉影。《金瓶梅》是一个成年人的世界，人人都有鬼，复杂得一塌糊涂。

唯有潘金莲活得像个孩子，靠满腔元气和孩子气，任性妄为，四处奔突，最后把自己送上了不归路。

讨厌潘金莲者众多，近年来，为她翻案的也不少。不管怎样，潘金莲是最独特的"那一个"，也只有她，死到临头却被爱情冲昏头脑，催着武松："既要娶奴家，叔叔上紧些。"

王婆一开始并没把武松的话当真，因为她不信武松手里有银子。巧了，武松身上恰有施恩所赠的一百两银子，另外还有五两碎银，正好给王婆当谢媒钱。王婆见了银子，喜出望外，啥都忘了，所以是"贪财忘祸"。

一切都那么严丝合缝。借用纳博科夫的说法，这就是"人类命运的精妙的微积分"。

第二天，武松拿来银子，晚夕便要娶潘金莲过去。王婆取二十两银子给了吴月娘，待吴月娘听说是武松要娶，不禁暗中跌脚，与孟玉楼说："往后死在他小叔子手里罢了，那汉子杀人不斩眼，岂肯干休！"

然而，当事人还在痴心妄想。晚上婆子领着潘金莲进门，换了孝，戴着新鬏髻，身穿红衣服，搭着盖头。一进门就看见武大的灵位，心中虽有狐疑，却再也抽身不得了。

于是，潘金莲的新婚之夜，成了凶杀现场。

武松把刀子忔楂的插在桌子上，用左手揪住妇人云髻，右手匹胸提住，把桌子一脚踢番，碟儿盏儿都打得粉碎。那妇人能有多大气脉，被这汉子隔桌子轻轻提将起来，拖出外间灵桌子前。

武松绑住王婆：

"先剐了这个淫妇，后杀你这老猪狗！"提起刀来，便望那妇人脸上擞了两擞。妇人慌忙叫道："叔叔且饶，放我起来，等我说便了。"武松一提，提起那婆娘，旋剥净了，跪在灵桌子前。武松喝道："淫妇快说！"那妇人唬得魂不附体，只得从实招说。

武松在灵前，一手揪着潘金莲，一手浇奠了酒，把纸钱点着，说道：

"哥哥，你阴魂不远，今日武松与你报仇雪恨。"那妇人见势头不好，才待大叫。被武松向炉内挝了一把香灰，塞在他口，就叫不出来了。然后劈脑揪番在地，那妇人挣扎，把鬏髻簪环都滚落了。武松恐怕他挣扎，先用油靴只顾踢他肋肢，后用两只脚踏她两只胳膊，便道："淫妇，自说你伶俐，不知你心怎么生着，我试看一看。"一面用手去摊开他胸脯，说时迟，那时快，把刀子去妇人白馥馥心窝内只一剜，剜了一个血窟窿，那鲜血就冒出来。那妇人就星眸半闪，两只脚只顾登踏。武松口噙着刀子，双手去斡开他胸脯，扑挖的一声，把心肝五脏生扯下来，血沥沥供养在灵前。后方一刀割下头来。血流满地。

写到这里，作者忍不住道："武松这汉子端的好狠也！"他写金莲之死，是"初春大雪压折金线柳，腊月狂风吹折玉梅花"。绣像本有无名评点："读至此不敢生悲，不忍称快，然而心实恻恻难言哉。"

而《水浒传》作者，只会喊："好！"

《水浒传》里没写潘金莲的挣扎，全程从武松的视角呈现杀戮的过程——

叫土兵取碗酒来，供养在灵床子前，拖过这妇人来跪在灵前，喝那婆子也跪在灵前。武松道："哥哥灵魂不远，兄弟武二与你报仇雪恨！"叫土兵把纸钱点着。那妇人见头势不好，却待要叫，被武松脑揪倒来，两只脚踏住他两只胳膊，扯开胸脯衣裳。说时迟，那时快，把尖刀去胸前只一剜，口里衔着刀，双手去斡开胸脯，取出心肝五脏，供养在灵前。肐查一刀，便割下那妇人头来，血流满地。

如果你只想看一个"少妇不甘寂寞出轨杀夫终被杀"的故事，《水浒传》包你满意。

同一个故事，《金瓶梅》却换了一个讲法，于是，我们才能看见一个女人是怎样一步步走向深渊，最终被残酷虐杀……唯其如此，我们才"心实恻恻难言哉"。

还有，武松杀潘金莲，为啥要把她剥干净？

或许，在内心深处，他不把她当人看，只是待宰的羔羊，将被摆上祭坛；或许，这个举动背后有武松的潜意识——他从一开始就不敢直面这个妖娆的嫂嫂，而一再低头。"低头"是拒绝，也是掩饰，对这个嫂嫂，他也有隐秘的欲望。从这个角度看，把她剥光更像一场仪式，是以杀戮的方式占有她。

潘金莲被杀死后，《金瓶梅》有一首诗："堪悼金莲诚可怜，衣裳脱去跪灵前。谁知武松持刀杀，只道西门绑腿顽。"杀戮与性，居然无缝衔接。

再看武松。他杀了金莲，又杀了王婆，跑到王婆家里，找回银两，又上上下下搜罗了钗环首饰，包裹了，一路上梁山去了。对了，凶杀现场还有一个亲侄女迎儿，迎儿说："叔叔，我害怕。"武松却把迎儿锁在屋里，说："孩儿，我顾不得你了。"

冷冷一笔，照见英雄的凉薄。

在《金瓶梅》里，武松是唯一一个对"财色"有免疫的，但也占了"酒和气"，他气性之大，也是罕见的。每个人都有自己的"罪与罚"。

武松报了仇，成了英雄。在《水浒传》的世界里，李逵挥着板斧一路杀到江边，砍翻无数围观群众。美髯公朱仝带着那个四岁的小衙内，也被他一刀砍成两截，张都监一家被武松灭门……杀人的，都成了英雄好汉。

潘金莲是不是比这些杀人者更坏？我不知道。

潘金莲和王婆的尸首，被胡乱堆埋在大街上，最后还是春梅托人葬在了永福寺。

我们最后看见潘金莲这个名字，是在第 89 回和第 96 回。

第 89 回的清明节，吴月娘、孟玉楼给西门庆上坟烧纸，路过永福寺，偶遇了春梅。彼时，春梅正怀有身孕，她被卖给周守备，备受宠爱。后来，她生了儿子，正房死了，遂被扶为正。算命的吴神仙说她"必戴珠冠"，有夫人之分。果然成真。

春梅正是来给潘金莲上坟的——

> "便是因俺娘他老人家新埋葬在这寺后，奴在他手里一场，他又无亲无故，奴不记挂着替他烧张纸儿，怎生过得去。"月娘说："我记的你娘没了好几年，不知葬在这里。"孟玉楼道："大娘还不知庞大姐说话，说的是潘六姐死了。多亏姐姐，如今把他埋在这里。"月娘听了，就不言语了。吴大妗子道："谁似姐姐这等有恩，不肯忘旧，还葬埋了。你逢节令题念他，来替他烧钱化纸。"春梅道："好奶奶，想着他怎生抬举我来！今日他死的苦，这般抛露丢下，怎不埋葬他？"

吴月娘早把潘金莲忘到了九霄云外，自始至终，唯有春梅对潘金莲一直念念不忘。孟玉楼到永福寺后面的白杨树下，来看潘金莲——

> 见三尺坟堆，一堆黄土，数柳青蒿。上了根香，把纸钱点着，拜了一拜，说道："六姐，不知你在这里，今日孟三姐误到寺中，与你烧陌钱纸！你好处升天，苦处用钱。"一面放声大哭。

词话本里多一段文字，其中有这样一句："可惜你一段儿聪明，今日埋在土里！"

第96回，整整一百回大书，已经到了尾声。春梅成了守备夫人，来给孝哥过生日，同时也是西门庆三周年忌日。春梅重游旧家池馆，看到李瓶儿的屋子——

> 楼上丢着些折桌、坏凳、破椅子，下边房都空锁着，地下草长的荒荒的。方来到他娘这边，楼上还堆着些生药香料，下边他娘房里，止有两座厨柜，床也没了。

潘金莲的床是一张大螺钿床，当年她看到李瓶儿有一张，便央求西门庆花了六十两买了一张。如今这些床安在？吴月娘说，当年用孟玉楼的拔步床陪送了西门大姐，孟玉楼再嫁，就把潘金莲的螺钿床带走了。

> 春梅道："我听见大姐死了，说你老人家把床还抬的来家了。"月娘道："那床没钱使，只卖了八两银子，打发县中皂隶，都使了。"春梅听言，点了点头儿。那星眼中由不的酸酸的，口中不言，心内暗道："想着俺娘那咱，争强不伏弱的问爹要买了这张床。我实承望要回了这张床去，也做他老人家一念儿，不想又与了人去了。"由不的心下惨切。又问月娘："俺六娘那张螺甸床怎的不见？"月娘道："一言难尽。自从你爹下世，日逐只有出去的，没有进来的。常言家无营活计，不怕斗量金。也是家中没盘缠，抬出去交人卖了。"春梅问："卖了多少银子？"月娘道："止卖了三十五两银子。"春梅道："可惜了，那张床，当初我听见

爹说，值六十两多银子，只卖这些儿。早知你老人家打发，我到与你老人家三四十两银子要了也罢。"月娘道："好姐姐，人那有早知道的？"一面叹息了半日。

其实哪有穷到这个地步！西门庆死后，吴月娘关了几个铺面，还剩下当铺和生药铺，也算殷实人家。她只是想赶紧处理掉旧人旧物，眼不见为净，才会贱卖至此。《金瓶梅》写人心，含蓄、简净却深远。

人哪有早知道的呢？如果能早知道，潘金莲是不是可以有另一种人生？是不是可以重新来过？

这样的潘金莲，这样的生，这样的死，是不是可以唤起我们的叹息、理解与慈悲？

当年，法国诗人波德莱尔出版了《恶之花》，巴黎人大呼受不了，因为他居然迷恋阴郁、腐臭的事物，热爱坟墓和毒蛇，对黑暗的意象情有独钟。但艺术家罗丹说："我终于理解了波德莱尔的这首《腐尸》了，波德莱尔从腐尸中发现了存在者。"

《腐尸》其实是一首情诗，表达了作者对恋人最深沉的爱，却通篇描写一具正在腐烂的女尸，从臭气到蛆子到白骨。罗丹说，这首诗探讨了生存、死亡等人类更本质的秘密。

《金瓶梅》也是兰陵笑笑生写给人类的情诗，只不过是波德莱尔式的。感谢兰陵笑笑生写了这样一个潘金莲，他知道人性的深渊在哪里，也能看见暗夜里的光。

什么是人性？人性也是《红楼梦》里的风月宝鉴，正面是美女，是欲望，也是死亡；反面是骷髅，是破败，却是拯救。《金瓶梅》正是风月宝鉴的反面。

兰陵笑笑生其实是在提醒我们：不要急着去批判，其实你并没想象中的那么好。如果能低下头来，我们是可以从金莲身上，发现自己的。事实上，她的千疮百孔，她的荣耀和破败，我们都有。

她其实是我们中的一员。

所以，读《金瓶梅》一点也不轻松。

王六儿：一个平行世界里的潘金莲

1

先说说潘金莲和武松吧。

那个雪天，武松踏着乱琼碎玉回家，嫂嫂潘金莲已准备好酒菜，等着他。然后，二人上楼对饮。金莲端起酒杯，一再暗示，又是说闲话，又去武松肩上一捏。

而武松坐在那里一声不吭，从"也知了八九分，自己只把头来低了"，到"五七分不自在"，再到"八九分焦躁"，内心颇不平静。金莲却没看出来，她大概被情欲蒙住了眼睛。

于是，一边厢热情似火，一边厢冷心冷面，这场面，张力十足。

当潘金莲拿起一盏酒，自己喝了一口，剩下半盏，看着他："你若有心，吃我这半盏儿残酒。"武松的反应是这样的——劈手夺过酒杯，泼在地上，张口说："嫂嫂不要恁的不识羞耻！"还把手一推，差点把金莲推倒，又瞪眼道："武二是个顶天立地噙齿戴发的男子汉，不是那等败坏风俗伤人伦的猪狗！……我武二眼里认的是嫂嫂，拳头却不认的是嫂嫂！"他义正词严，还亮出了铁拳。

武松是直男，十足真金。潘金莲涨红了脸，收拾酒菜走开，喃喃地说：我开玩笑，你当真了！"好不识人敬！"

当初，她被张大户嫁给武大，因为长得漂亮，一些浮浪子弟总在门口逡巡嘲戏。武大抱怨门户太浅，金莲变卖钗环换了房子，然后，武松当了都头，遇见哥哥，搬来居住。潘金莲喜出望外，每日烧汤做饭，殷勤伺候。

然而，这个雪天后，一切都变了，金莲也不再是以前的金莲了。随后，在一个春光明媚的下午，她不小心用窗帘竿子打到了一个人，人生从此急转弯。

说起来，她命运的真正转折点，并非遇到西门庆，而是遭遇武二暴力拒绝的这个雪天。

我们不妨设想一下：如果武二委婉点儿，有技巧地拒绝，不撕破脸皮，或者找个借口离开……他毕竟早就觉察嫂嫂有异，"知了八九分，自己只把头来低了"。那么，金莲的满腔爱欲，不直接撞墙，而是软着陆；武二不必大怒拂袖离开；武二出差，武大也就不用早早回家守；金莲也就不会早早叉竿放帘，就不会遇到西门庆……

命运是无数交叉的花园小径，有很多可能性。

有人说武松是"厌女症患者"，才会这么不近情理，甚至有点残忍。当然，我们可以责备他是钢铁直男，是"直男癌晚期"，却不能谴责他的选择，因为他也有他的道德坚持——作为一个英雄好汉，不能近女色，更不能坏人伦，不然猪狗不如。

但我们更不忍心责备金莲。她不爱武大，爱上武松，这再正常不过了，往高大上的方面想，她还是追求爱情的急先锋呢。她那么聪慧美丽，却一再被卖，最终被嫁给武大这样的人，命运对她也太不公平了。

这个雪天,其实是一个道德困境。欲望、道德、处境交织在一起,难分难解,双方都很受伤。

这个叔嫂故事,在《水浒传》里已经定型,兰陵笑笑生借这个题目,另起炉灶写《金瓶梅》。不能改变事件的走向,以及人物的命运,他能做的是让武松的刀迟了七年才砍下来。

但是,他给我们讲了另一个故事,故事的主人公是王六儿。巧了,潘金莲在娘家排行老六,在书里有时是"六儿",有时候被称为"潘六儿""六姐"。

所以,有人说王六儿是潘金莲的另一个分身,我们就把她当成平行世界里的潘金莲吧。

2

王六儿是伴着一桩丑闻出场的。

当时她老公韩道国正跟邻居吹牛,说自己跟西门庆关系特铁,虽是表面上伙计,但老爹待他太好了,特别信任他,经常跟他喝酒聊天,胜似朋友:

> 昨日他家大夫人生日,房下坐着轿子行人情,他夫人留饮至二更方回。彼此通家,再无忌惮。不可对兄说,就是背地他房中话儿,也常和学生计较……

正在此时,有人跑来给他报信:韩老爹,你老婆和你二哥如何如何,被街坊捉住,拴在铺子里,明早要送到官府里去。你还不快点找人处理这事?韩道国大惊失色,央应伯爵带他去求西门庆。

有意思的是,"彼此通家,再无忌惮",很快成真。

这时,我们并不知道王六儿长什么样,只知道她和小叔韩二通奸事发了。

等到第 36 回,西门庆忽然想起,东京蔡太师的翟管家托自己找小妾,自己忙得差点忘了。匆忙间,冯妈妈推荐了韩道国和王六儿的女儿。这天,她带着西门庆过来相看,王六儿领着爱姐出来拜见,西门庆的眼里,却只有当妈的:

> 穿着紫绫袄儿玄色段金比甲,玉色裙子下边显着趫趫的两只脚儿。生的长挑身材,紫膛色瓜子脸,描的水鬓长长的。

不禁心摇目荡,不能定止,暗道:原来韩道国有这样一个妇人在家,难怪前日那些人鬼混她。二人讲完正经事,接下来有一段话,情形如画——

> 西门庆问道:"韩伙计不在家了?"妇人道:"他早晨说了话,就往铺子里走了。明日教他往宅里与爹磕头去。"西门庆见妇人说话乖觉,一口一声只是爹长爹短,就把心来惑动了,临出门上覆他:"我去罢。"妇人道:"再坐坐。"西门庆道:"不坐了。"于是出门。

此处张竹坡弹幕:"三句九字,勾魂帖,定情书。"

"我去罢",有无限留恋之意,"再坐坐",暗含邀约,"不坐了",是还要再来。《金瓶梅》里,如此锦绣文字,处处可见。

在那个时代，王六儿绝对算不上美女，至少不符合主流审美。

《金瓶梅》里的美女，大多小巧玲珑，是"五短身材"。李瓶儿是，孙雪娥是，妓女李桂姐和郑爱月也都不高。相比之下，王六儿的"长挑身材"，简直是羊群里的骆驼。"紫膛色"的瓜子脸，是肤色比较深，类似猪肝色或小麦色吧？

中国人可是一向以白为美。所以，潘金莲对着西门庆骂王六儿：那"大摔瓜长淫妇""大紫腔色黑淫妇"，你怎么会看上她呢？就连王六儿自己也不明白，对前来拉皮条的冯妈妈说：

> "他宅里神道相似的几房娘子，他肯要俺这丑货儿？"婆子道："你怎的这般说？自古道情人眼内出西施，一来也是你缘法凑巧，他好闲人儿，不留心在你时，他昨日巴巴的肯到我房子里说？又与了一两银子，说前日孩子的事累我。落后没人在跟前，就和我说，教我来对你说。你若肯时，他还等我回话去。典田卖地，你两家愿意，我莫非说谎不成！"妇人道："既是下顾，明日请他过来，奴这里等候。"这婆子见他吐了口儿，坐了一回去了。

为了点碎银子，冯妈妈这拉皮条的也很尽心。

仔细想一想，王六儿大高个、深色皮肤，又健康又性感，还豪放……在今天，不就是异域风大美女吗？

西门庆的女人多，对女性的品味有时飘忽不定，比如他喜欢李瓶儿的白屁股白腿，喜欢她的贵妇做派，温柔缱绻；也爱金莲的妖艳风情、性感奔放；喜欢李桂姐的世俗精明，还迷恋郑爱月的伪文艺范儿……但有一个标准永远不变，那就是熟女。

王六儿堪称熟女中的熟女，她是西门庆最心仪的床伴。

她放得开，随时满足西门庆的奇葩要求。她和西门庆的床笫故事是大宋版《五十度灰》，生冷荤素，前前后后，百无禁忌。她特别会曲意逢迎，时而婉约，时而豪放，其开放程度超过《金瓶梅》里的任何一个女人，包括潘金莲。

潘金莲的"醉闹葡萄架"，历来被认为是书中最污的，王六儿却能污上天际。

王六儿的大胆豪放，让西门庆的性爱体验登峰造极，意乱情迷之余，说道："王六儿，我的儿，你达不知心里怎的只好这一桩儿，不想今日遇你，正可我之意，我和你明日生死难开。"

金莲甘拜下风，她毕竟是文青，有情感要求。而王六儿更像动物，荤素不忌，没有任何道德负担。

她对西门庆没感情，就是图财。西门庆嫌她家的酒不好喝，送来一坛竹叶清，她说：哎呀，我不争气，住的地方太偏，周围没好酒店，也没像样的酒给爹喝。西门庆便答应要在狮子街给她买一套房子。

更让人跌眼镜的是，她老公韩道国出差回来，王六儿如实相告：大官人如何如何，来了三四次，替我买了丫鬟。每次来都带一二两银子，还要帮咱们买一套好房子哩。咱家韩二来缠过一次，被我打出去了——

"这不是有了五十两银子，他到明日，一定与咱多添几两银子，看所好房儿。也是我输了身一场，且落他些好供给穿戴。"韩道国道："等我明日往铺子里去了，他若来时，你只推我不知道，休要怠慢了他，凡事奉他些儿。如今好容易赚钱，怎么赶的这个道路！"老婆笑道："贼强人，倒路死的！你到会吃自在饭儿，你还不知老娘怎样受苦哩！"两个又笑了一回，打发他吃了晚饭，夫妇收拾歇下。

两人说来说去，竟十分喜悦。

当年武大、武二和潘金莲面临的道德困境，就这样迎刃而解了。这作风，让我这吃瓜群众感到眩晕。

王六儿们是生存高手，就像《天龙八部》里的扫地僧，甫一出手，便搞定了萧远山和慕容博纠缠了半辈子的血海深仇。

从此，王六儿和韩道国的日子越过越好——买了丫鬟锦儿，在狮子街石桥东，花了一百二十两银子买了一套房屋，门面两间，到底四层，一层做客位，一层供养佛像祖先，一层做住房，一层做厨房……妥妥的城市中产阶级。新邻居也都知道她家跟西门庆关系不一般，个个都客气相待。韩道国、王六儿和西门庆还商量着，如何给新房盖个露台，让风水更好。

而她和韩道国之前住在牛皮巷，屋里是这样的：

> 正面纸窗门儿，厢的炕床挂着四扇各样颜色绫剪帖的张生遇莺莺蜂花香的吊屏儿，上桌鉴妆、镜架、盒罐、锡器家活堆满，地下插着棒儿香。上面设着一张东坡椅儿。

只是一明一暗两间房，典型的城市贫民的住宅。跟了西门庆，轻轻松松，实现了阶层跳跃。

王六儿一出场是这样打扮的："穿着紫绫袄儿玄色段金比甲，玉色裙子"，也没什么首饰。后来就上了点档次："戴着时样扭心䯼髻儿，身上穿紫潞绸袄儿，玄色披袄儿、白挑线绢裙子，下边露两只金莲，拖的水鬟长长的，紫膛色，不十分搽铅粉，学个中人打扮，耳边带着丁香儿。"

因为跟西门庆的这层关系，王六儿还能捞外快。

有一个苗青谋害主人苗员外，事发后，托王六儿的隔壁邻居找王六儿，走西门庆的后门。王六儿因此得了五十两银子和两套妆花缎子衣服，喜出望外，让玳安请来西门庆。西门庆却说：这苗青的事大了，他自己有两千两银子的货，你图这么点银子做什么？

苗青赶紧又送给西门庆和夏提刑共一千两，再给王六儿五十两，外加四套上色衣服，才把事情办妥。王六儿两口子高兴得睡不着觉，商量着要打头面，置簪环，唤裁缝来裁衣服，重新抽银丝髯髻。还用十六两银子，买了一个丫头使唤。

两口子"齐心协力发家致富奔小康"。

现在回想起来，西门庆第一次到韩道国家相看爱姐，韩道国和王六儿也许就想到这一天了，不信请看第37回——

> 韩道国来家，妇人与他商议已定。早起往高井上叫了一担甜水，买了些好细果仁，放在家中，还往铺子里做买卖去了。丢下老婆在家，艳妆浓抹，打扮的乔模乔样，洗手剔甲，揩抹杯盏干净，剥下果仁，顿下好茶等候，冯妈妈先来撺掇。

韩道国是故意离开，留下老婆一个人招待西门庆的。这两个人以勾搭上财主为荣，一个在跑南方搞运输，为西门庆贩卖货物，一个在家里跟西门庆偷情，不亦乐乎。

王六儿和西门庆一个图财，一个图色，纯属交易，没感情纠缠，也没道德包袱。西门庆要给王六儿换房子，王六儿说：

爹说的是。看你老人家怎的可怜见，离了这块儿也好。就是你老人家行走，也免了许多小人口嘴，咱行的正，也不怕他。爹心里要处自情处，他在家和不在家一个样儿，也少不的打这条路儿来。

还贴心提示西门庆，不要在乎我老公，他在家不在家都一样。还有"咱行的正"！乖乖，她真能说得出口。

不过，这可能是她的真心话，她说自己"输了身一场，且落他些好供给穿戴"，言下之意，这是公平交易，又不是白吃白得，挣的也是辛苦钱呢。

再看当初，西门庆让冯妈妈去探王六儿的口风，冯妈妈是这么说的：（大官人）"要来和你坐半日儿，你怎么说？这里无人，你若与他凹上了，愁没吃的、穿的、使的、用的！走熟了时，到明日房子也替你寻得一所，强如在这僻格剌子里。"

你看，这就是《金瓶梅》世界的逻辑。这是一个破败的世界，大家都似乎没有了道德负担，什么仁义、什么禁忌，在金钱面前统统烟消云散了。

3

西门庆死后，王六儿撺掇着韩道国拐了一千两银子，跑到东京投奔女儿韩爱姐去了。

本来按韩道国的意思，只留下一半，把另一半给吴月娘。王六儿因为去给西门庆吊唁，被吴月娘冷落，心中不爽——

韩道国先告诉往回一路之事，道："我在路上撞遇严四哥与张安，才知老爹死了。好好的，怎的就死了？"王六儿道："天有不测风云，人有暂时祸福。谁人保得无常！"韩道国一面把驮垛打开，取出他江南置的许多衣裳细软等物，并那一千两银子，一封一封都放在炕上。老婆打开看，都是白光光雪花银两，便问："这是那里的？"韩道国说："我在路上闻了信，就先卖了这一千两银子来了。"又取出两包梯己银子一百两，因问老婆："我去后，家中他也看顾你不曾？"王六儿道："他在时倒也罢了，如今你这银子还送与他家去？"韩道国道："正是要和你商议，咱留下些，把一半与他如何？"老婆道："呸，你这傻奴才料，这遭再休要傻了。如今他已是死了，这里无人，咱和他有甚瓜葛？不急你送与他一半，交他招暗道儿，问你下落。到不如一狠二狠，把他这一千两，咱雇了头口，拐了上东京，投奔咱孩儿那里。愁咱亲家太师爷府中，安放不下你我！"韩道国道："丢下这房子，急切打发不出去，怎了？"老婆道："你看没才料！何不叫将第二个来，留几两银子与他，就叫他看守便了。等西门庆家人来寻你，保说东京咱孩儿叫了两口去了。莫不他七个头八个胆，敢往太师府中寻咱们去？就寻去，你我也不怕他。"韩道国道："争奈我受大官人好处，怎好变心的？没天理了！"老婆道："自古有天理到没饭吃哩。他占用着老娘，使他这几两银子，不差甚么。想着他孝堂里，我到好意备了一张插桌三牲，往他家烧纸。他家大老婆那不贤良的淫妇，半日不出来，在屋里骂的我好汕的。我出又出不来，坐又坐不住，落后他第三个老婆出来陪我坐，我不去坐，就坐轿子来家了，想着他这个情儿，我也该使他这几两银子。"一席话，说得韩道国不言语了。

王六儿思路清晰，下手快狠准，比韩道国还手辣。"自古有天理到没饭吃哩！"一句话，透露出民间生存逻辑的残酷：原来天理和生存水火不容。不知朱熹他老人家听到这话，会不会反思一下，是天理太高调，还是生存太艰难呢？

等到王六儿再次出现，已经是第98回了。彼时，潘金莲已被武松杀死，玉楼再嫁，春梅成了守备夫人……一部大书，行至尾声。在临清的一个酒楼上，一个中年妇女出现了，她"长挑身材，紫膛色"，这不是王六儿吗？

原来，因东京蔡太师倒掉，他们带着女儿，一家三口回了老家，却找不到小叔韩二，故流落在此。此时的韩道国，也已掺白须鬓矣，世事流转，斯如是哉。

为了谋生，王六儿和她女儿一起，操起了皮肉生涯。一个湖州来的绸缎商人何官人，看她"长挑身材，紫膛色，瓜子面皮，描的大大水鬓，涎邓邓一双星眼，眼光如醉，抹的鲜红嘴唇"，便包下了她。

她倒是风情依旧。没情感负担的人，大概不会老得太快。

后来，何官人带王六儿、韩道国一起回到湖州老家。再后来，何官人和韩道国相继死了。小叔韩二和爱姐，一路找过来：

> 不想何官人已死，家中又没妻小，止是王六儿一人，丢下六岁女儿，有几顷水稻田地。不上一年，韩道国也死了。王六儿原与韩二旧有揸儿，就配了小叔，种田过日。

于是，韩二和王六儿继承了何官人的家业田地，虽然大金攻打大宋，天昏地暗，但二人相依为命，倒也平安度日。

这就是王六儿的故事。惊不惊喜？意不意外？

潘金莲爱小叔，不得，最后被小叔所杀，这是一个爱欲受阻、进而裂变崩解的故事，这个故事属于《水浒传》原创。王六儿的故事，才是《金瓶梅》独家讲述。

这故事，只有兰陵笑笑生才讲得出来。一般的作者，哪敢让王六儿平安到老，还跟韩二成正果？他们有一脑门的道德顾虑，甚至道德洁癖，比如《水浒传》杀嫂、杀妻、杀情人，李逵还杀了一对小恋人。一涉及婚姻之外的两性关系，就杀气腾腾。

第59回韩道国替西门庆从南方贩货回来：

> 王六儿听见韩道国来了，分付丫头春香、锦儿，伺候下好茶好饭。等的晚上，韩道国到家，拜了家堂，脱了衣裳，净了面目，夫妻二人各诉离情一遍。韩道国悉把买卖得意一节告诉老婆。老婆又见搭连内沉沉重重许多银两，因问他，替己又带了一二百两货物酒米，卸在门外店里，慢慢发卖了银子来家。老婆满心欢喜："我听见王经说，又寻了个甘伙计做卖手，咱每和崔大哥与他同分利钱使，这个又好了。到出月开铺子。"韩道国道："这里使着了人做卖手，南边还少个人立庄置货，老爹已定还裁派我去。"老婆道："你看货才料，自古能者多劳。你不会做买卖，那老爹托你么？常言：'不将辛苦意，难得世间财。'你外边走上三年，你若懒得去，等我对老爹说了，教姓甘的和保官儿打外，你便在家卖货就是了。"韩道国道："外边走熟了，也罢了。"老婆道："可又来，你先生迷了路，在家也是闲。"说毕，摆上酒来，夫妇二人饮了几杯阔别之酒，收拾就寝。是夜欢娱无度，不必细说。

略去背景，这便是一对恩爱夫妻——两个人的交谈，家常又温馨，除了交流见闻，还一起展望未来，亲亲热热……价值观高度契合，都是"不将辛苦意，难得世间财"。

回过头来，再看武大、武松和潘金莲，不是你死，就是我活，充满欺骗和杀戮。倒是平行世界里的王六儿、韩道国和韩二，都活得好好的。

王六儿的故事，着实让很多人困惑：不道德的人，却有不错的下场！兰陵笑笑生到底想写什么样的故事？他想表达什么？

如果你相信文学是教化的工具，那《金瓶梅》一定会让你失望，甚至反感。

道德教化一点也不难，《金瓶梅》同时代的色情小说，都扛着教化人心的大旗，都声称："一片苦心，要为世人说法，劝人息欲，不是劝人纵欲。"意思是，为了让大家有兴趣看下去，才不得不写色欲，再加以针砭和点化，定会让大家恍然醒悟，改邪归正。

但伟大的文学，不是道德的地盘，而是人性的世界。不仅如此，它还会挑战固有的道德秩序，释放天性和想象力。而且，绝不提供现成的答案。

兰陵笑笑生好像总在讨价还价，打碎道德，收复人性。他笔下的人，总能从道德秩序里游弋而出，"冒犯"我们。

《鹿鼎记》里，陈近南收了韦小宝当徒弟，让他加入了天地会，命他遵守会规。其中有一条是"不得谎言诈骗"，韦小宝一怔：我对总舵主，自然不敢说谎？难道对其余兄弟，什么事都要说真话吗？陈近南又说：一件坏事都不能做，否则我不饶你！韦小宝心想：我做半件总可以吧？

陈近南认为韦小宝这孩子，资质不佳，老爱讨价还价。但从另一个角度，当道德过于高调严苛时，文学却要为人性辩护，争取生存的空间。这也是明代色情小说泛滥的重要原因：道德越紧，反弹越大。

那么，道德的边界到底在哪里？个体有欲望、群体守护道德，还有飘浮的灵魂和审美，本来就很难去衡量一个个体是否足够"好"。在《金瓶梅》的世界里，一切变得更模糊、更暧昧、更难以判断。

就这样，《金瓶梅》给我们出示了一个个难题。

我们会困惑，但兰陵笑笑生却不，他能谅解一切。

他看着那些男男女女在欲望的洪流里沉浮，看着他们一肚子小算盘，蝇营狗苟，看着他们为了争一口食掀起风浪。他饶有兴趣地一路跟拍——西门庆马不停蹄地找女人；王婆、薛嫂、冯妈妈、薛姑子和王姑子们为了钱东奔西走；张四舅和杨姑娘在大街上对骂，骂得尘土飞扬；李瓶儿跟西门庆隔墙密约；宋蕙莲跟西门庆勾搭，渴望一顶银丝鬏髻；春梅气嘟嘟地骂人，因为"你还不知道我是谁哩！"；潘姥姥絮絮叨叨地埋怨金莲，嫌弃她吝啬、爱骂人……

他有莎士比亚对人性的无穷好奇，也有契诃夫、福楼拜的温柔与慈悲。

意大利作家莱维笔下的老鞋匠说："这个世界很大，每个人都有自己的位置。"

我们甚至还惊讶地发现，王六儿和韩道国，这两个不道德的父母，却生了一个奇异的女儿：韩爱姐。她为了糊口，当了妓女，却爱上了一个人，为他毁容守节。她的故事，很不《金瓶梅》，却更像《红楼梦》里的人。

张竹坡说，爱通"艾"，"此等艾火，可炙一切奸夫淫妇乱臣贼子，盗杀邪淫等病"。

是吗？面对我们的询问，我猜兰陵笑笑生一定会摆摆手：别问我，我也不知道。

《金瓶梅》实在是开放的、前卫的。它提供的新奇与复杂，足够我们一次次打碎观念的桎梏，一次次"重新做人"。我们与《金瓶梅》之间，有一条巨大的沟壑，理解与慈悲是走进它的桥梁。

可惜，我们不知道兰陵笑笑生是谁，他甚至拒绝在书中留下关于自己的只鳞片爪，他把自己隐藏得如此彻底，就像一粒沙隐入沙漠。有人说，他应该是现实中的应伯爵。

这不可能。

书中任何一个人都是他，也都不是他。

另眼相看

兰陵笑笑生早就原谅了他们。所以,他笔下的人尽管复杂幽微,却不一味阴暗。他甚至爱着他们,不然没耐心写下他们的卑琐,以及他们的哀乐。

西门庆(上):每个人心里都有一个西门庆

1

《金瓶梅》借用了《水浒传》里的故事,并进行了全面重构。

西门庆并没有被武松杀死。那天,他和李皂隶在酒楼喝酒,远远看见武松凶神般奔来,赶紧跳后窗逃走了。武松找不到西门庆,迁怒于人,打死了李皂隶。

西门庆呢?他——

跳下楼窗,扒伏在人家院里藏了。原来是行医的胡老人家。只见他家使的一个大胖丫头,走来毛厕里净手,蹶着大屁股,猛可见一个汉子扒伏在院墙下,往前走不迭,大叫:"有贼了!"慌的胡老人急进来。看见,认得是西门庆,便道:"大官人,且喜武二寻你不着,把那人打死了。地方拿他县中见官去了。这一去定是死罪。大官人归家去,料无事矣。"

就这样,西门庆喜剧般躲过了武松的刀。结果武松杀人入狱,西门庆和潘金莲从此却过上了没羞没臊的生活。

《水浒传》里,杀人偿命、快意恩仇,是英雄传奇;而在《金瓶梅》里,正义不仅迟到,还缺了席……哪个才更接近真实?

当然是后者。《金瓶梅》呈现的是一个下沉的、被长期遮蔽的底层中国,人人都忙着赚钱谋生,全是此岸风情、人间烟火。英雄来到这里,像走错了片场,像从《射雕英雄传》剧组来到美食直播现场。

《水浒传》是英雄视角,快意恩仇。《金瓶梅》则反着来,把高高在上的英雄,拉回地面,采用的是人性视角——所以,在这里,武松没那么容易杀死西门庆和潘金莲,胡老人肯定站西门庆这边,趋利避害是人的本性。

就连仵作何九也不一样了。在《水浒传》里,他忌惮武松"杀人不眨眼",偷藏了武大的遗骨,留下了重要证据,但在《金瓶梅》里,他收下西门庆的银子,武松回来到处找不到他,早就躲得远远的。

至于武大,原本是被侮辱被损害的小人物,也面目模糊起来。天上掉下个大美女,成了他的老婆,张大户也免他租金,还贴补他做生意。回家不小心遇到张大户来会金莲,他选择躲开,理由是:"原是他的行货。"显得有点猥琐。至于后来他执意捉西门庆的奸,被踢中心窝,卧床不起,一是因为郓哥激将,他要面子;二是自觉有武松壮胆。

就这样,《金瓶梅》全面重构了《水浒传》。

在这个世界里,一切都变得复杂了、模糊了、一言难尽了。读《水浒传》黑白分明,酣畅淋漓;读《金瓶梅》却歧路重重,充满挑战。

这个世界的复杂与模糊，在于回归了生活，承认了欲望，并以文学的方式接纳了它。由此，《金瓶梅》创造了西门庆这个人——他来到世界上，每一个毛孔都张扬着欲望。他独一无二，却代表了人性最真实的部分。

西门庆一路开挂，金钱、权力和女人，一个不少。

娶了有钱寡妇孟玉楼、李瓶儿后，西门庆接连开了当铺、缎子铺、绒线铺。又用金钱开道，巴结上东京的蔡太师，当了副提刑。

第一桶金虽然来自女人，但西门庆是天生的商人，精明强干，对金钱的嗅觉非常灵敏。

他的绸缎铺、绒线铺，利润都很可观，从不赔本。大运河上，他家的货船往来不绝，来保和韩道国，经常跑南京、扬州、杭州进货。官哥刚死，南京的一船货就到了，随即收拾铺面开张，当天就卖了五百两银子。

当铺也是一本万利。第45回，白皇亲家一座大螺钿大理石屏风，两架铜锣铜鼓连铛儿，要当三十两银子。应伯爵赞不绝口：哥，当下他的！只一架屏风，就值五十两银子！当铺是利润大头，毕竟像白皇亲、王招宣这样曾显赫如今破落，靠变卖宝贝度日的，清河县有好几家。

金钱和权力互为表里。当了副提刑的西门庆，有了权力开道，赚钱的门路大开。作为一个生意人，西门庆天生就懂得如何跟权力打交道，把生意做大做强。

从清河县的土财主，到巴结上蔡太师，当上副提刑，再到蔡太师的干儿子……西门庆顺风顺水。他的官场关系其实最初来自京城八十万禁军陈洪，西门庆的女儿嫁给了陈洪的儿子，陈洪又有一个亲家是杨提督。这个陈亲家、杨提督从未露面，西门庆却能靠着这条关系，直接搭上蔡太师。

西门庆是地方豪富，又出手大方，蔡府的管家翟谦看好他，与他往来稠密，嘱咐他好好接待过路的蔡状元。这给西门庆开了一个明路，放官吏债。所谓官吏债，其实就是提前投资候补官员，等其拿到权力，再图回报。

西门庆很精明，知道结交蔡状元们的重要性。所以，当蔡状元和安进士一来，他殷勤伺候，好酒好菜加娱乐一应俱全。临行前，出手豪阔，送给蔡状元一百两金子，安进士三十两白金。

> 两人俱出席谢道："此情此德，何日忘之！"一面令家人各收下去，一面与西门庆相别，说道："生辈此去，暂违台教。不日旋京，倘得寸进，自当图报。"

一方出手豪阔，另一方心领神会，都是潜规则老手。果然，蔡状元后来当了巡盐御史，立马让西门庆的三万盐引提前一个月支取。

别小看这提前一个月。盐历来是国家专卖，盐引制度最早源自宋代，到了明代又被发扬光大。本意是为节省往北方军队运粮食的开支，鼓励商人运粮，以盐引结算。不过，盐引制度很不稳定，不仅兑换有期限，还限量，发放盐引又多，兑付起来困难重重。据说有人家拿着盐引，几十年都兑付不了，只好留给下一代。

这样一来，就知道提前一个月支取，会有多么丰厚的利润了吧？

《水浒传》里的西门庆，"只是阳谷县一个破落户财主，就县前开着个生药铺;从小也是一个奸诈的人,使得些好拳棒;近来暴发迹,专在县里管些公事,与人放刁把滥,说事过钱,排陷官吏"。

但在《金瓶梅》里,西门庆"状貌魁梧,性情潇洒,饶有几贯家资……虽算不得十分富贵,却也是清河县中一个殷实的人家"。而且,"生来秉性刚强,作事机深诡谲"。

《水浒传》给西门庆贴了一个坏人的标签,为富不仁、欺男霸女。《金瓶梅》站得更高、更客观,也更包容。因此,我们才能看见,在16世纪的中国北方清河,一个小商人是如何把握机会,成了"资本主义萌芽"的代言人。

他的身上有很多密码,可以从中解读时代、政治和经济,以及人性、金钱和权力。

比如,偷税漏税。他与乔大户共同出资,让韩道国们去杭州贩买了一万两银子的丝绸货物。第58回,货船到了临清钞关,韩道国差胡秀告知西门庆,西门庆便让胡秀拿了写给钞关钱老爹的文书和五十两银子过去——

> 韩道国道:"全是钱老爹这封书,十车货少使了许多税钱。小人把段箱,两箱并一箱,三停只报了两停,都当茶叶、马牙香柜上税过来了。通共十大车货,只纳了三十两五钱钞银子。老爹接了报单,也没差巡拦下来查点,就把车喝过来了。"西门庆听言,满心欢喜,因说:"到明日,少不的重重买一分礼谢他。"

一万两银子的货物,只缴了几十两银子的税。按照万历年间的税法,偷税漏税高达几百两。而且屡屡如此,每次都是这个

"钱老爹"帮忙。临清作为明代中后期的八大钞关之一，货船南来北往，十分繁密，关税里的猫儿腻可见一斑。

还放高利贷，借给李智、黄四一千五百两银子，年利息是二百五十两。当然也少不了贪赃枉法，苗青谋害主人事发，送给西门庆和夏提刑各五百两银子的贿赂，给自己脱罪。西门庆随便找了附近寺庙的僧人当了替死鬼，可见司法混乱，冤狱处处有。

西门庆直接运用手里的权力谋财倒不多见。主要是构建权力的关系网，关系网越大，生意越强。

不仅接待了蔡状元，又通过蔡状元结识宋御史。宋巡按借他的花园，宴请黄太尉——

抚按率领多官人马，早迎到船上，张打黄旗"钦差"二字，捧着敕书在头里走，地方统制、守御、都监、团练，各卫掌印武官，皆戎服甲胄，各领所部人马，围随，仪杖摆数里之远。黄太尉穿大红五彩双挂绣蟒，坐八抬八簇银顶暖轿，张打茶褐伞。后边名下执事人役跟随无数，皆骏骑咆哮，如万花之灿锦，随鼓吹而行。黄土塾道，鸡犬不闻，樵采遁迹。人马过东平府，进清河县，县官黑压压跪于道旁迎接，左右喝叱起去。随路传报，直到西门庆门首。

排场结束后，西门庆又请应伯爵和亲朋好友过来接着喝酒——

伯爵道："若是第二家摆这席酒也成不的，也没咱家恁大地方，也没府上这些人手。今日少说也有上千人进来，都要管待出去。哥就陪了几两银子，咱山东一省也响出名去了。"

一番话，说得西门庆心满意足。"响出名去"，意味着更多的权力红利，以及他人的艳羡，绝对是商人西门庆的高光时刻。

宋巡按跟他谈笑风生，闲聊中臧否地方官员，西门庆趁机举荐亲朋，巡按欣然接受。西门庆又令左右给吏典三两银子，事妥。

2

西门庆通吃商场官场，是《金瓶梅》里最耀眼的明星和成功人士，备受追捧。第69回，文嫂向林太太介绍西门庆："如今见在提刑院做掌刑千户，家中放官吏债，开四五处铺面：段子铺、生药铺、绸绢铺、绒线铺，外边江湖又走标船，扬州兴贩盐引……"

"标船"是贩货物的船只，"盐引"是官府给商人的取盐凭证。再加上铺子，西门庆的生意涉及金融业、医药业、纺织业、交通运输业、政府专卖行业等，典型的多元化经营。

在《水浒传》里，西门庆是小人，《金瓶梅》才是他的主场。

《红楼梦》里的王熙凤身上，就有西门庆的影子，管家理政，精明强干，金钱欲和权力欲，一个不少。曹公为她点赞："金紫万千谁治国？裙钗一二可齐家。"

对这样的西门庆，传统文人的态度却相当微妙。

加拿大汉学家卜正民，在《纵乐的困惑：明代的商业与文化》一书中，发现一本1610年的县志，作者是歙县知县张涛。

请注意，彼时正是《金瓶梅》可能成书的年代，即万历晚期。张涛怀念过去，认为明代初年"诈伪未萌，讦争未起"，但是，商业世界降临了，"贪婪罔极，骨肉相残"。为此他长叹不已，充满绝望。

这是典型的传统文人对商业和商人的态度：商人天生贪婪、狡诈。而商业活动追求利润，也破坏了秩序，在他们眼里，乡土社会是"采菊东篱下，悠然见南山"，朴素美好。

商人的名声一直不好。孔子的学生子贡，聪明、灵活、口才好，会做生意，还制止了一起国际纷争。但孔子评价他是"瑚琏之器"，华而不实。儒家主张的是"君子不器"，真正的君子不能被某项专业职能限制，不能活成一种器具，被工具化，要当通才，吞吐宇宙、掌握天理、气象万千。

儒家重义轻利，看不起金钱。魏晋名士王衍很清高，从不说"钱"这个字。其妻趁他睡熟，叫婢女悄悄把铜钱堆放在床前地下，王衍醒来看见，把婢女唤来，指着钱，说："举却阿堵物。"把这个东西搬走。

赚钱更是小人行为，自私自利，利欲熏心。孟子在《公孙丑》里就称商人为"贱丈夫"。

唯一看到商业的重要，为商人说话的是司马迁。他在《史记·货殖列传》里并不赞成高谈仁义，鄙视金钱，越穷越光荣。认为商人能养活自己，又为社会增加财富，何乐而不为？不过，他的观点只是昙花一现。商人从来成不了文学的主角。

在诗人笔下，"商人重利轻别离"。在《聊斋志异》里，狐狸精们爱上的也大都是读书人。跟《金瓶梅》几乎同时期的"三言二拍"也写了商人，但不是一夜暴富就是突然破产，突出的是八卦和传奇。

且不说传统文人对乡土社会的理解普遍存在偏差，抒情盖过现实。更大的问题是痴迷于道德文章，看不见甚至拒绝看见商业社会的活力。

在中国传统文学史上，《金瓶梅》非常另类。作者不带任何偏见，写西门庆如何赚钱、如何发家，也让我们看见那个时代的面貌以及可能的未来。

西门庆做生意，讲规矩有诚信。他雇了很多伙计，打理生药铺、当铺、缎子铺、绒线铺，每人每月二两银子。还有三个高级伙计参与缎子铺的分红；出差费用充足，逢年过节有福利；家里常年有饭局，总把傅伙计、韩道国、甘出身们叫来喝酒娱乐。

韩道国们常年跑南方长途贩运，除了工钱，自己也趁机拐带着做点小买卖，乐此不疲。

很多人都注意到，《金瓶梅》里的人心属于暗黑系，跟儒家大传统对人性的理解相悖。一方面，这是因为作者视线下移，看见了一个泥沙俱下的民间世界；另一方面，作者忠实地呈现了商业社会，商业释放欲望、满足欲望，也制造欲望。

不得不说，跟传统乡土社会相比，这样的城市生活，小市民社会更有生机和活力。

商业和城市体现了文明的进程。贸易流通了，手工业出现了，余粮能卖钱了，谋生的手段更多了……相比被困在土地上，这意味着更多的可能性。城市更多元、更开阔、更富有流动性，提供了更多机会来吸纳失地的农民或富余的劳力，他们的劳动可以在市场上交换，凭手艺吃饭。

很多人对城市有误会，以为城市代表奢侈，属于富人，其实城市对穷人更友好。理发的、算命的、卖唱的、卖花翠的……

都能养活自己。传统的农业社会，没有这些职业。城市里分工明确，陌生人可以相互协作，提供各种贴心的商品和服务，不全是坑蒙拐骗。而像西门庆这样的富人，也能解决很多人的就业，还带动了消费，养活了更多的人，这是多赢。

我们来看，单单西门庆的绸缎铺开业，就有多少人参与了财富的再分配——

> 乔大户叫了十二名吹打的乐工、杂耍撮弄。西门庆这里，李铭、吴惠、郑春三个小优儿弹唱。甘伙计与韩伙计都在柜上发卖，一个看银子，一个讲说价钱，崔本专管收生活。西门庆穿大红，冠带着，烧罢纸，各亲友递果盒把盏毕，后边厅上安放十五张桌席，五果五菜、三汤五割，从新递酒上坐，鼓乐喧天。在坐者有乔大户、吴大舅、吴二舅、花大舅、沈姨夫、韩姨夫、吴道官、倪秀才、温葵轩、应伯爵、谢希大、常峙节，还有李智、黄四、傅自新等众伙计主管并街坊邻舍，都坐满了席面。三个小优儿在席前唱了一套《南吕·红衲袄》"混元初生太极"。须臾，酒过五巡，食割三道，下边乐工吹打弹唱，杂耍百戏过去，席上觥筹交错。

伙计、乐工、杂耍、小优、厨师、酒菜经营者……都分到了一杯羹。有消费者，就有生产者。越富有，消费能力越高。西门庆给妻妾们做衣服，要三十多件，赵裁缝便带着十来个裁缝上门，铺上毡条，拿出剪刀尺子，忙了好几天，工钱是五两银子。

李瓶儿死后，画师来画遗像。先画出草稿，拿给吴月娘们看，然后根据意见修改。一共画了两幅，一个半身的，一个全身的，全用"大青大绿，冠袍齐整，绫裱牙轴"。一共得了十两白金。这技术活儿比较高端、精细，所以报酬很高。就连落魄文人，也能在西门庆家里混口饭吃。西门庆当了副提刑之后，需要起草文书、搞公关修辞，便请来温秀才，包吃包住，每月三两银子，还常请来一起喝酒。

事实上，那些批评商业的文人，也常常受益于商业——明代文人对美食、衣饰、居所、收藏讲究至极，并发展出相当高调的文人时尚，如文震亨的《长物志》、张岱的《陶庵梦忆》。审美和品味背后，很多来自贸易流通。比如白木槿是开封的，石榴树是北京的，茶叶来自四川，橘子产自福建，还有泉州的荔枝、苏州的丝绸……没有西门庆们的商船，从哪里买？

没办法，商人自带原罪，天生替罪羊。这种偏见其实来自制度——商人精明，流动性又强，很危险。这种不信任由来已久，历代皇帝里，朱元璋可能是最痛恨商人的：不仅商业税很重，还限制消费，商人不能穿丝绸。

但大运河通了，沿河城市兴起了，贸易水到渠成了，商业越来越活跃了，这是社会和人心演化的结果，挡都挡不住。

高晓松说西门庆长得像他，因为第29回算命先生说他"头圆项短"，典型短肥圆。其实，算命先生的话哪能当真？不过是套话罢了。潘金莲看西门庆，是"张生般庞儿，潘安的貌儿"，风流浮浪，语言甜净；小潘可能自带滤镜，可孟玉楼看西门庆，也是"人物风流，心下已十分中意"呢。

这样一个成功商人，穿越到现代社会，那可是知名企业家，手眼通天，人又帅，一定会备受青睐。

谁心里没藏着一个西门庆呢？

3

作为先富起来的一个,有金钱和权力的加持,西门庆的性资源多到爆。

从潘金莲到李瓶儿,从李桂姐到郑爱月,到宋蕙莲到王六儿到如意儿到贲四嫂、林太太、来爵老婆……在西门庆三十三年的生命里,有过性关系的女性,大概有二十人。

这个数字似乎也不算太夸张。而且,跟几乎同时代的张居正和董其昌相比,也是小巫见大巫。

事实上,西门庆也不像坊间传说中的那样,是欺男霸女的恶人。勾搭宋蕙莲前,先让玉箫拿一匹蓝缎子给她:

> 蕙莲开看,却是一匹翠蓝兼四季团花喜相逢段子。说道:"我做出来,娘见了问怎了?"玉箫道:"爹到明日还对娘说,你放心。爹说来,你若依了这件事,随你要甚么,爹与你买。今日赶娘不在家,要和你会会儿,你心下如何?"那妇人听了,微笑不言,因问:"爹多咱时分来?我好在屋里伺候。"

西门庆看上了伙计韩道国的老婆王六儿,让冯妈妈去问她,冯妈妈是这样说的:

> "你若与他凹上了,愁没吃的、穿的、使的、用的!走熟了时,到明日房子也替你寻得一所,强如在这僻格剌子里。"妇人听了微笑说道:"他宅里神道相似的几房娘子,他肯要俺这丑货儿?……既是下顾,明日请他过来,奴这里

等候。"

果然，王六儿是个好床伴，跟西门庆十分相契，西门庆出手很大方。花了一百二十两银子，帮他们在狮子街买了一套房，市中心豪华地段。这两口子从城市贫民摇身成了中产阶级。西门庆有空就过来，还额外操了不少心——

> 西门庆到韩道国家，王六儿接着。里面吃茶毕，西门庆往后边净手去，看见隔壁月台，问道："是谁家的？"王六儿道："是隔壁乐三家月台。"西门庆吩咐王六儿："如何教他遮住了这边风水？你对他说，若不与我即便拆了，我教地方吩咐他。"这王六儿与韩道国说："邻舍家，怎好与他说的。"韩道国道："咱不如瞒着老爹，买几根木植来，咱这边也搭起个月台来。上面晒酱，下边不拘做马坊，做个东净，也是好处。"老婆道："呸！贼没算计的。比时搭月台，不如买些砖瓦来，盖上两间厦子却不好？"韩道国道："盖两间厦子，不如盖一层两间小房罢。"于是使了三十两银子，又盖两间平房起来。西门庆差玳安儿抬了许多酒、肉、烧饼来，与他家犒赏匠人。

没有钱搞不定的女人。王六儿明着做，换房子发财。来旺老婆宋蕙莲勾搭上西门庆，也恨不得让全世界知道，不过，她野心不大，也就图个零花钱，一顶银丝鬏髻。

权力是最好的春药，欲望是金钱的奴隶。

有的女人用钱即可，有的女人则需要水磨工夫，比如潘金莲和李瓶儿。

潘金莲就不用说了。西门庆在王婆的茶坊门口徘徊多次，虚心跟王婆探讨"挨光计"，再谨慎实践。而潘金莲，身边只有张大户、武大这样的男人，又被武松羞辱，遇到西门庆这种"风流浮浪，语言甜净"，又有风月手段的，全无招架之力。

对潘金莲，西门庆本可始乱终弃，最后还是娶回了家。从这点看，西门庆比《莺莺传》里的男主角还负责任。

李瓶儿是西门庆结义兄弟花子虚的老婆，真正的白富美。她原本是梁中书的小妾，后来宋江一伙人打东京，梁中书逃跑，李瓶儿带了金银细软逃出来。后来嫁给了花太监的侄子，花太监死后，花子虚整天泡在妓院里，不回家。李瓶儿的婚姻很不幸福，有严重的性压抑。成了西门庆的情人后，她温柔缱绻，心满意足：

> 谁似冤家这般可奴之意，就是医奴的药一般。白日黑夜，教奴只是想你。

花子虚死后，她一心要嫁给西门庆：

> 你早把奴娶过去罢！随你把奴作第几个，奴情愿伏侍你铺床叠被……你既有真心娶奴，先早把奴房撺掇盖了。娶过奴去，到你家住一日，死也甘心。省得奴在这里度日如年。

奸夫淫妇当然不道德，但基于最朴素的人性视角，兰陵笑笑生给予了同情甚至谅解。

后来李瓶儿死了。临死前，西门庆非常痛苦。一个个医生来了，都无济于事，无奈找到潘道士，却被告知娘子也获罪于天，无能为力。道士叮嘱西门庆：不要去病人屋里，恐对他不利——

那西门庆独自一个坐在书房内，掌着一枝蜡烛，心中哀恸，口里只长吁气，寻思道："法官教我休往房里去，我怎生忍得！宁可我死了也罢。须厮守着和他说句话儿。"

进屋后，抱着李瓶儿放声大哭：

"我实指望和你相伴几日，谁知你又抛闪了我去了。宁教我西门庆口眼闭了，倒也没这等割肚牵肠！……我的姐姐，你所言我知道，你休挂虑我了。我西门庆那世里绝缘短幸，今世里与你做夫妻不到头。疼杀我也，天杀我也！"……两个说话之间，李瓶儿催促道："你睡去罢，这咱晚了。"西门庆道："我不睡了，在这屋里守你守儿。"李瓶儿道："我死还早哩，这屋里秽污薰的你慌，他每伏侍我不方便。"

西门庆不得已，分付丫头："仔细看守你娘。"往后边上房里，对月娘悉把祭灯不济之事告诉一遍："刚才我到他房中，我观他说话儿还伶俐。天可怜，只怕还熬出来，也不见得。"月娘道："眼眶儿也塌了，嘴唇儿也干了，耳轮儿也焦了，还好甚么？也只在早晚间了。他这个病是恁伶俐，临断气还说话儿。"西门庆道："他来了咱家这几年，大大小小，没曾惹了一个人，且是又好个性格儿，又不出语，你教我舍的他那些儿！"题起来又哭了。

你看，西门庆是不是很有人情味？对潘金莲、李瓶儿他亦有深情时，亦有落泪时。

他当然不是好人。毒杀武大，勾结官府害武松，后来又把来旺构陷入狱，当副提刑也贪赃枉法……对了，他偷来旺的老婆，来旺也偷他的四房孙雪娥，来旺也没那么无辜。讲真，在《金瓶梅》里，很难找到一个清白无辜的人。

但也不是坏人。至于说西门庆"打老婆的班头，坑妇女的领袖"，此类负面评价，来自张四舅和蒋竹山，一个是想让孟玉楼嫁给尚举人，一个是想入赘李瓶儿，跟西门庆都有利益冲突，可信度不高。

他到底打不打女人？对潘金莲、孙雪娥和李瓶儿确实动过手，前两个偷汉，后者曾熬不过另嫁蒋竹山，都是有原因的，而且属于偶然事件。

做生意，西门庆很精明。但跟女性打交道，他还是典型的直男，心思粗糙，不懂女性心理。遇到狡黠一点的女人，肯定被忽悠。

他一个月二十两银子包了妓女李桂姐，一次却撞破她偷接别的客人，遂怒砸了丽春院。第二天应伯爵们好说歹说，说李桂姐只是陪着喝酒，啥也没干，把他拖到丽春院，他也就呵呵笑开了。后来李桂姐又跟了王三官，惹了官司，求西门庆帮忙，赌咒发誓："俺家若见了他一个钱儿，就把眼睛珠子吊了；若是沾他沾身子儿，一个毛孔儿里生一个天疱疮。"西门庆也就信了，让家人去东京找蔡太师，帮了李桂姐。

相比《水浒传》，在《金瓶梅》里，西门庆显然个性既丰富，又驳杂，也有不少人情味。简单地把他定义为"恶人"，《金瓶梅》的作者一定也不同意。

4

如何评价西门庆,其实就是如何评价商业、消费和欲望。

上面我们谈到,西门庆作为一个大商人,是如何带动了清河县的生产、消费与就业。

他是这个新世界的代言人,《金瓶梅》淋漓尽致地展现了他的新人格、新特性,一路用金钱开道,春风得意马蹄疾,尽情享受着快乐与名声。

西门庆是"典型的经济型人格",会赚钱,也舍得消费。借给穷朋友钱后,应伯爵奉承他轻财好施,西门庆说道:"兀那东西,是好动不喜静的,怎肯埋没在一处!也是天生应人用的,一个人堆积,就有一个人缺少了。因此积下财宝,极有罪的。"

钱就是用来投资的,用来花的。什么勤劳、简朴,这些旧道德通通被抛弃,这是新世界新兴商人的金钱观。

在两性关系上,西门庆也很新潮。他为永福寺捐了五百两银子,吴月娘趁机劝他,勿贪色,他却说出一番话来:

> 你的醋话儿又来了。却不道天地尚有阴阳,男女自然配合。今生偷情的、苟合的,都是前生分定,姻缘簿上注名,今生了还,难道是生剌剌胡扯乱扯歪厮缠做的?咱闻那佛祖西天,也止不过要黄金铺地,阴司十殿,也要些楮镪营求。咱只消尽这家私广为善事,就使强奸了姮娥,和奸了织女,拐了许飞琼,盗了西王母的女儿,也不减我泼天的富贵。

这两段话分别来自第56、57回。第53回到第57回原作遗失，属于他人增补，水平很低。但这两段话，既是西门庆的夫子自道，也体现了时代的精神——没有什么能阻挡欲望的实现。如果有，那就拿钱贿赂。

如何解释这样的欲望、这样的时代呢？研究者通常斥其信仰缺失、价值虚无，这似乎过于简单。

《金瓶梅》的背景是明代中后期，让我们看看那个时代到底发生了什么。

在当代影视剧和历史小说里，明朝是大IP，奇葩皇帝多、政治斗争特别残酷，大臣们被当众打屁股，即廷杖，是明朝开始的。这个朝代，既有海瑞这样的清官，剑走偏锋，有道德洁癖，也有刘瑾、魏忠贤这样的超级大太监，还有王阳明、张居正这样的牛人，同时，还接连出现了各种特务机关，比如锦衣卫、东厂和西厂。

比起宋朝，明朝对个人的道德要求也更严苛。贞节牌坊虽起源于宋，但明朝颁发的贞节牌坊，历朝中最多。据《古今图书集成》记载，"烈女""节妇"唐朝有51人，宋朝267人，明朝高达36000人之多。与此同时，明朝的皇帝却多沉溺于房中术，痴迷春药，万历首辅张居正也长期依赖进补和壮阳。上行下效，明代中后期，色情读物层出不穷，满满的末世气质。很难用几句话说清楚明朝的面貌。因为明朝有"多重性格"，非常复杂，非常怪诞。

《金瓶梅》的作者大概生活在嘉靖和万历年间，这两个皇帝又是奇葩中的奇葩。嘉靖皇帝二十五年不上朝，万历皇帝近三十年不理政事。因此有学者说，明代的衰亡其实源于万历。

不过，也正是在嘉靖和万历年间，商品经济开始了，人心乱了，《金瓶梅》产生了。它所呈现的生活，我们很熟悉，甚至现在正在经历。

《金瓶梅》其实非常现代。重义轻利、简朴、勤劳、诚实、内省……这些传统道德不再被推崇，赚钱成了唯一的目的。消费观也变了，爱打扮、虚荣浮夸。人与人之间的关系，也变得冷漠了，发生了纷争，动不动就去衙门打官司。

还是在《纵乐的困惑》中，作者卜正民引用了1543年的一份地方志，作者朱朌生活在东南沿海，他这样描述他那个时代：

> 近数十年来，士习民心渐失其初，虽家诗书而户礼乐，然趋富贵而厌贫贱。喜告讦，则借势以逞，曲直至于不分，奢繁华，则曳缟而游，良贱几于莫辨，礼逾于僭，皆无芒刺，服恣不衷，身忘灾逮。

朱氏痛斥商品经济，导致高消费、阶层混乱，贫富差异也更加赤裸。

商业到底有没有腐蚀人心？导致更严重的社会危机？

再来看张竹坡。他说西门庆是"奸险恶人"，作孽实多。并注意到西门庆无一亲人，上无父母，下无子孙，中无兄弟。那些亲戚，也通通是假的，可见"天之报施亦惨，而文人恶之者亦毒矣"。作者为何这样安排？他解释道：

> 盖必如此，方见得其起头热得可笑，后文一冷便冷到彻底，再不能热也。作者直欲使此清河县之西门氏冷到彻底，并无一人。虽属寓言，然而其恨此等人，直使之千百年后，永不复望一复燃之灰。吁！文人亦狠矣哉！

在痛恨商人和商业这方面，张竹坡跟他的前辈们，基本上保持一致。

依然在《纵乐的困惑》里，作者又找出1609年的《歙县志》，知县张涛评价自己的时代："富者百人而一，贫者十人而九。贫者既不能敌富，少者反可以制多。金令司天，钱神卓地。贪婪罔极，骨肉相残。"而在他心中，明初年则是"居则有室，佃则有田，薪则有山，艺则有圃……诈伪未萌，讦争未起"。

有意思的是，明末的顾炎武对万历时期的描述却是这样的："一人无为，四海少事。郡县之人其至京师者，大抵通籍之官，其仆从亦不过三四。下此即一二举贡与白粮解户而已。盖几于古之所谓'道路罕行，市朝生草'。"

顾炎武的描述当然有极大偏差。在《金瓶梅》里，道路繁忙，有市场有人的地方，茂草是不会有的。一个官员只带三四个随从？怎么会！西门庆当了清河县的副提刑——

> 每日骑着大白马，头戴乌纱，身穿五彩洒线揉头狮子补子圆领，四指大宽萌金茹楠香带，粉底皂靴，排军喝道，张打着大黑扇，前呼后拥，何止十数人跟随，在街上摇摆。

张涛的现在，就是顾炎武的过去，他们都陷入了同一个思维怪圈：不满现在，留恋过去，全是道德评判。

商业席卷了社会，改变了传统，这个新世界超出了他们的理解。儒家思想也没有为他们提供任何现成的法则，去把正在发生的一切转化成合情合理的事物。新的世界需要新的价值体系，新的价值体系不是凭空形成的。欧洲资本主义的兴起，有一大批启蒙思想家如洛克、加尔文，论证自私自利是正当的，追求金钱没错，做生意是好事，这就是商业社会的新道德、新规则。

显然，传统儒家从道德上否定这个新世界，不能提供思想支持。

《金瓶梅》的作者兰陵笑笑生如何解释这个时代，以及这个时代的代言人西门庆？他生活的年代，学界普遍认为，应是嘉靖后期至万历年间。

其实差不多同一个时代，还有一个牛人，也看到了新世界的变化。他看到的是读书人群体的堕落：功利心太强，知行严重分离。他认为问题的根源在理学。朱熹的理学坚持，天理存在于宇宙万物中，个体要诚心正意、格物致知、勤奋学习和修养，才可能体会天理。

这个牛人就是王阳明。他说，这样体会天理，对一般人来说太难了。与其到外界寻找天理，不如回到内心，天理就在每个人的内心，是我们的初心，人人都能做到。不过，王阳明关心的是上层社会，是士大夫的精神世界，他是坚定的儒家，依然捍卫"存天理灭人欲"。

他的弟子们就剑走偏锋了。比如晚明的"王学"，认为食色乃自然人性："人之好贪财色，皆自性生。其一时之所为，实是天机之发，不可壅阏之。"李贽走得更远："不必矫情，不必违性，不必昧心，不必抑志。直心而动，是为真佛。""酒色财气，一切不碍。"

这不就是西门庆吗？西门庆居然有真佛性，是在红尘中修行得道的人！这是从一个极端，一下子晃到另一个极端，从禁欲转换到性解放，步子好像迈得太大了点。

所以，梁启超《论中国学术思想变迁之大势》中说："请言旧派中之王学，晚明学风之敝，流为狂禅，满街皆是圣人，酒色财气不碍菩提路,猖幻至此,势固不得不有所因革。"

思想史顾此失彼,不能自圆其说。

美国批评家哈罗德·布罗姆认为,莎士比亚很少依赖哲学,他比柏拉图、亚里士多德、黑格尔、海德格尔及维特根斯坦等人对于西方文化更为核心。

是的,这个时候需要文学,文学呈现人心与欲望,也将吐露更多的秘密。比起同时代的史料和思想史,伟大的文学更接近时代的精神。

还是来看《金瓶梅》。

兰陵笑笑生视线下沉,看到的是一个更世俗的民间世界,更复杂的人性,更辽阔的世情。

书中,自然处处是传统价值的崩坏。兰陵笑笑生像顽童推翻积木,扯下正人君子的面纱,颠覆传统道德,让西门庆、应伯爵们大摇大摆地出场,吃吃喝喝,赚钱找女人。让潘金莲、李瓶儿和庞春梅个个欲望丰沛,我行我素。

这个世界的价值支撑在哪里?一切要靠作者自己摸索。

传统的儒家和道家文化里,压根儿没有欲望的位置。他能借助的,只有佛教的力量,用"贪嗔痴慢疑""色空观",来解释沸腾的欲望,并让我们看见那些泡在欲海里的人,看起来很快乐,其实很苦。鲁迅说,《红楼梦》是"悲凉之雾,遍披华林",其实《金瓶梅》又何尝不是?它甚至是一部死亡之书。

死亡从未远离。西门庆也将要迎接他无比残酷的死亡。

西门庆（下）：「叹浮生有如一梦里」

1

从第59回开始，死亡事件接踵而来：先是官哥死了，一个多月后李瓶儿死了。再四个月后，到第79回，西门庆也死了。

前79回是西门庆生命中最重要的六年，这六年，他发财、升官、泡女人，春风得意，一路上坡。而他生命的倒计时，开始于第三个元宵节，也就是第40回。就是说，西门庆的最后一年，一共写了将近40回，时间过得很慢。尤其是他生命的最后一个月，简直是掰着手指头，一天一天地过日子。

第62回李瓶儿死了，西门庆痛苦万分。先是哭哑了嗓子，不吃也不喝。后来也是经常"观戏动深悲"，因思念李瓶儿而数度落泪。他哭着对应伯爵说：

> 好不睁眼的天，撇的我真好苦！宁可教我西门庆死了，眼不见就罢了。到明日，一时半刻想起来，你教我怎不心疼！平时，我又没曾亏欠了人，天何今日夺吾所爱之甚也！——先是一个孩儿没了，今日他又长伸脚去了。我还活

在世上做甚么？虽有钱过北斗，成何大用？

然而，痛苦归痛苦，李瓶儿的死，也没让他放慢脚步，看清自己的处境。表面上，繁华依然继续，西门庆依然高视阔步。李瓶儿盛大的葬礼刚结束，宋巡按又在西门庆家里宴请了六黄太尉，一时间权势熏天。

请注意，宴请太尉的"卷棚"，其实是李瓶儿葬礼用的。一棚两用，一边是死亡的仪式，一边是权力的盛宴，冷与热，悲与喜，就这样奇特交织。

他无论如何也想不到，三个月后，他自己也死了。

到第67回，西门庆连牛奶都喝不下去了，应伯爵说他胖大身子，每天吃这等"厚味"，恐怕吃不消。他还向应伯爵抱怨，这几天自己身上发酸，腰背疼痛。这一回里，他还梦见了李瓶儿，她再三叮嘱：少在外喝酒，早点来家，花子虚在阴间发狠要告你，要不利于你，千万防范。

这一回里，应伯爵因为生了一个儿子，手头更紧了，想跟西门庆借钱——

> 西门庆问："养个甚么？"伯爵道："养了个小厮。"西门庆骂道："傻狗才，生了儿子倒不好，如何反恼？是春花儿那奴才生的？"伯爵笑道："是你春姨。"西门庆道："那贼狗掇腿的奴才，谁教你要他来？叫叫老娘还抱怨！"伯爵道："哥，你不知，冬寒时月，比不的你们有钱的人家，又有偌大前程，生个儿子锦上添花，便喜欢。俺们连自家还多着个影儿哩，要他做甚么！"

真是扎心。西门庆接连死了儿子和爱人，应伯爵却一个接一个生，为养不起发愁。

第70回和第71回，西门庆又升任了正提刑，进京述职。先是老太监引酌朝房，后又庭参太尉、引奏朝仪。端妃马娘娘身边的何太监，盛情邀请西门庆吃住，拜托他照看刚补上清河副提刑缺的侄子，还送给他一件"飞鱼绿绒氅衣"。

飞鱼图案属于锦衣卫的官服，为国家织造局出品。回家后，在饭局上，西门庆特意穿在身上——

> 伯爵灯下看见西门庆白绫袄子上，罩着青段五彩飞鱼蟒衣，张牙舞爪，头角峥嵘，扬须鼓鬣，金碧掩映，蟠在身上，唬了一跳，问："哥，这衣服是那里的？"西门庆便立起身来，笑道："你每瞧瞧，猜是那里的？"伯爵道："俺每如何猜得着。"西门庆道："此是东京何太监送我的。我在他家吃酒，因害冷，他拿出这件衣服与我披。这是飞鱼，因朝廷另赐了他蟒龙玉带，他不穿这件，就送我了。此是一个大分上。"伯爵极口夸道："这花衣服，少说也值几个钱儿。此是哥的先兆，到明日高转做到都督上，愁没玉带蟒衣？何况飞鱼！只怕穿过界儿去哩！"

在传统社会，服饰不只是服饰，代表着等级，不同的官职、场合有不同的服饰规定。飞鱼服属于"蟒衣纹"，蟒衣、飞鱼和斗牛服，都要皇帝赏赐才可以。就这样，飞鱼服落在了西门庆身上。到第78回，西门庆去林太太的招宣府，特意穿上了这件天青飞鱼氅衣，十分绰耀。

他的女人也层出不穷。在西门庆生命中的最后几天，他的欲望已快淹没自己，性越来越频繁。

林太太就是妓女郑爱月给他推荐的——

> 王三官娘林太太，今年不上四十岁，生的好不乔样！描眉画眼，打扮的狐狸也似。他儿子镇日在院里，他专在家，只寻外遇……王三官娘子儿今才十九岁，是东京六黄太尉侄女儿，上画般标致，双陆、棋子都会。三官常不在家，他如同守寡一般，好不气生气死。为他也上了两三遭吊，救下来了。爹难得先刮剌上了他娘，不愁媳妇儿不是你的。

郑爱月想巴结西门庆，才给他推荐这个林太太。西门庆听了，心邪意乱，第二天就让玳安去寻文嫂，勾搭林太太。于是，便有了第69回"招宣府初调林太太，丽春院惊走王三官"。

林太太在西门庆的猎艳史里，意义非常特殊。按吴月娘的形容："恁大年纪，描眉画鬓，搽的那脸倒像腻抹儿抹的一般。"林太太姿色一般，又徐娘半老。但她是王招宣的遗孀，真正的贵妇。王招宣的祖爷是太原节度邠阳郡王，钟鸣鼎食之族，诗书簪缨之家，是清河县的豪门望族，只是衰落了。如今，能以这种方式占有她，获得的高峰体验，比起一般的女人，又不可同日而语。更何况，林太太的儿子王三官一直是西门庆在青楼里的劲敌。

林太太希望西门庆吓唬一下王三官，省得他老在妓院里花钱瞎混。西门庆动用权力，做了一番动作，王三官果然被吓到，亲自上门求告——

> 西门庆见了手本拜帖，上写着："眷晚生王采顿首百

拜。"……西门庆头戴忠靖巾,便衣出来迎接,见王三官衣巾进来,故意说道:"文嫂怎不早说?我亵衣在此。"便令左右:"取我衣服来。"慌的王三官向前拦住道:"尊伯尊便,小侄敢来拜渎,岂敢动劳!"……西门庆让坐,王三官又让了一回,然后挪座儿斜金坐的。

西门庆绝对是故意穿便衣的。这样装腔作势,无非是显示自己今非昔比。西门庆虽然是有钱有权有女人,但他根基浅,官是买来的,有钱地位也不高。面对王家这种"Old Money",他多少有"New Money"的自卑。

随后,西门庆得意地告诉了应伯爵——

"刚才王三官亲上门来拜见,与我磕了头,陪了不是……王三官一口一声称我是老伯,拿了五十两礼帖儿,我不受他的。他到明日还要请我家中知谢我去。"伯爵失惊道:"真个他来和哥陪不是来了?"西门庆道:"我莫不哄你?"因唤王经:"拿王三官拜帖儿与应二爹瞧。"那王经向房子里取出拜帖,上面写着:"眷晚生王采顿首百拜。"伯爵见了,极口称赞道:"哥的所算,神妙不测。"

应伯爵的识趣凑趣,更让西门庆扬眉吐气,王三官后来还认他做了义父。

只是,这样的光鲜,注定无法持久。西门庆一方面金钱、权力和性快速登顶;另一方面又不断试探肉体的极限,把欲望进行到底……就这样,向死亡之地策马狂奔,自己却懵然不知。

进入了正月,西门庆的日程格外满。除了日常的官场、生意应酬，还要预备元宵节的人情往来。日子也过得极其缓慢，几乎是一个时辰一个时辰地过。正月初一和初二，人来人往，西门庆喝得酩酊大醉；初二下午还抽空去找了贲四嫂；初六又去会了林太太，回家便觉腰腿疼，晚上去孙雪娥屋里，让她打腿捏身上，伺候到半夜。初七，应伯爵来了——

西门庆陪伯爵吃茶，说道："……这两日不知酒多了也怎的，只害腰疼，懒待动旦。"伯爵道："哥，你还是酒之过，湿痰流注在这下部，也还该忌忌。"西门庆道："这节间到人家，谁肯轻放了你，怎么忌的住？"

他没当回事，以为自己该进补，想起任医官给他的延寿丹，要用人乳吃。于是，来到李瓶儿房中找如意儿，又是一番床上交欢。

初八晚去潘金莲屋里，初九又去如意儿房里。绣像本第77、78回的回目是"西门庆踏雪访爱月，贲四嫂带水战情郎""林太太鸳帏再战，如意儿莶露独尝"。可见，西门庆生命的倒计时，就是他的性事。

初十、十一应酬，十二日这天，何千户的太太蓝氏来做客了，西门庆在帘外偷看：不到二十岁，长挑身材、仪容娇媚、体态轻盈，俨然又一个李瓶儿！不觉"魂飞天外，魄丧九霄，未曾体交，精魄先失"。

很显然，此时的西门庆已是病态了。接着，他陪人喝酒——

就在席上觓觓的打起睡来。伯爵便行令猜枚鬼混他，说道："哥，你今日没高兴，怎的只打睡？"西门庆道：

"我昨日没曾睡,不知怎的,今日只是没精神,要打睡。"

尽管如此,却依然欲火高涨。又起来偷看蓝氏上轿——

> 饿眼将穿,馋涎空咽,恨不能就要成双。见蓝氏去了,悄悄从夹道进来。当时没巧不成语,姻缘会凑,可霎作怪,来爵儿媳妇见堂客散了,正从后边归来,开房门,不想顶头撞见西门庆,没处藏躲。原来西门庆见媳妇子生的乔样,安心已久,虽然不及来旺妻宋氏风流,也颇充得过第二。于是乘着酒兴儿,双关抱进他房中亲嘴。

西门庆这种不挑食的作风愈演愈烈,按潘金莲的说法是属皮匠的,"缝(逢)着的就上"。十三日,头沉,懒得出门,来到书房。王经送给他王六儿的一包儿东西——

> 西门庆打开纸包儿,却是老婆剪下的一柳黑臻臻、光油油的青丝,用五色绒缠就了一个同心结托儿,用两根锦带儿拴着,做的十分细巧。又一件是两个口的鸳鸯紫遍地金顺袋儿,里边盛着瓜穰儿。西门庆观玩良久,满心欢喜,遂把顺袋放在书厨内,锦托儿褪于袖中。

从过年到现在,西门庆经常"满心欢喜""大喜"。

吴月娘过来喊他,他说:"不知怎的,心中只是不耐烦,害腿疼。"却忍不住,还是去找了王六儿。

醉醺醺打马回家,来到潘金莲房里。彼时西门庆已醉得不省人事,潘金莲欲火正炽,给他猛灌了三粒胡僧药。他昏迷过去,精尽继之以血,血尽出其冷气……情形十分恐怖。

点评者张竹坡提醒我们:"与武大吃药时一般也。"

2

《金瓶梅》是欲望之书,也是死亡之书。

官哥、李瓶儿、潘金莲的死,都惊心动魄,尽显死亡的阴冷与恐怖。而西门庆之死,拉得特别长,痛苦也被拉伸到极致。而且,作者以极端的冷酷与细致,呈现了死亡的过程,如同一部死亡纪录片。

一位评论者说:这是以写病历的方式来写死亡的。这迫使你必须近距离直视死亡本身,看他是如何不想死,最终还是挣扎着死去。

次日清早,西门庆起来梳头——

> 忽然一阵昏晕,望前一头抢将去。早被春梅双手扶住,不曾跌着磕伤了头脸。在椅上坐了半日,方才回过来。

去不了衙门,也吃不下饭,西门庆还挣扎着要出去看人写帖子,邀请亲朋好友元宵节来家吃酒——

> 春梅扶着,刚走到花园角门首,觉眼便黑了,身子晃晃荡荡,做不的主儿,只要倒……西门庆只望一两日好些出来,谁知过了一夜,到次日,内边虚阳肿胀,不便处发出红瘰来,连肾囊都肿得明滴溜如茄子大。但溺尿,尿管中犹如刀子犁的一般。溺一遭,疼一遭……西门庆只是不肯吐口儿

请太医,只说:"我不妨事,过两日好了,我还出去。"虽故差人拿帖儿送假牌往衙门里去,在床上睡着,只是急躁,没好气。

没人想到他会死,他也想不到自己会死。任医官来了,说是脱阳之症。胡太医来了,又说是"溺血之疾"。两个人开的药都吃下去,却没半点起色。专看疮毒的来了,吃了第一帖没动静,吃第二帖药后——

遍身疼痛,叫了一夜。到五更时分,那不便处肾囊胀破了,流了一滩鲜血,龟头上又生出疳疮来,流黄水不止。西门庆不觉昏迷过去。

众人慌了。吴月娘才想起两年前吴神仙曾相过面,说西门庆今年有呕血流脓之灾。让人赶紧去请了吴神仙来,进房看了西门庆不似往时,形容消减,病体恹恹,勒着手帕,在于卧榻。先诊了脉息,说:"官人乃是酒色过度,肾水竭虚,太极邪火聚于欲海,病在膏肓,难以治疗。"
最后——

西门庆自觉身体沉重,要便发昏过去,眼前看见花子虚、武大在他跟前站立,问他讨债,又不肯告人说,只教人厮守着他。见月娘不在跟前,一手拉着潘金莲,心中舍他不的,满眼落泪,说道:"我的冤家,我死后,你姐妹们好好守着我的灵,休要失散了。"那金莲亦悲不自胜,说道:"我的哥哥,只怕人不肯容我。"西门庆道:"等他来,等我和他说。"不一时,吴月娘进来,见他二人哭的眼红红的,便道:"我的哥哥,你有甚话,对奴说几句儿,也是我和你做夫妻一场。"西门庆听了,不觉哽咽哭不出声来,说道:"我觉自家好生不济,有两句遗言和你说:我死后,你若生下一男半女,你姊妹好好待着,一处居住,休要失散了,惹人家笑话。"指着金莲说:"六儿从前的事,你耽待他罢。"说毕,那月娘不觉桃花脸上滚下珍珠来,放声大哭,悲恸不止。

临死,他都保持了商人的清醒,一五一十地向陈敬济交代了家底——

"我死后,段子铺里五万银子本钱,有你乔亲家爹那边,多少本利都找与他。教傅伙计把货卖一宗交一宗,休要开了。贲四绒线铺,本银六千五百两,吴二舅绸绒铺是五千两,都卖尽了货物,收了来家。又李三讨了批来,也不消做了,教你应二叔拿了别人家做去罢。李三、黄四身上还欠五百两本钱,一百五十两利钱未算,讨来发送我。你只和傅伙计守着家门这两个铺子罢。印子铺占用银二万两,生药铺五千两,韩伙计、来保松江船上四千两。开了河,你早起身,往下边接船去。接了来家,卖了银子并进来,你娘儿每盘缠。前边刘学官还少我二百两,华主簿少我五十两,门外徐四铺内,还欠我本利三百四十两,都有合同见在,上紧使人催去。到日后,对门并狮子街两处房子都卖了罢,只怕你娘儿们顾揽不过来。"说毕,哽哽咽咽的哭了。

终于在正月二十一这天,"五更时分,相火烧身,变出风来,声若牛吼一般,喘息了半夜。挨到巳牌时分,呜呼哀哉,断气身亡"。

看了这样的死,还能说西门庆是一个坏人,死有余辜吗?

他的怕死,他的讳病忌医,他的挣扎,他的不舍,他抽抽搭搭地哭,都如此真实。唯其如此,更令人不忍直视。这样的死,确实比被武松杀死,更残酷,也更意味深长。

西门庆到底得的是什么病?任医官说是"脱阳"。台湾的侯文咏在《没有神的所在——私房阅读〈金瓶梅〉》里分析说可能是梅毒。那个梅毒,跟他不断寻找性刺激有关,他分析这个病可能是妓女郑爱月传染给他的。

西门庆就这样死了。欲望越饱满,死亡越残酷,那个曾带给他无数快感的身体,如今带给他无限的痛苦。

早年读《金瓶梅》,读到西门庆之死,像看恐怖片;人到中年,读得多了,读出了悲凉。

台湾的孙述宇先生说:"西门庆的不道德,没有一点是超凡脱俗的,没有一点是魔鬼般的、非人的。他的恶德,是贪欲、自私与软弱,而所有这些,都是人性中最常见的瑕疵。"

如果诚实一点,我们是能从他身上看见自己的。

绣像本的第1回,便陈述"酒色财气"最可怕,其中"财色"更厉害——

> 只有那《金刚经》上两句说得好,他说道:"如梦幻泡影,如电复如露。"见得人生在世,一件也少不得,到了那结束时,一件也用不着。随着你举鼎荡舟的神力,到头来少不得骨软筋麻;由着你铜山金谷的奢华,正好时却又要冰消

雪散。假饶你闭月羞花的容貌，一到了垂眉落眼，人皆掩鼻而过之；比如你陆贾隋何的机锋，若遇着齿冷唇寒，吾未如之何也已。到不如削去六根清净，披上一领袈裟，参透了空色世界，打磨穿生灭机关，直超无上乘，不落是非窠，倒得个清闲自在，不向火坑中翻筋斗也。正是：

三寸气在千般用，一日无常万事休。

讲的道理并不新鲜，但文字本身足够惊心动魄。后来，《红楼梦》也学了去，让甄士隐去解"好了歌"。

西门庆的葬礼冷冷清清，跟三个月前的李瓶儿喧闹的葬礼，不可同日而语。李瓶儿的葬礼足足写了六个章回，西门庆的葬礼却短短半回就交代完了，他出殡的那一天，只用了二百多字。

西门庆尸骨未寒，他的妻妾们就各有各的心思了。葬礼还没结束，老二李娇儿就偷了一些金元宝，把金银细软偷运出去；潘金莲还勾搭上了女婿陈敬济；吴月娘一把火把李瓶儿的灵床和遗像都烧了，把箱笼都抬到自己屋里。

原来的缎子铺、绒线铺都关了，只开着当铺和生药铺。他的伙计们也走的走，逃的逃，背叛的背叛。韩道国拐走了一千两银子，来保也偷了八百两银子的货物；应伯爵拿着批文投靠了新首富，家里的两个小厮也走了；他托付重任的女婿不仅败家，还跟继母通奸，逼死了他的女儿。

再后来，春梅被撵出去，潘金莲被杀，孟玉楼改嫁，连两个大丫鬟也被东京的翟管家要走了……六个妻妾只剩下吴月娘一个人。最后，就连十五岁的遗腹子孝哥，也跟普静禅师一起，化成清风不见了。

最后二十回，《金瓶梅》是快速收尾，断崖式下跌，荒凉到底。他的财富从哪里来，就往哪里去了；女人怎么娶来的，就怎么离开。真是"食尽鸟投林，落了片白茫茫大地真干净"。

很多人都说，后二十回写得不如前面精彩。那是因为前八十回一路上坡，繁华似锦，后二十回则一路下坠，苍凉萧索。人人都爱热闹，不喜破败。

我常常想，如果曹雪芹写完《红楼梦》，大结局也会像《金瓶梅》后二十回，全是荒凉和破败。可惜续写《红楼梦》后四十回的高鹗是个庸人，把彻底的悲剧写成了半调子悲剧，不敢让贾家完全败落。

但《金瓶梅》的作者敢。他慈悲起来，全是大爱；残忍起来是剥皮见骨，冷酷无情。这就是伟大的作家，心怀慈悲，下笔狠辣。

我们再一次看见西门庆这个名字，是在第89回"清明节寡妇上新坟"。

彼时，李娇儿回到丽春院，又被张二官买走；庞春梅被卖给周守备，潘金莲刚被武松杀死。吴月娘带着孟玉楼、遗腹子孝哥给西门庆上坟，同行者只有吴大舅和雇驴子雇不上姗姗来迟的大妗子而已。正呼应了第一回的卷首诗：

> 豪华去后行人绝，箫筝不响歌喉咽。雄剑无威光彩沉，宝琴零落金星灭。玉阶寂寞坠秋露，月照当年歌舞处。当时歌舞人不回，化为今日西陵灰。

作者为什么让西门庆这么早死掉？换言之，西门庆有没有救赎的可能？毕竟在另一个文化系统里，欲望自身有高度，也有深度。

比如歌德的《浮士德》。《浮士德》里的靡菲斯特，其实就是欲望的化身。中文通常译为"魔鬼"，并不准确，它更像一个"复杂的存在体"，一个善恶不分的混沌体，一个"否定的精灵"，代表的不是恶，而是生命力本身。浮士德和魔鬼（欲望）的赌局，是一场合谋，他们一起享受青春、爱情和事业，创造了鲜美的人间图景。由此，在人生的巅峰时刻，浮士德才会心满意足，不由得喊出："你真美啊，请停留一下！"

所以，欲望不全是肤浅的、肉欲的享乐，也不只代表自私和贪婪，否则《浮士德》不会如此深入人心，黑格尔也不会说：恶，推动历史。

儒家推崇的是"存天理，灭人欲"，老子曰："吾所以有大患者，为吾有身，及吾无身，吾有何患？"也否定了欲望。

《金瓶梅》正面书写金钱、权力和性，全面开挂、欲望沸腾的西门庆，绝对是另类。

文学是人学，如何书写欲望，最考验人。《金瓶梅》长期被禁，不仅仅因为写了"性"，更因为照见了人心和欲望，颠覆了传统的人性论和善恶观。

为什么鲁迅先生说中国文学善于"瞒和骗"？因为不真实——以抒情压倒叙事，用诗词取代生活，以大团圆遮蔽残酷，只歌唱华美的袍子，却看不见袍子下的"虱子"。

欲望是人性的核心，看见它、承认它并妥善安置它，才是道德生活的起点。唯有直面真实的欲望，回应现实世界的挑战，道德才有价值、有力量。

兰陵笑笑生创造了西门庆这样的人物，不是为了批评他，给他扣上一个坏人的帽子；也不是为了赞美他，认为他真性情，"酒色财气，一切不碍"。

《金瓶梅》对欲望、对西门庆、对潘金莲的态度，其实是多元的。他写下他们的贪婪、软弱与愚痴，写下他们的罪，也看见他们的生机、活力，甚至美。

　　然而，在东方的智慧体系里，欲望的尽头注定是荒寒、是虚无，西门庆注定没有未来，只有死路一条。最后他和他创下的庞大家业，像烟花一样消散，像《百年孤独》里的马孔多，最后风卷大地，什么都没留下。

　　这本身就像一个寓言、一个象征——在中国的文化疆域里，没有欲望的位置，也没有西门庆的位置。

　　就这样，《金瓶梅》一方面肯定欲望，这是对人性的尊重与慈悲；另一方面又要否定欲望，因为欲望根本无路可走，只能让西门庆死。这种左右为难，反而让《金瓶梅》里的人性，呈现出特有的杂色，饱含张力，而这正是经典的魅力。

　　米兰·昆德拉在《小说的艺术》中说："小说的精神是复杂性。每部小说都在告诉读者：'事情比你想象的复杂。'"就是说，面对《金瓶梅》这个世界，以往很笃定很清晰的真理，注定会失效。反之，我们会犹豫、会踌躇、会一言难尽。

　　小孩子眼里的世界才黑白分明。

　　《金瓶梅》属于成年人。

应伯爵：一个帮闲的自我修养

1

应伯爵是个帮闲。

帮闲，一向被视为"寄生虫"，是小人，备受鄙视。在《金瓶梅》里，应伯爵这个角色非常重要，有研究者这样说："没有应伯爵，那还叫什么《金瓶梅》？"

《红楼梦》不能没有王熙凤。没了她，荣国府没人管家，也没了笑声，会成为一潭死水，老太太也会意兴阑珊。如果没有应伯爵，《金瓶梅》的世界也会塌掉一个角，不成其为《金瓶梅》。

很多人喜欢王熙凤，却很少有人喜欢应伯爵。

他几乎是和西门庆一起出场的：头上戴一顶新盔的玄罗帽儿，身上穿一件半新不旧的天青夹纱褶子，脚下丝鞋净袜。朴素干净，又不失体面。说起来，应伯爵跟西门庆的起点差不多，也出身小商人家庭，父亲开过绸缎铺，后来败落了，沦落到专在本司三院帮嫖贴食，诨名"应花子"。

第1回是"西门庆热结十兄弟"，西门庆提议应伯爵等众兄弟，去玉皇庙搞一下结拜。于是众人来到玉皇庙，先参观庙里的神像——

　　白赉光携着常峙节手儿,从左边看将过来,一到马元帅面前,见这元帅威风凛凛,相貌堂堂,面上画着三只眼睛,便叫常峙节道:"哥,这却是怎的说?如今世界,开只眼闭只眼儿便好,还经得多出只眼睛看人破绽哩!"

这个世界经不起打量,处处都是破绽,每个人的内心都有一个黑暗的江湖,这真是对世道人心的高度概括。《金瓶梅》的世界,有最赤裸的人心和欲望,从不温情脉脉,是写给成年人看的。

他们接着逛玉皇庙——

　　上首又是一个黑面的是赵元坛元帅,身边画着一个大老虎。白赉光指着道:"哥,你看这老虎,难道是吃素的,随着人不妨事么?"伯爵笑道:"你不知,这老虎是他一个亲随的伴当儿哩。"谢希大听得走过来,伸出舌头道:"这等一个伴当随着,我一刻也成不的。我不怕他要吃我么?"伯爵笑着向西门庆道:"这等亏他怎地过来!"西门庆道:"却怎的说?"伯爵道:"子纯一个要吃他的伴当随不的,似我们这等七八个要吃你的随你,却不吓死了你罢了。"

众人大笑。

应伯爵不是一个简单的帮闲。他世事洞明,人情练达,身段柔软,像水一样善于赋形,开口就是大实话:我们这些人,可都是抱你大腿,吃你的喝你的。这话里,有一点儿无耻,一点儿混不吝，却相当地坦诚。

抛开有色眼镜，不得不说，他擅长取悦他人，敢于自黑。自黑的精髓是不把自己当回事，不死要面子，但也不会低到尘埃里。这需要高情商、高智商，更需要阅历、见识，要看过沧海桑田，见过人心似海。

《红楼梦》里的刘姥姥也是这样的人。一个穷苦的乡下老太太，去豪门贵族"打秋风"，只是试试运气，却甘做丑角，给众人带来很多欢乐。关键是，她不觉得自己受到了冒犯。后来贾家败落后，刘姥姥变卖家产，赴汤蹈火，把王熙凤的女儿巧姐从烟花巷里救出来，堪称知恩图报，大智大勇。

刘姥姥属于《红楼梦》，那是一个高级的人性世界，很多不起眼的小人物都人品贵重，有闪闪发光的时刻。但应伯爵是《金瓶梅》里的人，在俗世里跌打滚爬，浑身烟火气。他不是简单的好人或坏人，最考验我们对人性的理解和想象。

还是在第1回，这天，应伯爵来了，正是饭点，西门庆问："你吃了饭不曾？"应伯爵不好直接说没吃，就说："哥，你试猜。"

西门庆今天不知怎么了，故意在饭点问吃没吃，又故意猜错："你敢是吃了？"看来，西门庆很想"虐"一下应伯爵。考验应伯爵的时刻到了：如何能混到饭吃，还不降低身段？

且看应伯爵捂着嘴笑，说："这等猜不着。"西门庆笑了："怪狗才，不吃便说不曾吃，有这等张致的！"便喊小厮拿饭来。应伯爵却说：哥，我急着给你说一件稀罕事，不然我也吃了饭再来了。景阳冈上那只大老虎，被一个叫武松的人打死了……

西门庆：咱们吃了饭去看看？应伯爵说：哥，怕耽误了，咱别吃了。不如去大街上酒楼边看边吃。于是，西门庆便跟应伯爵手拉手，去临街大酒楼上喝酒看热闹去了。

就这样，应伯爵不费吹灰之力，不仅混到了饭，还是一顿大餐。

在《金瓶梅》里，有货郎，有理发的、磨镜子的，还有在青楼里陪人踢气球的……都靠自己的手艺和本事吃饭。相比之下，应伯爵混饭吃的身段，过于柔软，显得人格有点低。

所以，很多评论者谈起应伯爵，多少有些不屑，有甚者说他"是帮闲帮凶人物的代表，是一个极丑恶的人物"。清代著名的评点者张竹坡也常在书里，发弹幕骂他：真小人！势利！小人口角如画！可杀！

作为一个清代人，张竹坡评论起《金瓶梅》，尤其是对书中的结构、情节，常常有非凡的洞见，评论起人物来，有时让人眼前一亮，有时却未免戴着传统道德的镣铐，比如说：

> 西门是混账恶人，吴月娘是奸险好人，玉楼是乖人，金莲不是人，瓶儿是痴人，春梅是狂人，敬济是浮浪小人，娇儿是死人，雪娥是蠢人，宋蕙莲是不识高低的人，如意儿是顶缺之人。若王六儿与林太太等，直与李桂姐一流。总是不得叫做人。而伯爵、希大辈，皆是没良心的人。

你看，对西门庆、潘金莲、庞春梅和应伯爵，张竹坡的评价都不高。这些人都不是用传统儒家道德可以解释的人，换言之，用儒家道德看他们，只会觉得他们"恶""坏""狂""没良心"。

在儒家的道德词典里，诚朴、勤劳、少言、厚道才是好品性，这符合传统农业社会的特点。传统的理想社会秩序——"安于田里，不事远游"，"无旷土，无游民"，不欢迎游手好闲、夸夸其谈的"二流子"。因此，帮闲是破坏性的力量，跟传统道德格格不入。

但儒家道德源于传统宗法社会、乡土社会，道德标准是黑白分明的，不是君子就是小人。这种善恶二分法，过于僵硬，不能应对更复杂的人心、更广阔的新世界。

《金瓶梅》就是一个新世界：人人皆商的商业社会，陌生人云集的城市空间。

潘金莲的叉竿打到西门庆，如果没有开茶坊的隔壁老王王婆，很难有后续故事。至于后来街坊邻居，个个装不知道，一向被认为是胆小怕事、人心不古，其实他们跟武大只是街坊，没有声誉连带关系。传统农业社会彼此都是熟人，七大姑八大姨，打断骨头连着筋，做出这种事，不被沉猪笼，也会被唾沫星子淹死的。

在这个新世界里，赚钱是最重要的。就连西门庆娶小老婆，也奔着有钱的寡妇。孟玉楼再嫁，媒人薛嫂第一时间来找西门庆，先夸孟玉楼有多少钱，多少财产，再说长得挺好看，还会拉月琴。西门庆一听，还没相亲，就去走孟玉楼姑姑的后门。

消费观念也变了。人人都爱打扮，变得浮夸。西门庆的穷朋友常峙节，连房租都交不起，西门庆先资助了他十二两碎银子。他拿了钱，先去买羊肉，剩下的全买了衣服，平均好几百块钱一件。

世道变了。

西门庆和应伯爵在玉皇庙结义，西门庆说应二哥年龄最大，是大哥——

> 伯爵伸着舌头道："爷，可不折杀小人罢了！如今年

时，只好叙些财势，那里好叙齿！若叙齿，这还有大如我的哩。且是我做大哥，有两件不妥：第一不如大官人有威有德，众兄弟都服你；第二我原叫做应二哥，如今居长，却又要叫应大哥，倘或有两个人来，一个叫'应二哥'，一个叫'应大哥'，我还是应'应二哥'，应'应大哥'呢？"西门庆笑道："你这挡断肠子的，单有这些闲说的！"谢希大道："哥，休推了。"西门庆再三谦让，被花子虚、应伯爵等一干人逼勒不过，只得做了大哥。

应伯爵够坦白。如果朱熹老人家看到这种情况，大概会大摇其头，感慨人心不古。

兰陵笑笑生不会。作为一个野生的天才作家，他笔下的新世界，热气腾腾，泥沙俱下又生机勃勃，一言难尽又活色生香。

2

事实上，如果换一个角度看，你会发现新世界里的新人和新道德。

西门庆家饭局多。大运河南来北往，三教九流各色人等都会聚到清河，来到西门庆的饭局上。

除了官场的饭局，每次必有应伯爵。他察言观色、插科打诨，饭局全靠他带动气氛；就连去青楼，西门庆也要跟他一起进出。当然，那时的青楼，提供很多节目，也是重要的交际场所。黄四感谢西门庆救了自己岳父，专门在妓女郑爱月家设答谢宴。西门庆也经常在这里摆饭局，肴堆异品，花插金瓶，有弹唱的，有递酒的。

应伯爵最会讲段子,荤素不忌,逗得大家前仰后合,妥妥的明代郭德纲。

第21回,因为西门庆撞破了李桂姐偷偷接客,气不过,把丽春院砸了,发誓再也不上门了。第二天,应伯爵和谢希大受李桂姐之托,硬把西门庆拉到丽春院劝和——

> 应伯爵、谢希大在旁打诨耍笑,向桂姐道:"还亏我把嘴头上皮也磨了半边去,请了你家汉子来。就连酒儿也不替我递一杯儿,只递你家汉子!刚才若他撅了不来,休说你哭瞎了你眼,唱门词儿,到明日诸人不要你,只我好说话儿将就罢了。"桂姐骂道:"怪应花子,汗邪了你!我不好骂出来的。可可儿的我唱门词儿来?"应伯爵道:"你看贼小淫妇儿!念了经打和尚,他不来慌的那腔儿,这回就翅膀毛儿干了。你过来,且与我个嘴温温寒着。"于是不由分说,搂过脖子来就亲了个嘴。桂姐笑道:"怪攮刀子的,看推撒了酒在爹身上。"伯爵道:"小淫妇儿,会乔张致的,这回就疼汉子。'看撒了爹身上酒!'叫你爹那甜。我是后娘养的?怎的不叫我一声儿?"桂姐道:"我叫你是我的孩儿。"伯爵道:"你过来,我说个笑话儿你听:一个螃蟹与田鸡结为兄弟,赌跳过水沟儿去便是大哥。田鸡几跳,跳过去了。螃蟹方欲跳,撞遇两个女子来汲水,用草绳儿把他拴住,打了水带回家去。临行忘记了,不将去。田鸡见他不来,过来看他,说道:'你怎的就不过去了?'螃蟹说:'我过的去,倒不吃两个小淫妇挼的恁样了!'"桂姐两个听了,一齐赶着打,把西门庆笑的要不的。

一方面劝和了,一方面又活跃了气氛,这还真得应伯爵这样的人才能做到。

宋御史借西门庆家宴请六黄太尉。彼时,李瓶儿的葬礼刚刚结束,连葬礼卷棚都没拆,直接拿来用。西门庆又出钱,又出力,但在一众官员里,也不过青衣冠冕,忘尘拱伺,只够得上给太尉献一杯茶。

事毕,西门庆又请来应伯爵等亲朋好友,组了一个体己小饭局——

伯爵道:"哥,今日黄太尉坐了多大一回?欢喜不欢喜?"韩道国道:"今日六黄老公公见咱家酒席齐整,无个不欢喜的。巡抚、巡按两位甚是知感不尽,谢了又谢。"伯爵道:"若是第二家摆这席酒也成不的,也没咱家恁大地方,也没府上这些人手。今日少说也有上千人进来,都要管待出去。哥就陪了几两银子,咱山东一省也响出名去了。"

西门庆累死累活,图的就是日后权力的回报,以及众人的艳羡。听了应伯爵的这一番话,再苦再累,也心满意足了。

当了官的西门庆,吃喝都上档次了,有应季鲜物,还有鲥鱼。伯爵也跟着沾光——

西门庆陪伯爵在翡翠轩坐下,因令玳安放桌儿:"你去对你大娘说,昨日砖厂刘公公送的木樨荷花酒,打开筛了来,我和应二叔吃,就把糟鲥鱼蒸了来。"伯爵举手道:"我还没谢的哥,昨日蒙哥送了那两尾好鲥鱼与我。送了一尾与家兄去,剩下一尾,对房下说,拿刀儿劈开,送了一段与小女,余者打成窄窄的块儿,拿他原旧红糟儿培着,再搅些香油,安放在一个磁罐内,留着我一早一晚吃饭儿,或遇有个人客儿来,蒸恁一碟儿上去,也不枉辜负了哥的盛情。"

西门庆这糟鲥鱼送对人了。应伯爵离不开西门庆,西门庆更离不开应伯爵,这就是帮闲的价值。

知情识趣有见地,说话熨帖又真诚,对方开心,自己也不至于低三下四。这样的应伯爵,西门庆能不喜欢吗?作为清河县首富,没应伯爵这样的人抬轿子,岂非锦衣夜行?

十个结义兄弟里,西门庆最喜欢的是应伯爵。另一个兄弟白赉光,就相当不合时宜。这天,他来到西门庆家里,小厮告诉他西门庆不在家:

> 那白赉光不信,径入里面厅上,见槅子关着,说道:"果然不在家。往那里去了?"平安道:"今日门外送行去了,还没来。"白赉光道:"既是送行,这咱晚也该来家了。"平安道:"白大叔有甚话说下,待爹来家,小的禀就是了。"白赉光道:"没什么话,只是许多时没见,闲来望望。既不在,我等等罢。"平安道:"只怕来晚了,你老人家等不得。"白赉光不依,把槅子推开,进入厅内,在椅子上就坐了。

结果刚好撞见往里走的西门庆,原来人家根本就不想见他。西门庆没办法,只好陪他说话,恰好夏提刑来了,西门庆整装去见。白赉光不走,隔着帘子偷看。夏提刑走了,他还不走,又拉着西门庆絮絮叨叨说兄弟们好久没聚了,哥什么时候再张罗一下——

西门庆道:"你没的说散便散了罢,那里得工夫干此事?遇闲时,在吴先生那里一年打上个醮,答报答报天地就是了。随你们会不会,不消来对我说。"几句话抢白的白赉光没言语了。又坐了一回,西门庆见他不去,只得唤琴童儿厢房内放桌儿,拿了四碟小菜,牵荤连素,一碟煎面筋、一碟烧肉。西门庆陪他吃了饭。筛酒上来,西门庆又讨副银镶大钟来,斟与他。吃了几钟,白赉光才起身。西门庆送到二门首,说道:"你休怪我不送你,我戴着小帽,不好出去得。"那白赉光告辞去了。

没有对比就没有伤害。白赉光又没眼色又无趣,真是"尴尬人难免尴尬事"。应伯爵的谐音是"应白嚼",兰陵笑笑生也得承认,凭着这好口才,这眼力见儿,这七窍玲珑心,应伯爵就该吃喷鼻香的糟鲥鱼,这高级闲饭,也只有他吃得心安理得。

而且商业和城市意味着什么?意味着新事物、新观念,意味着社会分工细化,职业更多元化。

很显然,在《金瓶梅》里,应伯爵还承担了新的社会分工。

吴典恩求应伯爵向西门庆借钱,借一百两给了应伯爵十两好处费;湖州客人何官儿卖丝线,西门庆出了四百五十两,何官儿得四百二十两,应伯爵拿了三十两回扣;李智、黄四跟西门庆借贷,应伯爵牵线,得五两介绍费……除了这个,应伯爵还介绍韩道国、贲四、甘出身给西门庆当伙计;西门庆开缎子铺,获利分成三份,自己和乔大户各得三分,伙计们得三分,应伯爵当保人。

应伯爵拿回扣，西门庆肯定知道。但他是做大生意的，不可能事事都出头，伯爵做的，正是我们熟悉的中介服务。他其实是一个职业经纪人，外加人力资源、猎头服务。他路子广，认识的人多，掌握的信息也多，获得报酬理所应当。

在商业社会，口才、头脑，认识的人多，都是资本。

中介也叫"掮客"，是最古老最原始的商人。在重农抑商的传统中国，掮客一向代表了投机、不劳而获。传统农业社会当然不需要中介，互相知根知底，连《水浒传》里强盗落草也要人介绍。但商业社会、城市生活，彼此之间是陌生人和半陌生人，交易活动需要中介，要允许中间商赚差价。

中间商的成熟，就是商业社会的成熟。

除了当中介和经纪人，应伯爵还承担了另一个功能。

第62回，李瓶儿死了。西门庆悲恸万分，哭得喉咙都哑了，还不吃不喝，谁劝他，他就骂谁。潘金莲也没辙了：我好心劝他，他红着眼骂我淫妇，怎么这么不讲理！

应伯爵来了，不慌不忙说出一番话：

> 哥，你这话就不是了。我这嫂子与你是那样夫妻，热突突死了，怎的不心疼？争奈你偌大家事，又居着前程，这一家大小，泰山也似靠着你。你若有好歹，怎么了得！就是这些嫂子都没主儿。常言一在三在，一亡三亡。哥，你聪明伶俐人，何消兄弟每说。就是嫂子他青春年少，你疼不过，越不过他的情，成了服，令僧道念几卷经，大发送，葬埋在坟里，哥的心也尽了，也是嫂子一场的事，再还要怎样的？哥，你且把心放开。

此处应该有掌声！这段话太精彩了，必须原文复述。应伯爵这一番话，人情练达、世事洞明，饱含了世俗生活的智慧，每个中国人都能对此心领神会吧？

西门庆听了，果然茅塞顿开，不哭了，开始喝茶、吃饭。

> 伯爵道："哥原来还未吃饭哩？"西门庆道："自你去了，乱了一夜，到如今谁尝甚么儿来。"伯爵道："哥，你还不吃饭，这个就胡突了，常言道：'宁可折本，休要饥损。'《孝经》上不说的：'教民无以死伤生，毁不灭性。'死的自死了，存者还要过日子。哥要做个张主。"正是：
>
> 数语拨开君子路，片言题醒梦中人。

应伯爵不就是现在的心理治疗师吗？专业、细致又贴心，句句说到西门庆的心坎里，帮他顺利渡过了心理难关。

如果用传统道德的视角，《金瓶梅》里处处是道德滑坡，应伯爵就是寄生虫。但换个角度看，《金瓶梅》是一个生机勃勃的商业社会，一个充满各种可能性的城市空间。这样一来，你原来看不起、不理解的角色，可能就有新的价值和意义。

3

你可能会说：不管怎样，应伯爵是西门庆的结义兄弟，他可是没一点兄弟情谊啊。

确实，西门庆死后，应伯爵迅速投靠了另一个土豪，还从西门庆家里带走了一个小厮。这也太没义气了，还有点忘恩负义。

"结义"意味着什么？义薄云天？生死与共？如果真这么想

的话，那可能是被美好的故事"骗"了。来来来，咱们换个角度看"结义"背后的真相。

"桃园结义"的故事，来自宋元话本："三人在酒肆喝醉酒后，关、张二人见睡在地上的刘备，其七窍中游出赤练蛇，大为惊异，认为刘备今后必定大贵。于是酒醒后，三人在城外桃花岭结义，并尊刘备为兄长。"到了《三国演义》，罗贯中提升了立意，多了家国情怀，成了为"共举大事"，"同甘苦、共休戚、患难相携"的深厚情谊。这一提升，便有了"结义"的美谈。

其实，历史上从没有过"桃园结义"。为什么从话本到小说都热衷讲这样的故事呢？

故事回应现实，填补人心。为什么会有这样的故事，而不是那样的故事？是源于现实和人心的需要。宋代话本的出现，伴随着商业和城市的兴起，而商业和城市意味着新型的人际关系需要新的道德、新的故事。

这个世界，商业为王。在王婆眼里，西门庆是饭票，潘金莲就是诱饵；对李桂姐来说，西门庆是嫖客，犯不着动感情；薛姑子们一心从吴月娘和李瓶儿手里掏钱；媒婆薛嫂听孟玉楼要嫁人，赶紧去找西门庆，挣个说媒钱；王六儿跟西门庆通奸，老公韩道国乐见其成，因为有钱赚……每个人都有自己的生意经。

同时，大家彼此之间更像熟悉的陌生人。

王婆是谁？她为何会处理砒霜中毒？白富美李瓶儿，本是梁中书的小妾，后嫁给花太监的侄子花子虚。我们只知道应伯爵、谢希大们是清河县人士，韩道国、王六儿又从哪里来？我们不了解他们，他们彼此之间也未必知根知底。

亲情也变得松散了，人与人之间的利益关系大于情感联结。潘金莲从小被母亲卖，卖了两次，跟母亲关系很冷淡；武松当了都头，是在街上偶遇的武大，"武二郎冷遇亲哥嫂"；吴月娘的娘家哥哥，时常劝妹妹对西门庆好，很有人情味，但他显然更看重跟西门庆的利益关系；花子虚因气丧生，李瓶儿再嫁给西门庆，花子虚的亲兄弟却成了西门庆家的花大舅，还殷勤走动，荤不荤，素不素……亲情变得浑浊了，充满杂质，这在传统农业社会是不可想象的。

西门庆更是上无父母，中无兄弟，下无子嗣，连亲戚都是假的——结义兄弟、乔亲家、翟亲家、杨姑娘、花大舅、沈姨夫、韩姨夫，还有干女儿李桂姐……西门庆财势熏天时，他们倏忽而来，西门庆一死，遂悄然而散。

我们不知道他们从哪里来，也不知道他们到哪里去。他们的人生既无开始，也无终止。人人都是陌生人，相互之间想要建立信任，很难。

传统社会之所以信任危机少，是因为亲缘关系和熟人圈子，相互知根知底。《水浒传》里杨志去二龙山，要靠曹正穿线；水泊梁山，直接奔上去，会有人收留？才怪。

《金瓶梅》的世界，离传统农业社会很远，离现代社会更近，甚至多有重叠。

虽然大家都是陌生人，但人人都渴望安全感，希望信任和被信任。怎么办？又没有现代信任机制，那就需要借助某种桥梁建立信任。

"结义"就是一个桥梁，模拟传统的血缘亲情，相互构建责任和义务关系。事实上，结义双方也都明白，目的是相互帮衬。义气的本质其实很功利——大家都是利益共同体，同一个战壕里的战友。所以林冲投奔梁山，要纳"投名状"，不杀个人，怎么能跟兄弟一条心呢？这就是生存世界的真相。

绣像本第1回是"西门庆热结十兄弟,武二郎冷遇亲哥嫂",玉皇庙里点起香烛,众兄弟依次排列,吴道官朗声念道:"桃园义重,众心仰慕而敢效其风;管鲍情深,各姓追维而欲同其志。况四海皆可兄弟,岂异姓不如骨肉?"

可别当真。对此,韦小宝心知肚明。他最爱讨价还价,偷工减料,跟索额图结拜,心想:你这么老,跟你同年同月死?亏死了!口一滑就把"同年"咽下去了。虚伪也好,败坏也好,总比梁山的义薄云天强——宋江拖着兄弟们,可真的同年同月同日死了。

西门庆说要跟应伯爵等人结拜,吴月娘表示,这些人"那一个是那有良心和行货?无过每日来勾使的游魂撞尸"。西门庆说结拜了好,明日也有个靠傍。

吴月娘接过来道:"结拜兄弟也好,只怕后日还是别个靠你的多哩。若要你去靠人,提傀儡儿上戏场——还少一口气儿哩。"西门庆笑道:"咱恁长把人靠得着,却不更好了。"

这很诚实。

明白了这个,当然就不会再苛求结义兄弟从一而终,也不苛求他们忠诚不贰。这不是道德问题,而是生存问题。所以,希望应伯爵对西门庆负责到底,肝胆相照,这标准真高了点。

李瓶儿的葬礼上,众人祭奠完毕,安席观戏,戏子们唱《玉环记》。应伯爵和李桂姐一边看戏,一边逗嘴,李桂姐说戏里这姓包的和应花子一样,都是不知趣的"寒味儿"(蠢驴)。应伯爵回嘴:"小淫妇,我不知趣,你家妈妈怎喜欢我?"李桂姐:"他喜欢你?过一边儿!"西门庆说:"看戏罢,且说甚么。再言语罚一大杯酒!"

这次,聪明如应伯爵,也没体会西门庆的心情。

高质量的朋友关系，一般不会在利益盟友关系里。整部《金瓶梅》，也只有潘金莲和庞春梅惺惺相惜，肝胆相照，但这属于可遇不可求。

明白了这一点，才算长大了。

堂吉诃德走出他的拉曼却小村，到广阔天地去冒险，是现代小说的开始，也是个人生活的起点——脱离传统母体，从此一个人面对无涯的旷野。明白自己不再是世界的中心，懂得什么是可以要的，什么是奢望。然后，才有真正的成长。

这些道理属于成年人。看清界限，回归常识，在这个基础上，再理解人性，这是我读《金瓶梅》的收获之一。

所以，我还挺喜欢应伯爵的。

饭局上，他最会说笑话，张口便是田鸡呀螃蟹呀的荤段子，有了他，饭局就热闹，酒菜也分外美味。西门庆当然最喜欢他，但凡有什么好吃的，最爱跟他同享：糟鲥鱼、酿螃蟹、鲜枇杷、衣梅、酥油白糖熬的牛奶，还有李瓶儿做的酥油泡螺。

李瓶儿死后，妓女郑爱月也做了酥油泡螺给西门庆。西门庆想起瓶儿，未免伤心，伯爵来了一句："死了一个女儿会拣泡螺儿孝顺我，如今又钻出个女儿会拣了。偏你也会寻，寻的都是妙人儿。"西门庆笑得两眼没缝儿，赶着他打。

张竹坡此处弹幕："奉承处，自足迷人。""总是奉承，却能因时致宜。故妙。"他一向讨厌应伯爵，也忍不住点了赞。

儒家道德，有时过于高调，有时过于死板，常常跟现实水土不服。读书人好指点江山，评判人心，却往往不接地气，对现实隔岸观火，或摇头或激愤，却不知《金瓶梅》的作者就是此岸中人，写此岸的烟火、世情与人心。他是一个伟大的作家，而非道德家。

设想一下，如果世界上圣贤毕集，全是真善美，个个有浩然正气，会怎么样？

这个反问，出自法国哲学家狄德罗的小说《拉摩的侄儿》。小说是对谈的形式，在"我"和拉摩的侄儿之间进行。拉摩的侄儿好逸恶劳，有很多"丑恶"的牢骚和想法，但他良知未泯，老想为自己的"丑恶"找到理论支持。对上面这个问题，他的回答是："你要承认它将是非常沉闷的。"因为道德很可能违反天性，违反天性难免会受苦，"而当人们受苦的时候，人们就会令他人也受苦"。

不得不说，这确实道出了人性和道德的部分真相。这样的视角，属于文学。

4

美国批评家哈罗德·布鲁姆这样评论福斯塔夫："不朽的修辞学也是一种生存心理学和一种宇宙观。"

从乔叟《坎特伯雷故事集》里的巴斯妇人，到莎士比亚笔下的福斯塔夫，再到《堂吉诃德》里的桑丘·潘沙，堪称一系列"小丑"连续剧——他们及时行乐、夸夸其谈，却有奇异的生命力。

莎士比亚有他的福斯塔夫，我们就有应伯爵。张竹坡说："伯爵之恶，更甚于吴典恩。"吴典恩也是西门庆的结义兄弟，受其惠最多，西门庆死后，他却诬陷小厮平安跟吴月娘有奸，想敲诈一笔，所以谐音是"无点恩"。应伯爵怎么比他恶？西门庆死后，他只是投靠了张二官，把春鸿挖走，向张二官夸说西门家的妻妾漂亮，可以买来……虽然不够仁义，但也不算恶。

很多人讨厌应伯爵，认为他最后转投张二官是对西门庆的背叛。背叛这个词太严重，饱含道德谴责，但应伯爵背不了这口锅。

西门庆临死前，也告诉陈敬济："李三讨了批来，也不消做了，教你应二叔拿了别人家做去罢。"所以，后来应伯爵跟李三拿了批文去投靠了张二官，也在情理之中。

请注意，倒是这个张二官有点来头，他正是一开头收用潘金莲的张大户之侄，如今成了西门庆第二。世事如此轮换，确实令人唏嘘。

西门庆死后，应伯爵还叮嘱了陈敬济和吴大舅：

> 且说应伯爵闻知西门庆没了，走来吊孝哭泣，哭了一回。吴大舅、二舅正在卷棚内看着与西门庆传影，伯爵走来，与众人见礼，说道："可伤，做梦不知哥没了。"要请月娘拜见，吴大舅便道："舍妹暗房出不来，如此这般，就是同日添了个娃儿。"伯爵愕然道："有这等事！也罢也罢，哥有了个后代，这家当有了主儿了。"落后陈敬济穿着一身重孝，走来与伯爵磕头。伯爵道："姐夫姐夫，烦恼。你爹没了，你娘儿每是死水儿了，家中凡事要你仔细。有事不可自家专，请问你二位老舅主张。不该我说，你年幼，事体还不大十分历练。"吴大舅道："二哥，你没的说。我自也有公事，不得闲，见有他娘在。"伯爵道："好大舅，虽故有嫂子，外边事怎么理的？还是老舅主张。自古没舅不生，没舅不长。一个亲娘舅，比不的别人。你老人家就是个都根主儿，再有谁大？"

从头到尾，应伯爵没做过伤天害理之事。西门庆害过人，应伯爵也从未参与。显然，他不是好人，但绝对不是一个坏人。他不是君子，也不想当伪君子。在他面前，岳不群是没用武之地的。

他让我们快乐，虽然这快乐很俗、很肤浅。我总觉得，像应伯爵这样的人，就是来阻止我们产生强烈的道德审判冲动的。只要不用"义薄云天""为朋友两肋插刀"这样的高尚道德去要求他，去考验他友情的成色，他是不错的朋友。

事实上，应伯爵也非常有人情味。

物伤其类，同气相求，对同为穷人的唱戏的，应伯爵也很慷慨。妓女李桂姐得罪了西门庆，西门庆不再请李桂姐的哥哥来唱戏，是应伯爵帮他缓和了关系。

> 李铭连忙磕了个头，把盒儿掇进来放下，揭开却是烧鸭二只、老酒二瓶，说道："小人没甚，这些微物儿孝顺二爹赏人。小的有句话径来央及二爹。"一面跪在地下不起来。伯爵一把手拉起来，说道："傻孩儿，你有话只管说，怎的买礼来？"……
>
> 伯爵道："我没有个不替你说的。我从前已往不知替人完美了多少勾当，你央及我这些事儿，我不替你说？你依着我，把这礼儿你还拿回去。你是那里钱儿，我受你的！你如今就跟了我去，等我慢慢和你爹说。"李铭道："二爹不收此礼，小的也不敢去了。虽然二爹不希罕，也尽小的一点穷心。"再三央告，伯爵把礼收了。讨出三十文钱，打发拿盒人回去。

应伯爵说自己"我从前已往不知替人完美了多少勾当",这不是假话。再回到第1回"西门庆热结十兄弟",原来的十兄弟之一,有个叫卜志道的死了,西门庆却不知道,还是应伯爵说起来:

"便是前日卜志道兄弟死了,咱在他家帮着乱了几日,发送他出门。他嫂子再三向我说,叫我拜上哥,承哥这里送了香楮奠礼去,因他没有宽转地方儿,晚夕又没甚好酒席,不好请哥坐的,甚是过不意去。"西门庆道:"便是我闻得他不好得没多日子,就这等死了。我前日承他送我一把真金川扇儿,我正要拿甚答谢答谢,不想他又作了故人!"

对于卜志道这个穷兄弟,应伯爵也算仁至义尽了,至少比西门庆更像朋友。

另一个穷兄弟常峙节,穷得交不起房租了,央求应伯爵帮忙跟西门庆借钱。应伯爵说:"受人之托,必当终人之事,我今日好歹要大官人助你些就是了。"果然,在应伯爵的说合下,西门庆先是拿出十二两碎银子,让常峙节先回家买点日用品,等看好了房子,讲好了价钱,再来拿。

后来,房子找到了,需要三十五两银子,赶上西门庆的儿子官哥儿死了。西门庆还是拿了五十两银子给应伯爵,让他给常峙节送过去——

伯爵道:"你这里还教个大官和我去。"西门庆道:"没的扯淡,你袖了去就是了。"伯爵道:"不是这等说,今日我还有小事。实和哥说,家表弟杜三哥生日,早晨我送了些礼儿去，他使小厮来请我后晌坐坐。我不得来回你话，教个大官儿跟了去，成了房子，好教他来回你话的。"西门庆道："若是恁说，叫王经跟你去罢。"一面叫王经跟伯爵来到了常家。

常峙节正在家，见伯爵至，让进里面坐。伯爵拿出银子来与常峙节看，说："大官人如此如此，教我同你今日成房子去，我又不得闲，杜三哥请我吃酒。我如今了毕你的事，我方才得去。"常峙节连忙叫浑家快看茶来，说道："哥的盛情，谁肯！"一面吃茶毕，叫了房中人来，同到新市街，兑与卖主银子，写立房契。伯爵吩咐与王经，归家回西门庆话。剩的银子，叫与常峙节收了。他便与常峙节作别，往杜家吃酒去了。西门庆看了文契，还使王经送与常二收了，不在话下。

为什么要抄录这段文字？因为应伯爵虽然贪财，但给常峙节的这五十两银子，他一点儿也没截和，做得清清爽爽，还坚持让西门庆看见，所以西门庆信任他。

一次，西门庆跟应伯爵聊天，说到同僚夏提刑：刘太监的兄弟，拿皇木盖房子，被告官。那夏龙溪收了刘太监一百两银子，还不依不饶，非要严办。结果，刘太监又来找我，我哪里稀罕这些钱，就从轻发落了。应伯爵却说：哥，你哪里稀罕这个钱？夏大人他行伍出身，没根基，他不贪些，拿什么过日子？

看，伯爵也是有同理心的，虽然用的地方不对。

另两个兄弟孙寡嘴和祝实念，跟王三官帮嫖贴食，却被官府抓了。应伯爵提起他们，甚是同情：

成日图饮酒吃肉，好容易吃的果子儿！似这等苦儿，也是他受。路上这等大热天，着铁索扛着，又没盘缠……

西门庆说：谁让他们跟王三官瞎混！他马上转了口风：哥说得有理，苍蝇不钻没缝的鸡蛋，他怎么不寻我和谢子纯？清的只是清，浑的只是浑。

在这样的俗世里，兄弟情谊，也就到此为止，再多一点的温暖，他也给不了。西门庆死后，他约了众兄弟过来——

伯爵先开口说："大官人没了，今一七光景。你我相交一场，当时也曾吃过他的，也曾用过他的，也曾使过他的，也曾借过他的。今日他死了，莫非推不知道？洒土也眯眯后人眼睛儿，他就到五阎王跟前，也不饶你我。如今这等计较，你我各出一钱银子，七人共凑上七钱，办一桌祭礼，买一幅轴子，再求水先生作一篇祭文，抬了去，大官人灵前祭奠祭奠，少不的还讨了他七分银子一条孝绢来，这个好不好？"

也算是给西门大官人有了一个交代。西门庆死了，应伯爵又投靠了张二官。没办法，他也有一堆家小要养。

应伯爵这个名字最后一次出现是在第97回，彼时春梅已发迹，养着陈敬济，正张罗着帮他娶亲。薛嫂介绍了好几个，春梅都看不上——

又说应伯爵第二个女儿，年二十二岁。春梅又嫌应伯爵死了，在大爷手内聘嫁，没甚陪送，也不成。

原来应伯爵已经死了，死得悄无声息，连一个特写镜头也没有。从春梅的话里，我们得知他的女儿在大伯家里，二十二岁了还没嫁人。应伯爵的老婆呢？那个黑瘦的小妾春花呢？并不知道。

众生皆苦。他们活得卑微、死得卑微，好像从没来过这个世界。看见他们的人生以及他们的苦，就是理解和慈悲了。

你遇到过应伯爵这样的人吗？没有？可惜。

每一个配角,内心都有一个黑暗的江湖

1

《金瓶梅》的故事源于《水浒传》。后者是绿林好汉的世界——打虎、倒拔杨柳、打家劫舍、大碗喝酒大块吃肉……《水浒》是英雄传奇,作者喜欢非凡的人事,对普通人缺乏兴趣。

兰陵笑笑生却专写卑琐的凡人,一心"祛魅"。所以,在《水浒传》里,被一笔带过的西门庆、潘金莲、王婆、郓哥们,来到《金瓶梅》的世界里却成了主流,构成市井人心、世俗生活。

隔壁老王王婆开茶馆,还兼职媒婆、卖婆、牙婆、"马泊六"。"牙婆"是人贩子,"马泊六"是拉皮条的,"开言欺陆贾,出口胜隋何",什么钱都赚。潘金莲一叉竿打到西门庆,她看见的是钱——又是贡献"挨光计",又是出幽会的场地,跟西门庆一起算计潘金莲,又是殷勤准备酒菜,还出主意毒死武大,关键是她还知道砒霜中毒的症状,最后亲自上阵,把武大的尸首处理干净,真让人细思极恐。

《金瓶梅》的世界里,每个人内心都有一个黑暗的江湖,王婆的内心是无底的黑洞。

这么费尽心机,她一共赚了多少呢?我们算算:西门庆一次性给了她十两银子,还有一套送终衣裳,再加上每次幽会打酒买肉赚差价,前后也就是几十两银子。

钱确实不算多,却赔上了一条人命,真让人唏嘘。

后来西门庆死了,潘金莲偷女婿,吴月娘让王婆带走她重新发卖,她非要卖一百零五两,只给月娘二十两。可惜,这笔横财,她还来不及消受,就死在了武松刀下。

以贪财始,以贪财终,王婆也算死得其所了。

古语云,"人为财死,鸟为食亡",但传统的乡土社会,发财的机会很少。"力田树艺,鲜商贾",人人安分守己,不商贾、不远游,崇尚的是稳重、质朴。

但在《金瓶梅》的世界里,几乎全民皆商:上至朝中大官,蔡御史、宋御史,下至媒婆、小厮、丫鬟、虔婆、帮闲、走街串巷的货郎,"佛门中人"王姑子、薛姑子,乃至回家养老的刘太监、薛太监……三教九流,都不事稼穑,只为赚钱。

人心散乱了,欲望在升腾,连空气里都飘荡着金钱的味道,这是一个崭新的新世界。

王婆的同行有薛嫂、文嫂、陶妈妈,还有冯妈妈。她们八仙过海,各显其能。

冯妈妈是李瓶儿的奶妈,却给西门庆和王六儿拉皮条,每次都帮着王六儿整治酒菜,生怕错过任何一次赚钱的机会。李瓶儿快要死了,她还忙着给西门庆和王六儿做饭,无暇去看她。

第7回,薛嫂向西门庆介绍孟玉楼首先说:

> 南京拔步床也有两张。四季衣服,插不下手去,也有

四五只厢子。金镯银钏不消说,手里现银子也有上千两。好三梭布也有三二百筒。

最后才说年龄长相,弹一手好月琴,这是抓住了西门庆的贪财心理。果然,西门庆一听,还没相看孟玉楼,就去拿银子争取杨姑娘的支持。

不过,在两人相看时,西门庆和薛嫂两人合伙儿演了一出双簧——

> 西门庆道:"娘子,小人妻亡已久,欲娶娘子管理家事。未知尊意如何?"那妇人偷眼看西门庆,见他人物风流,心下已十分中意。遂转过脸来,问薛婆道:"官人贵庚?没了娘子多少时了?"西门庆道:"小人虚度二十八岁,不幸先妻没了一年有余。不敢请问娘子,青春多少?"妇人道:"奴家是三十岁。"西门庆道:"原来长我二岁。"薛嫂在旁插口道:"妻大两,黄金日日长;妻大三,黄金积如山。"

看出来了吗?西门庆的第一句话可是暗藏玄机,"管理家事"是正妻的职责,小妾是只有被管理的份儿。孟玉楼听着,满心以为嫁给西门庆是做填房。等西门庆走了,她又问薛嫂:

> "但不知房里有人没有人?见作何生理?"薛嫂道:"好奶奶,就有房里人,那个是成头脑的?我说是谎,你过去就看出来。他老人家名目,谁不知道,清河县数一数二的财主,有名卖生药放官吏债西门大官人。知县知府都和他往来。近

日又与东京杨提督结亲，都是四门亲家，谁人敢惹他！"

玉楼是想确认西门庆到底有无正妻，她本是一个谨慎的人。结果薛嫂没正面回答，只是含糊了一下，然后话锋一转，开始大赞西门庆有钱有势。

待玉楼嫁过去，才发现西门庆非但有正妻吴月娘，还有二房李娇儿，自己只是第三房小妾。

这次，薛嫂得了多少谢媒钱呢？书里没明说，但薛嫂曾自称："我替你老人家说成这亲事，指望典两间房儿住哩。"做媒真的收益这么高？未必。主要是因为帮西门庆娶了有钱寡妇孟玉楼，谢媒钱自然水涨船高。

孟玉楼却惨了。后来西门庆死了，李衙内看上了孟玉楼，托官媒陶妈妈来说亲，孟玉楼连珠炮一般发问："妈妈休得乱说。且说你衙内今年多大年纪？原娶过妻小没有？房中有人也无？姓甚名谁？有官身无官身？从实说来，休要揭谎。"

她这是被骗怕了的。

王婆曾自称："俺这媒人们都是狗娘养下来的。"一副豁出去，完全不怕报应的架势。

坑蒙拐骗的可不只是媒婆。佛门也不清净，薛姑子跟王姑子来西门府来得甚勤，帮吴月娘找胞衣坐胎，劝李瓶儿拿钱念经……无利不起早。最后这两人，因五两银子闹翻了，王姑子骂薛姑子独自把钱给吞了，是老淫妇搞鬼；薛姑子反过来又咒王姑子，死后堕阿鼻地狱。

这薛姑子又是什么来历？原来她曾嫁过丈夫，在广成寺前居住，卖蒸饼儿，生意不好，便与那些寺里的和尚勾搭成奸。和尚们帮衬她。丈夫死后，她干脆做起了姑子，专往有钱的人家跑，包揽经忏之事，什么赚钱做什么。

西门庆在家里看见薛姑子，告诉吴月娘：

> 你还不知他弄的乾坤儿哩！他把陈参政的小姐吊在地藏庵儿里和一个小伙偷奸，他知情，受了三两银子。事发，拿到衙门里，被我褪衣打了二十板，交他嫁汉子还俗。他怎的还不还俗？好不好，拿来衙门里再与他几捞子。

吴月娘的反应是：

> 你有要没紧，怎毁僧谤佛的。他一个佛家弟子，想必善根还在，他平白还甚么俗？你还不知，他好不有道行！

吴月娘、李瓶儿还有潘金莲，都有自己的欲望和恐惧，离不开王姑子、薛姑子们。更何况，她们还懂稀奇古怪的民间偏方，可以帮她们生儿子——

> "你老人家倒说的好，这件物儿好不难寻！亏了薛师父。——也是个人家媳妇儿养头次娃儿，可可薛爷在那里，悄悄与了个熟老娘三钱银子，才得了。替你老人家熬矾水打磨干净，两盒鸳鸯新瓦，泡炼如法，用重罗筛过，搅在符药一处才拿来了。"月娘道："只是多累薛爷和王师父。"于是每人拿出二两银子来相谢。说道："明日若坐了胎气，还与薛爷一匹黄褐段子做袈裟穿。"那薛姑子合掌道了问讯："多承菩萨好心！"

这就是民间宗教。对于普通人来说，有道行，有用，才信。

《金瓶梅》的世界里，全是这样的人，每个人都有自己的算盘，十分精刮，又善于说谎。

2

很多研究者认为《金瓶梅》里的人心败坏，是商业经济发达，旧道德瓦解，新道德还未形成的结果。

事实上两千年前，孔子就说："古之愚也直，今之愚也诈而已矣。"孔子所说的"今"，可是《金瓶梅》里的"古"，可见"人心不古"早就是传统了。而民间流传的"人善被人欺，马善被人骑""两人不看井，三人不锯树"，这等劝世之言，更是提醒我们：人心一直不怎么好，莫对人心期待过高。

这关涉对人性的认知起点是人性善，还是人性恶。

人心败坏这口锅，商业经济背不了。不如借机来体察一下人性，毕竟《金瓶梅》里有世俗生活，有人间烟火。而这些，是儒家道德一直无视的真实的人性世界。

在《金瓶梅》的世界里，鸡毛蒜皮的小事，就能引发人际关系的坍塌。

书童受了贿，买酒肉托李瓶儿走后门，多余的请同事吃，却忘了平安。平安一肚子不快，便向潘金莲告书童黑状，说书童去李瓶儿房间里待了很久，吃酒吃得脸红红的。金莲又借此讥讽李瓶儿和书童，不知干了什么茧。然，书童是西门庆的娈童，备受宠爱，西门庆到底借故打了平安一顿，一时间鸡飞狗跳。

稍有点走神，就捋不清其中的爱恨情仇。

第30回西门庆当了清河县的副提刑。他的老相好妓女李桂姐趋炎附势，认了吴月娘当干妈，也端起半个主人的款儿来——

> 那李桂姐卖弄他是月娘干女儿，坐在月娘炕上，和玉箫两个剥果仁儿、装果盒。吴银儿三个在下边杌儿上，一条边坐的。那桂姐一径抖搜精神，一回叫："玉箫姐，累你，有茶倒一瓯子来我吃。"一回又叫："小玉姐，你有水盛些来，我洗这手。"那小玉真个拿锡盆舀了水，与他洗手。吴银儿众人都看的睁睁的，不敢言语。桂姐又道："银姐，你三个拿乐器来唱个曲儿与娘听。我先唱过了。"月娘和李娇儿对面坐着。吴银儿见他这般说，只得取过乐器来。当下郑爱香儿弹筝，吴银儿琵琶，韩玉钏儿在旁随唱，唱了一套《八声甘州》"花遮翠楼"。

李桂姐居然自己坐着，让小姐妹们唱曲听！是可忍，孰不可忍。吴银儿气不过，跟应伯爵说了，应伯爵帮她分析：她一是惧怕你大爹权势，二是恐怕他去院里的机会少了，不如认个干女儿，长期往来。你到明日，也买些礼物，认与六娘做干女儿就是了。

应伯爵真是人情练达，世事洞明。果然，看到吴银儿跟李瓶儿关系好，轮到李桂姐"一声儿也不言语"，只跟吴银儿使性子，两个不说话，闹崩了。

不过，事情还没完。后来，清河县又有了新的青楼头牌郑爱月，她凭着出众的美貌，精心打造的文艺范儿，成了西门庆的新欢。她心思更深，为了笼络西门庆，巧妙地出卖了李桂姐，后者遂失了宠。

每个人都在热切地把自己的利益最大化，充分体现了"他人就是地狱"。

第41回，吴月娘做主，给李瓶儿的儿子官哥和乔大户的女儿结了娃娃亲，众人贺喜，给吴月娘、乔大户娘子和李瓶儿簪花递酒，很是热闹喜庆。潘金莲被冷落，一肚子不痛快，先是怼了西门庆，又被西门庆骂，越发急了，便跟玉楼诉苦——

金莲道："早是你在旁边听着，我说他甚么歹话来？他说别家是房里养的，我说乔家是房外养的？也是房里生的。那个纸包儿包着，瞒得过人？贼不逢好死的强人，就睁着眼骂起我来。骂的那绝情绝义。怎的没我说处？改变了心，教他明日现报在我的眼里！多大的孩子，一个怀抱的尿泡种子，平白扳亲家，有钱没处施展的，争破卧单——没的盖，狗咬尿泡——空喜欢！如今做湿亲家还好，到明日休要做了干亲家才难。吹杀灯挤眼儿——后来的事看不见。做亲时人家好，过三年五载方了的才一个儿！"玉楼道："如今人也贼了，不干这个营生。论起来也还早哩。才养的孩子，割甚么衫襟？无过只是图往来扳陪着耍子儿罢了。"

这就是"两孩儿联姻共笑嬉，二佳人愤深同气苦"。欢乐是别人的，荣耀是别人的。一向情绪稳定的孟玉楼，也不淡定了。

如果韩愈看见，必定脱口骂："小人之好议论，不乐成人之美，如是哉！"孔子也叹："小人长戚戚""唯女子与小人难养也"。这里的"小人"，是指低层百姓。孔子的道德要求是针对君子即贵族阶层的，"礼不下庶人"。

然而，"小人"虽无德，那些被孔子寄予厚望的上层，不也礼崩乐坏、战乱频仍？道德状况实在也不怎么样啊。

作为一个现代人，我们当然知道，所谓贪婪、嫉妒等人性的弱点，并非"小人"的专利。奥地利学派就分析过经济领域的攀比心理，"有些人当自己的愿望得到满足后，还希望看到他人的努力遭到失败"。所以，"价值是主观的"。

在《金瓶梅》里，每个人都有自己的立场和考量，每个人都是"理性经济人"。就这样，理性的人，组成了非理性的社会。

西门庆的女人里，老大吴月娘最本分也最愚钝，首先，一心保自己的地位，只要不挑战自己大房的位置，就和稀泥。其次，就是贪财。李瓶儿要转移财物，是她提醒西门庆，不要走大街，要从墙上偷运过来，最后堆在了自己屋里，极其精明。

花子虚死后，李瓶儿要嫁给西门庆，吴月娘却对西门庆说：你不好娶她，她孝服未满，花子虚又是你兄弟，咱们还收着她这么多东西。此处张竹坡批："然则不娶她，此东西将安然不题乎？写月娘欺心险行，可恨！可恨！"

李瓶儿死后，金莲跟西门庆要李瓶儿的皮袄，吴月娘愤愤不已，她觉得李瓶儿的东西都应该是自己的，对西门庆发牢骚：

> 他死了，嗔人分散他房里丫头，想你这等就没的话儿说了。他见放皮袄不穿，巴巴儿只要这皮袄穿。早时他死了，他不死，你只好看他眼儿罢了。

后来，还梦见金莲跟她抢皮袄。待西门庆死后，刚过二七，吴月娘便吩咐：把李瓶儿灵床连影抬出去，一把火烧了，将箱笼都搬到自己房里堆放。张竹坡评曰："久矣想其如此，今日方遂其意。"

西门庆死后，伙计韩道国和来保从扬州贩布回来，韩道国在船头站立，看见对面街坊坐船而来，对方举手道："你家老爹从正月间没了。"船很快过去，韩道国却顿起歹心，打定了主意，不告诉来保。到了码头，卖掉一半货物，拿着一千两银子回自己家。一开始韩道国还想自己留一半，给吴月娘一半，是王六儿的一番话让他改了主意。

王六儿的逻辑是：当初他包占了我，我要这银子应该。这逻辑当然不对，因为西门庆生前，已给王六儿买房子送银子，交易两清了。而韩道国跟西门庆是合伙做买卖，还拿了一部分股份，一码归一码。但在王六儿的世界里，"有天理到没饭吃哩！"韩道国也被说服了。于是，二人带着银子到东京投奔女儿去了。

家人来保，见韩道国卷银而逃，自己也不甘落后，偷偷昧下一千两银子的货，赖到韩道国头上，把自己打扮成不占便宜的好人。

> 月娘与了他二三十两银子房中盘缠，他便故意儿昂昂大意不收，说道："你老人家快收了。死了爹，你老人家死水儿，自家盘缠，又与俺们做甚？你收了去，我决不要。"一日晚夕，外边吃的醉醉儿，走进月娘房中，搭伏着护炕，说念月娘："你老人家青春少小，没了爹，你自家守着这点孩儿子，不害孤另么？"月娘一声儿没言语。

他在外面偷偷买了好房子，还开了杂货铺儿。老婆惠祥在自家房里穿金戴银，出门串亲戚坐轿子，一下子阔了起来。一回到西门家，立马就换了惨淡衣服，装穷，里外只瞒着吴月娘一个人。

应伯爵虽没银子可捐，迅速挂靠了张二官，撺掇他花三百两银子买了李娇儿，把春鸿也带了过去，还建议张二官买五娘潘金莲。他还是以前的应伯爵，只是西门庆换成了张二官。

十兄弟中的吴典恩和云理守更是十分奸险，一个捏造平安和吴月娘通奸，一个想吞掉西门庆家产。

3

作者感慨："逢人且说三分话，未可全抛一片心。""画龙画虎难画骨，知人知面不知心。"

这其实是《增广贤文》的谆谆告诫，揭开的是四书五经之外那个暗流涌动的世界。这本书恰好也集成于明中叶，跟《金瓶梅》成书的年代差不多。

再看先贤们的教导："出淤泥而不染""贫贱不能移，富贵不能淫，威武不能屈"，这在思想史上被称为"大传统"；《增广贤文》里的民间箴言却说："近朱者赤，近墨者黑""马瘦毛长，人穷志短"。后者见招拆招，创造了一个悠久厚黑的民间"小传统"。

于是，一面是思想史的"大传统"："恻隐之心人皆有之"；另一面却是现实的"小传统"："人不为己天诛地灭"……如此悖谬，非常黑色幽默。

这种名实不符的现象，在《金瓶梅》里处处皆是。

开头就是西门庆和应伯爵们"热结十兄弟"，玉皇庙的吴道官点香烛、念疏纸，又是桃园义重，又是管鲍情深，还有"四海之内皆兄弟"，仁义礼智信齐全。

再看西门庆忙着勾搭兄弟花子虚的老婆李瓶儿，应伯爵们帮嫖丽春院，吃西门庆喝西门庆，以及西门庆死后，这些兄弟的所作所为……这一幕"热结"是多么讽刺。

与此同时,"武二郎冷遇亲哥嫂",武松当了都头,在街头偶遇哥哥武大,是潘金莲盛情邀请武松回家居住,武大一言不发。

书里读书人很少,倒有一个温秀才被西门庆请来当秘书,每月三两银子管吃管住。西门庆没文化,但很尊敬读书人,每有酒席,都请来温秀才。西门庆应伯爵满嘴荤话,后者却满口之乎者也,西门庆从东京述职回家,应伯爵和温秀才来看他:

说起一路上受惊的话。伯爵道:"哥,你的心好,一福能压百祸,就有小人,一时自然都消散了。"温秀才道:"善人为邦百年,亦可以胜残去杀。休道老先生为王事驱驰,上天也不肯有伤善类。"

还有一次,在妓女郑爱月处的酒局,另一个妓女吴银儿也来了,应伯爵开玩笑说这两个人倒是伙计,温秀才说:

南老好不近人情。自古同声相应,同气相求。本乎天者亲上,本乎地者亲下。同他做伙计亦是理之当然。

其实他人品低劣,好男风、喜告密、奸画童,还喜欢窥探西门庆的房事。

至于上层的读书人比如蔡状元、宋御史们,也好不到哪里去。第74回"潘金莲香腮偎玉",潘金莲在床上百般讨好西门庆,为他吹箫,趁机提出想要李瓶儿的皮袄。随后,宋御史来到西门庆家,商量借西门庆家里宴请侯巡抚——

见屏风前安着一座八仙捧寿的流金鼎,约数尺高,甚是做得奇巧。炉内焚着沉檀香,烟从龟鹤鹿口中吐出。只顾近前观看,夸奖不已。问西门庆:"这副炉鼎造得好!"因向二官说:"我学生写书与淮安刘年兄那里,央他替我捎带一副来,送蔡老先,还不见到。四泉不知是那里得来的?"

西门庆当然心知肚明,第二天就让家人包好送给了宋御史。西门庆巴结上了东京的蔡太师,并当了其干儿子。蔡太师的管家翟谦给他来了一封信,信上提到:"新状元蔡一泉,乃老爷之假子,奉敕回籍省视,道经贵处,仍望留之一饭……"下书人又另外告诉西门庆:"翟爹说:只怕蔡老爹回乡,一时缺少盘缠,烦老爹这里多少只顾借与他。写书去,翟老爹那里如数补还。"

西门庆何等精明,立刻心领神会。

果然蔡状元和安进士来了。西门庆设宴招待,还叫了四个戏子,让书童扮小旦。安进士好男风,拉着书童的手,一递一口吃酒,连曰:"此子可爱。"吃到掌灯时节,出来更衣,蔡状元拉西门庆说话:

"学生此去回乡省亲,路费缺少。"西门庆道:"不劳老先生分咐。云峰尊命,已定谨领。"

同样是要东西,宋御史、蔡状元们似乎也不比潘金莲、宋惠莲们更高明。在金钱面前,在清河首富西门庆面前,读书人也不再矜持。

读书人的世界早就沦陷了。四书五经,成了升官发财的工具,岳不群层出不穷。比兰陵笑笑生早一点的王阳明,疾呼"知行合一",致良知,为鼓舞人心向善还说"满街都是圣人"。结果他死后,满街都是欲望。

说商业经济激发了欲望,也没错,但它充其量是一个契机,一个放大器。不仅欲望被放大,人性中的恶,也被激发。在《金瓶梅》里,我们会经常看见,那些隐匿的恶意如何浮现,以及人性多么经不起考验。

潘金莲步步黑化,在命运的岔路,选的总是最黑暗的那条。

还有李瓶儿,不仅跟西门庆偷情,还转移财产。花子虚刚吃了官司,她就把三千两银子和成箱的财宝搬到西门庆家,说:到明日,奴不就也是你的人了。她成心等着这一天呢。所以,后来花子虚出狱,得了伤寒,李瓶儿也不找医生,故花子虚因气丧生。

就连孟玉楼,也有让人惊讶的时候。下人蕙莲跟西门庆勾搭上,孟玉楼们打牌,她在一旁指点,玉楼不悦:我们玩牌,有你什么事!孟玉楼还挑唆金莲,他爹要给蕙莲买房子,编银丝鬏髻,"就和你我辈一般,甚么张致?"金莲怒从心头起,发誓不放过蕙莲,她笑道:"我是小胆儿,不敢惹他,看你有本事和他缠。"

西门庆死后,她嫁给李衙内,陈敬济跑来敲诈她,她处理得相当狠辣,设计捉住陈敬济,还编织了罪名。连一贯赞她恬淡的张竹坡也叹:"直如夜叉现形,钟馗出像。"

这就是《金瓶梅》,人心诡诈,暗流涌动。如果你是道德家,几乎所有人都会触怒你;如果你是老古板,这些人会让你如坐针毡;如果你想寻找生命的意义,必然一无所得。

性本善,是儒家思想的逻辑起点。《大学》里的"明明德",即人本来拥有纯净美好的品性,我们要发现它、保持它。儒家内部虽有理学和心学之争，但双方都承认性善，恶不过是私欲、人欲遮蔽了善。

然而，"大传统"终究难敌"小传统"，它太高调，不愿直面人性里的恶。因此，不管是"仁即爱人"，是"善养浩然之气"，还是"存天理灭人欲"，都像沙上的城堡，经不起风吹雨打，也无法解释并应对真实的生活世界。

庄子讲过一个"盗亦有道"的故事，我们不妨把主角盗跖换成西门庆：

西门庆泡女人，从不霸王硬上弓，总提前试探知会，是礼；对女人不吝钱财，对朋友慷慨相助，是仁义；擅长跳墙偷情，却没被捉，是智；最后把潘金莲和李瓶儿娶进门，没始乱终弃，是信也。

竟然也仁义礼智信俱全。庄子说儒家"明乎礼义而陋于知人心"，然！

人性如此复杂而幽深，远非抽象的道德理念所能涵盖。"它有自己的风暴，它有自己黑夜的奴隶。"

4

《金瓶梅》里的人怎么个个都是脏的、烂的、灰的，没一个好人呢？如果兰陵笑笑生听见这话，一定会诧异：你说的那种好人在哪里，麻烦指给我看看。

恶有无数理由，善却往往命悬一线。对人性，对善恶，我们知道得太少，太单薄了。

在某种程度上，《金瓶梅》以绝对的写实，颠覆了我们对人性的浪漫想象，提醒我们睁眼看自己、看众生。

在中国传统文学史上,《金瓶梅》一直备受误解。有人说它是"小黄书",有人说它太黑暗。可是,文学一旦背上"文以载道"、教化人心,就不诚实了,不敢踏入人性的暗河。结果,不是善恶有报,就是大团圆喜相逢……甘于"瞒与骗"。

《金瓶梅》是另类,堪称真正的写实主义。

我们来看妓女郑爱月。她一出场,"穿着紫纱衫儿,白纱挑线裙子。腰肢袅娜,犹如杨柳轻盈;花貌娉婷,好似芙蓉艳丽"。西门庆说她可恶,居然三番五次才叫了来。她一声儿也不言语,笑着同众人一直往后边去了。

到了后边,又是用洒金扇掩着粉脸,只是笑,非常特别。惹得吴月娘和潘金莲对她评头论足,又是看她的脚,又是拿她头上的金鱼撇杖儿看。她的房间叫"爱月轩",摆设清雅,俨然青楼白莲花。

正是她,给西门庆出主意,去勾搭王三官的母亲林太太,再打王三官媳妇的主意:"爹难得先刮剌上了他娘,不愁媳妇儿不是你的。"人家王三官娘子没招她、没惹她,她为啥要算计人家?她这是投西门庆所好,牺牲别人,无所不用其极地笼络他呢。

还有薛姑子和王姑子。李瓶儿生了儿子官哥儿,薛姑子劝其舍钱念经,因为富人孩子最易遭小人恨;官哥儿死了,她也振振有词:你儿子是你前世仇人,多亏你舍银子念经,不然早被他害死了。如今他害不了你,自己倒死了,阿弥陀佛!

这番说辞,居然天衣无缝。李瓶儿死后,她该如何自圆其说?书中写李瓶儿死后,众人忙乱,且看王姑子口中喃喃呐呐,替李瓶儿念《密多心经》《药师经》《解怨经》和《楞严经》……就问你服不服!

弗洛伊德发现了人的潜意识:"人的心中好像一直有一片荒

芜的夜地。"这让他眩晕。东野圭吾也说:"只有两种东西无法直视,一是太阳,一是人心。"

兰陵笑笑生这样剥皮见骨、鲜血淋漓,把人生、人性写尽写透,是为了什么?真的便如张竹坡所言,《金瓶梅》是一部愤世嫉俗之书?就是为了骂尽一切奸人坏人,要榨出他们袍子底下的各种"小"来?

非也,非也。

所谓愤世嫉俗,骂尽一切奸坏,是站在道德高地,俯视众生的姿态。不过,想要进入《金瓶梅》的世界,我们首先要做的,就是甩掉道德优越感扪心自问:我们真的比《金瓶梅》里的这些人更好吗?这些人真的有那么坏吗?

《金瓶梅》这本书,歧路重重,进入它并不容易。

初读,你可能后背生凉,感慨人心之恶;再读,优越感会逐步瓦解,开始承认:西门庆、李桂姐们其实就是普通人,他们有私心,也贪婪,还损人不利己,但也并非大奸大恶。

其实,他们也就是我们。

想想智人是如何成为地球主宰的,就知道人类多残忍。霍布斯说,你以为淳朴的"自然状态",其实意味着"所有人反对所有人的战争"。

人类并没有想象中那么好。

第58回来了一个磨镜老头,磨完镜子不走,哭诉儿子不争气、老婆生病。玉楼和金莲见他可怜,又是腊肉又是小米接济。结果平安说:

"二位娘不该与他这许多东西,被这老油嘴设智诓的去了。他妈妈子是个媒人,昨日打这街上走过去不是,几时在家不好来！"金莲道："贼囚！你早不说做甚么来！"平安道："罢了，也是他造化，可可二位娘出来看见叫住他，照顾了他这些东西去了。"

在兰陵笑笑生的笔下，几乎所有的恶，都是可以理解，甚至可以原谅的。写尽人性的破败，依然能心怀慈悲，这比讽刺、揭露和愤世嫉俗，更高级。

所以我们看，薛姑子们那么贪婪，但她们是李瓶儿的寄托。她临死前，格外依恋她们，她太孤独、太恐惧，太想抓住一点东西，即使是一根稻草。

当应伯爵在酒席上唱："老虔婆只要图财，小淫妇儿少不得拽着脖子往前挣。苦似投河，愁如觅井。几时得把业罐子填完，就变驴变马也不干这营生。"李桂姐哭了起来，她也很苦的。此时此刻，我们原谅了她的刻薄、虚伪和小聪明。

应伯爵帮嫖贴食，没啥格调，但这样的人，也有温暖一刻，比如替小优李铭说话，帮穷朋友常峙节跟西门庆借钱。他感慨兄弟祝麻子被官府带走："似这等苦儿，也是他受。路上这等大热天，着铁索扛着，又没盘缠，有甚么要紧。"这样的应伯爵，似乎不那么令人讨厌了。

很多人都以为西门庆是恶人，其实他只是一个普通人。他死前交代后事，抽抽搭搭地哭，很可怜；在潘金莲"淮洪"般的伶牙俐齿面前，他束手无策，只好呵呵笑了，又有点可爱；郑爱月的伪文艺范儿，他分外迷恋，应伯爵一番话说到他心坎里，立马笑得眼睛眯成一条缝，又肤浅又虚荣。

这样的贪念和软弱，其实人人都有。

只有跳出绝对的善恶视角，才能看见这样多元的世界、这样丰富的人性。

卡尔维诺言："阅读就是抛弃自己的一切意图与偏见，随时准备接受突如其来且不知来自何方的声音。"相信我，读《金瓶梅》便如此。

张爱玲说《金瓶梅》和《红楼梦》是她一切的源头，她自己也写尽了人性恶。阿城喜欢她，北岛不解，阿城说："把恶写尽，回过头，一步一光明。"

福楼拜写偷情，陀思妥耶夫斯基写杀人，马尔克斯写乱伦，我们为什么读他们？因为伟大的文学，让我们看见世间万象以及人性深渊，照见自己并承受自己。

看兰陵笑笑生写他们说话，就像唱歌一样。王婆买酒菜淋湿了衣服：大官人要赔我。西门庆道："你看老婆子，就是个赖精。"婆子道："也不是赖精，大官人少不得赔我一匹大海青。"

西门庆要去山洞私会蕙莲，金莲骂他："你是王祥？寒冬腊月行孝顺，在那石头床上卧冰哩！"

蕙莲埋怨西门庆：你那嘴，"就是个走水的槽"。"你到明日盖个庙儿，立起个旗杆来，就是个谎神爷！"

小厮钺安给蕙莲说来旺被流放："俺哥这早晚到流沙河了。"

占卜婆子说李瓶儿："你尽好匹红罗，只可惜尺头短了些。"

李瓶儿安慰西门庆："往后日子多如柳叶儿哩。"

这就是人性，就是生活，藏污纳垢，却活色生香，生生不息。

写到这里，想起木心说："诚觉世事皆可以原谅。"

兰陵笑笑生早就原谅了他们。所以，他笔下的人尽管复杂幽微，却不一味阴暗。他甚至爱着他们，不然没耐心写下他们的卑琐以及他们的哀乐。

生死问题

死亡是个非常严肃的问题，需要我们诚实面对。它应该被看见，而不是被忽视。对死亡的态度，就是对人生的态度。

李瓶儿:"尽好匹红罗,只可惜尺头短了些"

1

第59回,官哥儿死了。

他是李瓶儿生的,西门庆在世时唯一的儿子。满月那天,西门庆让人用红绫小被子把他裹得紧紧的,传到大厅里给客人看。官哥儿穿着大红毛衫,生得面白唇红,甚是富态,众人夸奖不已。

应伯爵奉承:"相貌端正,天生的就是个戴纱帽胚胎儿。"西门庆大喜。然而,官哥儿只活了一岁零两个月,还没学会说话就死了。

官哥儿死得很蹊跷。

这孩子天生胆小,家里却偏偏饭局不断,异常喧闹,经常被吓得往大人怀里钻,无时无刻不在惊吓中。西门庆重修了祖坟,一定要带着他去拜祭祖宗。响器锣鼓,一齐响起来,官哥儿吓得伏在奶妈怀里,只倒咽气,不敢动,回到家就病了。

还有那个不怀好意的潘金莲,不是把他举得高高的,就是把他独自留在花园里,被猫吓得哇哇大哭。她住在隔壁,动辄高声打骂狗和丫鬟秋菊,狗怪叫,秋菊杀猪也似的叫,吓得孩子只是哭。李瓶儿让丫鬟过来劝,她打得更厉害,李瓶儿只好握着官哥儿的耳朵,也哭,敢怒不敢言。

她还养了一只雪白的狮子猫,每日以红帕包裹生肉,教其扑抢。

这一天,官哥儿穿着小红袄,躺在炕上玩耍,雪狮子以为是平日哄喂的肉食,猛然往下一跳,把官哥儿身上皆抓破了——

只听那官哥儿"呱"的一声,倒咽了一口气,就不言语了,手脚俱风搐起来。慌的奶子丢下饭碗,搂抱在怀,只顾唾哕与他收惊。那猫还来赶着他要挝,被迎春打出外边去。如意儿实承望孩子搐过一阵好了,谁想只顾常连,一阵不了一阵搐起来。忙使迎春后边请李瓶儿去,说:"哥儿不好了,风搐着哩,娘快去!"那李瓶儿不听便罢,听了,正是:

惊损六叶连肝肺,唬坏三毛七孔心。

连月娘慌的两步做一步,径扑到房中。见孩子搐的两只眼直往上吊,通不见黑眼睛珠儿,口中白沫流出,咿咿犹如小鸡叫,手足皆动。一见心中犹如刀割相侵,连忙搂抱起来,脸揾着他嘴儿,大哭道:"我的哥哥,我出去好好儿,怎么就搐起来?"迎春与奶子,悉把被五娘房里猫所唬一节说了。那李瓶儿越发哭起来,说道:"我的哥哥,你紧不可公婆意,今日你只当脱不了,打这条路儿去了!"

请注意李瓶儿的话,她隐约知道了什么,隔壁屋里那个暗戳戳的诅咒终于应了验。

西门庆不在家，吴月娘赶紧请来刘婆子，灌了药，说要灸几针才好——

> 月娘道："谁敢耽？必须等他爹来问了不敢。灸了，惹他来家吆喝。"李瓶儿道："大娘救他命罢！若等来家，只恐迟了。若是他爹骂，等我承当就是了。"月娘道："孩儿是你的孩儿，随你灸，我不敢张主，"当下，刘婆子把官哥儿眉攒、脖根、两手关尺并心口，共灸了五醮，放他睡下。那孩子昏昏沉沉，直睡到日暮时分西门庆来家还不醒。

李瓶儿慌乱中把刘婆子当成救命稻草，吴月娘表示自己担不了责。给官哥儿结娃娃亲，全是吴月娘一力主张，如今人命关天，她又推给李瓶儿了。除了亲妈，没人真的为孩子着想。

但这个亲妈稀里糊涂，病急乱投医，官哥儿被艾火把风气反于内，变为慢风，内里抽搐得肠肚儿皆动，屎尿皆出，大便屙出五花颜色，眼目忽睁忽闭，终朝只是昏沉不省。

再请小儿科医生，说救不得了。孩子只是把眼合着，口中咬得牙咯吱吱响。李瓶儿衣不解带，昼夜抱在怀中，眼泪不干的只是哭。

最终，官哥儿在李瓶儿的怀里一口口搐气，断气身亡。

潘金莲是什么时候想起驯养雪狮子猫的？

官哥儿之胆小，尽人皆知，她应该早就蓄意为之了。"花枝叶底犹藏刺，人心怎保不怀毒。"这个世界，充满了喧哗与骚动，人心如鬼蜮，官哥儿注定活不长。他不是被当成玩具，就是被当成传宗接代的工具，更被当成眼中钉肉中刺，好像来到这个世界，就是来担荷成年人的恶意的。

在中国传统文学里，孩子一向只是道具，不算人。李逵一刀把四岁的小衙内剁为两截，杀死一个孩子如同踩死一只小鸡仔。兰陵笑笑生却写他在娘亲怀里，一口口搐气，黑眼珠儿直往上翻。

官哥儿的死，揭开了《金瓶梅》的死亡之幕。接下来，我们将会目睹接连的死亡事件，而且越来越残酷，越来越血腥。官哥儿将死时，西门庆不忍看，坐在外间椅子上叹气。他不知道，还有更大的悲哀要来。

李瓶儿哭得一头撞在地上，昏了过去。等官哥儿的小尸首，连着枕席和被褥被抬出去，她抱着不肯撒手：

"慌抬他出去怎么的？大妈妈，你伸手摸摸，他身上还热哩！"叫了一声："我的儿嗽！你教我怎生割舍的你去？坑得我好苦也！……"一头又撞倒在地下，哭了一回。

这人间的哀痛，竟如此之重！

彼时，西门庆刚设宴招待蔡、宋二御史，权势熏天；在永福寺巧遇梵僧，得了秘制春药，如虎添翼……极热烈时，官哥儿却死了。张竹坡说《金瓶梅》一书："热中冷，冷中热。"冰与火，生与死，繁华与衰败，参差互嵌，就是人生了。

官哥儿死了，金莲最开心，她每日抖擞精神，百般称快。李瓶儿本就伤心过度，受此暗气旧病复发，经水淋漓不止。吃了任医官的药，却无济于事。

就在这年的元宵节，第46回"妻妾戏笑卜龟儿"，占卜的婆子说李瓶儿："你尽好匹红罗，只可惜尺头短了些。"意思是你哪儿都好，可惜命不长久。还叮嘱她：今年恐有血光之灾，七八月份不见哭声才好,而官哥儿刚好死在八月。

这是书中的第二次算命。第一次是第 29 回"吴神仙冰鉴定终身"。西门庆最关心当下,神仙说:虽有小烦恼,也没什么,"都被喜气神临门冲散了"。果然,紧接着西门庆生子,又当了副提刑,他满心欢喜,以为神算。可他忘了,吴神仙还说他:八字内不宜阴水过多。不出六六之年,主有呕血流脓之灾,骨瘦形衰之病。这些话,他却忘得干干净净。

只相信好的,无视警告,这就是人性吧。

算命是剧透,也是想点醒梦中人。后来曹公曹雪芹学了去,《红楼梦》不仅开篇写了甄士隐梦幻识通灵,第 5 回又安排宝玉梦游太虚幻境,曲演红楼梦……把所有人的命运都提前剧透了。

只是,作者知道,我们知道,唯有书中人不知道。

正如吴月娘后来的感慨:姐姐,人哪有早知道的呢!

2

李瓶儿的身体越来越差。

她做噩梦,梦见前夫花子虚抱着官哥儿叫她,说新寻了房同去居住。她舍不得西门庆,不肯去,撒手惊觉,却是南柯一梦。官哥儿病危之际,她就开始做噩梦了,梦里花子虚骂她:"泼贼淫妇,如何抵盗我财物与西门庆?如今我告你去也。"李瓶儿哭着跪下,求他饶恕。

《金瓶梅》里,李瓶儿是唯一一个会做噩梦的。

她是有负罪感的。书中几乎每个人都活得没心没肺,毫无道德负担。潘金莲杀夫,谋杀官哥儿,未见她有任何心理障碍;西门庆也从不觉得自己德行有亏;应伯爵也觉得自己蛮仗义;王姑子也以为自己很够意思。

李瓶儿不一样。生下官哥儿后,母子俩体弱多病,她拼命舍钱求保佑。一次,一下子掏出一对重四十一两五钱的银狮子,让薛姑子替自己念《佛顶心陀罗经》。玉楼看不下去,说她乱花钱,没算计。金莲更阴阳怪气:"恁有钱的姐姐,不赚他些儿是傻子,只象牛身上拔一根毛儿。你孩儿若没命,休说舍经,随你把万里江山舍了也成不的。"

如今官哥儿死了,她看见拨浪鼓就哭,想起从前的母子情深,也哭。官哥儿带走了她的希望,活着对她来说,无疑成了折磨。

但她舍不得西门庆。她的内心充满恐惧,也充满依恋,她并不想死。

官哥儿被葬在西门庆先头陈氏娘怀中,抱孙葬了。官哥儿跟乔大户的女儿定了娃娃亲,乔大户也来祭祀——

> 李瓶儿与月娘、乔大户娘子、大妗子磕着头又哭了。向乔大户娘子说道:"亲家,谁似奴养的孩儿不气长,短命死了。既死了,累你家姐姐做了望门寡,劳而无功,亲家休要笑话。"乔大户娘子说道:"亲家怎的这般说话?孩儿每各人寿数,谁人保的后来的事!常言:先亲后不改。亲家每又不老,往后愁没子孙?须要慢慢来。亲家也少要烦恼了。"

是啊,反正还年轻,还有以后呢。

所有人都在忙着生:西门庆的缎子铺开张了,众人吃酒听戏,吹吹打打,好不热闹,又收拾肴馔果酒,在花园大卷棚聚景堂内，安放大八仙桌，合家宅眷，庆赏重阳。

常峙节送来了酿螃蟹，西门庆和应伯爵们边吃边赏菊花，喝喷鼻香的菊花酒；西门庆刚挂上妓女郑爱月，向应伯爵夸耀其风月可人；应伯爵忙着介绍黄四向西门庆借贷；王六儿和韩道国忙着讨好西门庆；潘金莲还在吃王六儿的醋，骂她"大紫腔色黑淫妇"；吴月娘忙着召集众人过重阳节……

人人都这么忙碌，此生长，死还远呢。

郑爱月对西门庆说："往后日子多如树叶儿。"这话李瓶儿以前也说过。她才二十七岁，标准的白富美，温柔有钱，西门庆又对她宠爱有加，这样的人，怎么会死呢？

托尔斯泰在他的名篇《伊凡·伊里奇之死》中，写公务员伊凡得知自己得了不治之症快要死了，他无论如何都无法接受。他以前在学校里，学过一种三段论："盖尤斯是人，凡人都要死，所以盖尤斯也要死。"可是，逻辑归逻辑，盖尤斯是盖尤斯，死是盖尤斯的事，他是他，是一个活生生的人，这病轮不到他身上，他是不该死的啊。

是啊，活得好好的，谁会想到死呢？

没人看见李瓶儿已病入膏肓。重阳节，西门家大摆筵席。李瓶儿勉强带病赴宴，"恰似风儿刮倒的一般"。众人只顾催促她点曲子，催得她急了，点了个"紫陌红尘"。绣像本删掉了这个曲词，词话本保留了，题目是"紫陌红径"，我们来看——

　　紫陌红径，丹青妙手难画成。触目繁华如铺锦，料应是春负我，非是辜负了春。为着我心上人，对景越添愁闷。

　　〔东瓯令〕花零乱，柳成阴，蝶困蜂迷莺倦吟。方才眼睁，心儿里忘了。想啾啾唧唧呢喃燕，重将旧恨，旧恨又题醒,扑簌簌泪珠儿暗倾。

〔满园春〕悄悄庭院深,默默的情挂心。凉亭水阁,果是堪宜宴饮。不见我情人,和谁两个问樽?把丝弦再理,将琵琶自拨,是奴欲歇闷情,怎如倦听?

〔东瓯令〕榴如火,簇红锦,有焰无烟,烧碎我心。怀着向前,欲待要摘一朵,触触拈拈不堪口。怕奴家花貌,不似旧时人。伶伶仃仃,怎宜样簪?

〔梧桐树〕梧叶儿飘,金风动,渐渐害相思,落入深深井。一旦夜长,难挨孤枕。懒上危楼,望我情人,未必薄情,与奴心相应。他在那里,那里贪欢恋饮?

〔东瓯令〕菊花绽,桂花零,如今露冷风寒,愁意渐深。蓦听的窗儿外几声,几声孤雁,悲悲切切,如人诉。最嫌花下砌畔小蛩吟。咭咭咕咕,恼碎奴心。

〔浣溪沙〕风渐急,寒威凛,害相思,最恐怕黄昏。没情没绪,对着一盏孤灯。儿眼数,教还再轮。画角悠悠声透耳,一声声哽咽难听。愁来别酒强重斟,酒入闷怀珠泪倾。

〔东瓯令〕长吁气,两三声,斜倚定帏屏儿,思量那个人。一心指望梦儿里,略略重相见。扑扑簌簌雪儿下,风吹檐马,把奴梦魂惊。叮叮当当,搅碎了奴心。

〔尾声〕为多情,牵挂心。朝思暮想泪珠倾,恨杀多才不见影。

这是《金瓶梅》里最忧伤的曲子,句句都是李瓶儿的心事。

张竹坡提醒我们:瓶儿"落入深深井",这是快死了。可她思量的那个人,在哪里贪欢恋饮呢?嗯,他正在翡翠轩跟应伯爵们在喝酒赏菊花、吃酿螃蟹,夸耀新续上的妓女郑爱月比李桂姐还好风月,闹成一团……根本听不见她的心声。

在《金瓶梅》里,李瓶儿对西门庆的爱,付出最多,也最柔软、最感人。

就在前几天的晚上,西门庆从情人王六儿处来到李瓶儿房里,要跟她睡。她身体不适,下边流血不止,便让西门庆去别人房里。以前她怕潘金莲脸酸,总撺掇西门庆去她屋里。这次她不说了,只说去别人屋里,因为她终于领教了金莲的可怕。可西门庆偏说:我往潘六儿屋里去。真是句句扎心,她依然微笑着:你去吧。我跟你开玩笑呢。

西门庆去了,她坐在炕上,拿着药,长吁短叹,扑簌簌掉下泪来。

她爱的男人,情感是如此粗陋。

重阳节,她坐在酒席上,一声不吭,这些繁华热闹,似乎离她很远。吴月娘执意让她喝酒,她不敢推辞,咽了一口。结果回房坐净桶时,血流如注,一阵眩晕栽倒在地。

任医官来了:老夫人脉细比以前沉重,若稍止则可有望,不然难为矣。瓶儿吃了药,血越发不止,西门庆这才慌了神。胡太医来了,何老人来了,都无济于事。病急乱投医,还来了一个江湖骗子赵捣鬼。

很快,李瓶儿连大小便都下不了炕,只在褥子上铺垫草纸,熏香驱臭——

> 初时,李瓶儿还闲阖着梳头洗脸,下炕来坐净桶,次后渐渐饮食减少,形容消瘦,那消几时,把个花朵般人儿,瘦弱得黄叶相似,也不起炕了,只在床褥上铺垫草纸。恐怕人嫌秽恶,教丫头只烧着香。西门庆见他胳膊儿瘦得银条

相似，只守着在房内哭泣，衙门中隔日去走一走。李瓶儿道："我的哥，你还往衙门中去，只怕误了你公事。我不妨事，只吃下边流的亏，若得止住了，再把口里放开，吃些饮食儿，就好了。你男子汉，常绊在我房中做甚么！"西门庆哭道："我的姐姐，我见你不好，心中舍不的你。"李瓶儿道："好傻子，只不死，死将来你拦的住那些！"又道："我有句话要对你说：我不知怎的，但没人在房里，心中只害怕，恰似影影绰绰有人在跟前一般。夜里要便梦见他，拿刀弄杖，和我厮嚷，孩子也在他怀里。我去夺，反被他推我一交，说他又买了房子，来缠了好几遍，只叫我去。只不好对你说。"西门庆听了说道："人死如灯灭，这几年知道他往那里去了！此是你病的久，神虚气弱了，那里有甚么邪魔魍魉、家亲外祟！我如今往吴道官庙里，讨两道符来，贴在房门上，看有邪祟没有。"

李瓶儿长得五短身材，团面皮，细弯弯两道眉，且是白净，在当时，这是标准的美人。如今瘦成了"黄叶"，快被疾病和恐惧压垮了。

西门庆兀自刚强，劝她不要怕。跟潘金莲一样，他是坚定的无神论者。

李瓶儿的生命，已经进入倒计时了。

<h1 style="text-align:center">3</h1>

中国的传统文学，写死，或英雄穷途、慷慨阔大；或重如泰山、留取丹心，都气度凛然，不忧亦不惧。不是项羽，就是文

天祥。

在加西亚·马尔克斯的《百年孤独》里，奥雷连诺·布恩迪亚上校微笑着说："不用担心……死亡比想象的困难得多。"因为他相信自己的死期是预先注定的，这让他获得了一种"神秘的免疫力"：在预定的期限之前可以不死。

死亡一旦成了文学事件，似乎就不那么可怕了。

在兰陵笑笑生的笔下，死又是怎样的？

越到生命的最后关头，越渴望来自世间的爱和温暖。

王姑子挎着粳米和乳饼来看她。瓶儿说：王师父好久不见，我这样不好，你也不来看看我？王姑子却絮絮叨叨说自己太忙，又说起印经书的事，大骂薛姑子独吞了五两银子的念经钱，咒她明日堕阿鼻地狱。然后，殷勤表达自己的关心，吩咐迎春拿乳饼去蒸上，熬粥去。

乳饼和粥来了，李瓶儿怎么吃得下去，只吃了两口就不吃了。王姑子却只顾催瓶儿：这么好的粥，你怎么不吃？李瓶儿说："也得我吃得下去是！"

丫鬟迎春和奶妈如意儿向王姑子吐槽潘金莲太恶毒，是她害得娘一病不起——

> 李瓶儿听见，便嗔如意儿："你这老婆，平白只顾说他怎的？我已是死去的人了，随他罢了。天不言而自高，地不言而自厚。"王姑子道："我的佛爷，谁如你老人家这等好心！天也有眼，望下看着哩。你老人家往后来还有好处。"李瓶儿道："王师父，还有甚么好处！一个孩儿也存不住去了。我如今又不得命，身底下弄这等疾，就是做鬼，走一步也不得个伶俐。我心里还要与王师父些银子儿，望你到明日

李瓶儿："尽好匹红罗，只可惜尺头短了些"

我死了,你替我在家请几位师父,多诵些《血盆经忏》,忏我这罪业。"

事到如今,李瓶儿也没力气论是非了。她想要抓住王姑子这根稻草替自己念经,忏悔自己的罪业。

王姑子们虽身在佛门,却很会拿佛祖做生意,擅长骗钱。西门庆第一次见薛姑子,还骂:这贼胖秃淫妇!把陈参政家的小姐吊在地藏庵和一小伙偷奸,被我打了,怎的还不还俗?吴月娘嫌他毁僧谤佛:"你还不知他好不有道行!"所谓道行,就是帮她怀孕的偏方。

吴月娘跟姑子们往来稠密,经常听姑子念经听佛经故事。西门庆搞结拜,给儿子打醮,是在道教的玉皇庙。他们都拜神,却不信神。吴月娘拜佛,是因为姑子们有让她生儿子的偏方;西门庆捐给寺庙钱,是贿赂神佛保佑自己升官发财,这跟他送钱给蔡太师、宋御史是一样的逻辑。

这就是世俗宗教,内心没什么敬畏。一心想的是生子发财、现世富贵。在生死关头,这样的宗教毫无帮助。

有真正信仰的人,面对死亡,或许能少一点恐惧,多一点安详吧?《金瓶梅》是无神的世界,唯一可能带来温暖的世俗伦理——亲情、友情和爱情,都指望不了。那遍地的金钱、权力和性,以及碎片化的情爱,连病痛都无法减轻,在生死面前更毫无价值。

鲁迅先生写祥林嫂临死前问:"人死了以后,究竟有没有魂灵?"李瓶儿问不出,也无人可问,她的孤独和恐惧无处安放,王姑子是她能抓住的唯一一根稻草。

她的奶妈冯妈妈也来了。

跟王姑子一样，开口便是自己的事：我瞎忙，成日往庙里修法，从早忙到黑，偏有那些张和尚、李和尚……李瓶儿微笑：这妈妈子，单管只撒风（胡说）。西门庆问她为何老不来，她又说自己忙着腌菜。这当然是谎言，我们知道，她一向忙着当王六儿和西门庆的牵头，哪有工夫来看李瓶儿。

她的干女儿吴银儿，一直没来。但李瓶儿记挂着她，留给她几套好衣裳和首饰。李瓶儿死后，吴银儿才来，吴月娘把东西交给她：你不来看她，她还记得你呢。吴银儿才哭得泪如雨点。虽然是干女儿，李瓶儿一向对她很大方，送衣服送首饰，第44回、第45回两个人在炕上还说过悄悄话，李瓶儿给她一套上色织金缎子衣服，一匹重三十八两的松江阔机尖素白绫。

每个人都那么自私、短视，沉溺于一己得失，看不见别人的痛苦。《伊凡·伊里奇之死》里的伊凡病重之际，虽有妻子、儿女和朋友，但他"就这样孤苦伶仃地生活在死亡的边缘上，没有一个人理解他，也没有一个人可怜他"。

人类的悲欢终究无法相通，死法不一样，孤独却是一样的。托尔斯泰和兰陵笑笑生就好像真的死去，又活来，写下了这开天辟地以来，始终充塞于人间的永恒孤独。

这个世界灰扑扑的，不能给人安慰，却让李瓶儿无比留恋，尤其是她的爱人、她的冤家，更是让她割舍不下。

她用两条瘦如银条的胳膊，搂抱着西门庆的脖子，哭得说不出话来。她深爱西门庆，对他深情表白："你就是医奴的药一般，一经你手，教奴没日没夜只是想你。"她一心要嫁给西门庆。先是把财产偷偷转移到西门庆家里，又狠心看着花子虚染上伤寒，拒绝请医生。花子虚死后，她三番五次哀求西门庆——

磕下头去说道："拙夫已故，举眼无亲。今日此杯酒，只靠官人与奴作个主儿，休要嫌奴丑陋，奴情愿与官人铺床叠被，与众位娘子作个姊妹，奴自己甘心。不知官人心下如何？"说着满眼泪落。

你早把奴娶过去罢！随你把奴作第几个，奴情愿伏侍你铺床叠被。"说着泪如雨下。

"你既有真心娶奴，先早把奴房撺掇盖了。娶过奴去，到你家住一日，死也甘心。省得奴在这里度日如年。"

她嫁给西门庆的过程却一波三折。西门庆的亲家出了事，西门庆关上大门，不盖房子了，李瓶儿找他不到，病倒了，万分焦虑中嫁给了太医蒋竹山。

对李瓶儿慌不择路的再嫁，很多人不理解。张竹坡说她和西门庆："其意本为淫耳，岂能为彼所偷之人割鼻截发，誓死相守哉！"其实，换个角度看，李瓶儿的内心极度缺乏安全感，她太渴望一个正常的男人、一个正常的婚姻了。

她最早是梁中书的小妾，但梁中书的老婆十分悍恶；后来嫁给花太监的侄子花子虚，却跟花太监同居，花子虚另住；花太监死了，花子虚留恋烟花，根本不碰李瓶儿，他大概有心理阴影。所以，李瓶儿在遇到西门庆之前，有严重的性压抑，是一朵干枯的玫瑰。遇到西门庆之后，才焕发了生机，活得像个女人。

《金瓶梅》里每一个人都有自己的恶，也都有自己的不得已。潘金莲如是，李瓶儿亦如是。一个正常的婚姻，对很多人来说，也许并不难，比如王六儿有韩道国，宋蕙莲也有来旺，但潘金莲和李瓶儿，却要踏着别人的尸骸才能争取到。

不过，李瓶儿还是跟潘金莲不一样。潘金莲爱欲炽烈，需要更多更强的爱。李瓶儿嫁给西门庆后，死心塌地、与人无争，一心岁月静好。有人说她之前对花子虚、蒋竹山这么狠心，嫁给西门庆后却温柔贤良，甚至有点懦弱，这种性格的转变太突兀了，有点不可信。

非也，非也。李瓶儿的转变，是因为对西门庆生出了强烈的爱恋。不想给他带来任何烦忧，再加上生了儿子，一家三口其乐融融，这幸福得来不易，她要拼命抓紧，生怕节外生枝。因此，她处处向人示好，贤良淑德，对仆人也宽宏大量，对潘金莲更一忍再忍。

写过《金瓶梅：平凡人的宗教剧》的孙述宇先生说，李瓶儿的柔情和痴爱太多太浓，而且对爱的对象有选择，两个前夫都不行，西门庆才是那个承受她的"痴爱"之人。

她处处为西门庆着想，西门庆说先做个棺材给她冲冲喜，她还嘱咐——

"也罢，你休要信着人使那憨钱，将就使十来两银子，买副熟料材儿，把我埋在先头大娘坟旁，只休把我烧化了，就是夫妻之情。早晚我就抢些浆水，也方便些。你偌多人口，往后还要过日子哩！"西门庆不听便罢，听了如刀剜肝胆、剑锉身心相似。哭道："我的姐姐，你说的是那里话！我西门庆就穷死了，也不肯亏负了你！"

佛教以"贪嗔痴"来解释凡人的罪孽，西门庆是"贪"，潘金莲是"嗔"，李瓶儿则占了一个"痴"。深陷在欲望里的男女，都过得很苦，这是佛教对人间欲望的态度。

《金瓶梅》的世界里，都是欲望男女——西门庆色欲无边，恨不得占尽天下女人；潘金莲满怀嗔恨，愤怒之火熊熊燃烧，所到之处寸草不生；李瓶儿则是满怀柔情，她抱着西门庆哭：哥哥，本指望跟你多过几年，如今却抛闪了你。和你重逢，怕在鬼门关了！

她的痴情，拖着一段黑历史，她爱上的西门庆，也算不上是什么好人，甚至都不是一个好情人。

裹挟着情欲和罪恶，李瓶儿的爱和痴情，注定没有好结果。然而，这样的爱，虽然泥沙俱下，距离纯洁十万八千里，也是爱。这是《金瓶梅》最让人困惑的地方，它总在挑战你既往的道德观，考验你的理解力，并提醒你要多一点包容、多一点慈悲。

其实，论起李瓶儿的病，西门庆还是致病的根源。医生何老人说李瓶儿流血不止："乃是精冲了血管起，然后着了气恼，气与血相搏，则血如崩。"

那是第50回，西门庆得了胡僧药，先跟王六儿试，又来找李瓶儿。她的月经来了，西门庆却赖着不走，不停央求，她只好同意："我到明日死了，你也只寻我？"经过此事，她"坐净桶时，常有些血水淋得慌"。有人分析，"精冲血管"其实是月经期间同房导致的妇科炎症。

这个男人如此自私，李瓶儿却依然舍不得他。

再看西门庆，这个"恶人"也哭得肝肠寸断，痛苦万分。他央求道士搭救，道士无力回天，告诫他今晚不要去病人房里，恐祸及他——

西门庆独自一个坐在书房内，掌着一枝蜡烛，心中哀恸，口里只长吁气，寻思道："法官教我休往房里去，我怎生忍得！宁可我死了也罢。须厮守着和他说句话儿。"

见了瓶儿，二人抱头痛哭。

你当然可以说李瓶儿不是好人，她对两任前夫太薄情，西门庆也不是好人，偷情贪贿泡女人。但是，在兰陵笑笑生的笔下，只有人，被欲望折磨的凡人，没有好坏善恶。他们的爱与痛，也是真的。

西门庆是成功人士——有钱有势，当朝蔡太师是他干爹，没他搞不定的女人。但也只能眼睁睁地看着心爱的儿子和女人先后死去，无能为力。

4

对于死，他们实在毫无准备。

中国人最忌讳的就是死。孔子说"未知生，焉知死""敬鬼神而远之"，死无法感知、无法探测，太虚妄，谈论它没有意义，还是关心如何活着吧。

道家追求超脱，其实最怕死，要"养生保身""长生不老"。庄子解决怕死的方式是"鼓盆而歌"，说自己的妻子死了是回到她所来之处，这是"视死如归"，把死亡当成回家。

与其说是面对死亡，不如说是行为艺术——以审美的方式，绕开了死。

中国文学里的死亡描写，受庄子影响最深。

庄子知道生命短暂，终有一死。他曾说："人生天地之间，若白驹之过隙。"因此，他的办法是齐万物，等生死，安然接受死亡，并把生死当成自然现象，达到独与天地精神往来的境界。

是啊，"人生一世，草木一秋"，把人看成大自然的一部分，死就没那么可怕了。中国文学里的伤春、悲秋传统正由此而来，抒情确实能转移对死的恐惧。

因此，在中国传统的诗词文章里，死亡是遥远的，从未真正发生过。即使有，也是"死去何所道，托体同山阿"的超然；是"人生自古谁无死，留取丹心照汗青"杀身成仁舍生取义的悲壮；是梁山伯与祝英台化蝶的浪漫。就连《牡丹亭》里的杜丽娘死后，还能跟柳梦梅幽会，死而复生。

民间索性采取逃避，处处是忌讳，不能提到"死"，连谐音都不行。于是，《西游记》里的美猴王，干的第一件大事，就是火烧阎王府，勾销生死簿。

如果一定要谈到死，关心的也是怎么死，从不关注死本身。

"死"要么缺席，要么被遮蔽——繁衍子孙，传承基因，战胜死亡；留名青史，永垂不朽；葬礼齐备，送走死亡。

实在绕不开，就要点小机智，比如"纵使千年铁门槛，终须一个土馒头"。比如有人说不该去想这件事，因为如果我还活着，死亡当然不存在；如果死亡已经在那里，那我当然不会在那里担心了！何必庸人自扰。

死，总是一个遥远的事物，是一个想象的对象而非真实的存在本身。

然而，人终有一死，我们无从躲避。更可怕的是，没人知道自己什么时候死，以什么方式死。而且，"死亡终究是最孤独的人类体验"，无人可替代。

重阳节后几天，李瓶儿把王姑子、冯妈妈和丫鬟们叫到床前。先给王姑子五两银子，让她给自己念经，还叮嘱她不要告诉吴月娘。此处张竹坡批注：因为李瓶儿知道，她死后，她的所有财物都会属于吴月娘，这五两银子也是吴月娘的。

满是泪与痛。没有对人心世情的深刻洞察，是写不出来这种细节的。

接着，她又给丫鬟迎春、绣春和奶妈如意儿、冯妈妈，一一送了礼物，还替她们安排了去处。每个人各怀心事，如意儿担心自己将来无处可去，冯妈妈哭自己没了依靠。对迎春和绣春，李瓶儿百般不放心——

> "你两个，也是你从小儿在我手里答应一场，我今死去，也顾不得你每了。你每衣服都是有的，不消与你了。我每人与你这两对金裹头簪儿、两枝金花儿做一念儿。大丫头迎春，已是他爹收用过的，出不去了，我教与你大娘房里拘管。这小丫头绣春，我教你大娘寻家儿人家，你出身去罢。省的观眉说眼，在这屋里教人骂没主子的奴才。我死了，就见出样儿来了。你伏侍别人，还象在我手里那等撒娇撒痴，好也罢，歹也罢了，谁人容的你？"那绣春跪在地下哭道："我娘，我就死也不出这个门。"李瓶儿道："你看傻丫头，我死了，你在这屋里伏侍谁？"绣春道："我守着娘的灵。"李瓶儿道："就是我的灵，供养不久，也有个烧的日子，你少不的也还出去。"绣春道："我和迎春都答应大娘。"李瓶儿道："这个也罢了。"这绣春还不知甚么，那迎春听见李瓶儿嘱咐他，接了首饰，一面哭的言语都说不出来。

不知作者是何等肺腑，写出这样的人间至痛："流泪眼观流

李瓶儿：「尽好匹红罗，只可惜尺头短了些」

泪眼，断肠人送断肠人。"

吴月娘等姐妹也都过来跟她说话，李瓶儿也都留了几句姊妹仁义之言。最后抱着西门庆的脖子，呜呜咽咽地悲哭，半日哭不出声——

"我的哥哥，奴承望和你白头相守，谁知奴今日死去也。趁奴不闭眼，我和你说几句话儿：你家事大，孤身无靠，又没帮手，凡事斟酌，休要一冲性儿。大娘等，你也少要亏了他。他身上不方便，早晚替你生下个根绊儿，庶不散了你家事。你又居着个官，今后也少要往那里去吃酒，早些儿来家，你家事要紧。比不的有奴在，还早晚劝你。奴若死了，谁肯苦口说你？"西门庆听了，如刀剜心肝相似，哭道："我的姐姐，你所言我知道，你休挂虑我了。我西门庆那世里绝缘短幸，今世里与你做夫妻不到头。疼杀我也！天杀我也！"

每次读到这里，我都潸然泪下。在生死问题上，《金瓶梅》其实非常严肃、非常深邃。

死到底是什么？李瓶儿的眼泪、细语和眷恋告诉我们：死就是将要被全世界抛弃的绝望，死是跟自己爱人的天人永隔。自己一点点死去，眼前的世界依旧喧闹，却跟自己无关了，好像自己从没活过一样。

是的，被所有人遗忘，比死本身还可怕。电影《寻梦环游记》里，死去的亡灵，最怕被亲人遗忘，因为一旦被遗忘，就永远消失了，再也不能在亡灵节那天跟亲人"团聚"。李瓶儿留下礼物、留下话，希望这个世界还记得她，证明她曾经来过。

当天夜里,她让迎春扶她躺下——

因问道:"有多咱时分了?"奶子道:"鸡还未叫,有四更天了。"叫迎春替他铺垫了身底下草纸,挡他朝里,盖被停当,睡了。众人都熬了一夜没曾睡,老冯与王姑子都已先睡了。迎春与绣春在面前地坪上搭着铺,刚睡倒没半个时辰,正在睡思昏沉之际,梦见李瓶儿下炕来,推了迎春一推,嘱咐:"你每看家,我去也。"忽然惊醒,见桌上灯尚未灭。忙向床上视之,还面朝里,摸了摸,口内已无气矣。不知多咱时分呜呼哀哉,断气身亡。

她死得无声无息,谁也不知临死前她想了什么。她的渴望无法被听到,她的痛苦也无法被分担,就这样默默消失在黑暗里。

曹公写晴雯之死,几乎全盘借鉴了"李瓶儿之死"。

宝玉于朦胧中,看见晴雯从外头走来,仍是往日形景,进来笑向宝玉道:"你们好生过罢,我从此就别过了。"晴雯死后,宝玉相信晴雯做了芙蓉花神,为她写了《芙蓉女儿诔》。这是宝玉的忏悔,也是曹公的忏悔,他坚信,对这样的女儿,这个世界是有罪的。

然而,在《金瓶梅》的世界里,没有宝玉,没有忏悔,生是盲目的,死也是盲目的。她死了,就是死了而已。活着的人,依然各有各的肚肠。

李瓶儿死了,西门庆哭得一跳三尺高,不吃不喝,只守着灵哭泣,把嗓子都哭哑了。谁劝他吃饭,他骂谁。应伯爵来了,劝说一番,瞬间把西门庆拉回了现实世界。

葬礼非常隆重,堪称壮丽豪奢。连棺椁都是名贵木材"桃花洞",花了三百二十两银子。题旌时,西门庆坚持要写"诏封锦衣西门恭人李氏柩",伯爵再三不肯,提醒他有正室夫人在,使不得!讲了半日,去了"恭"字,改了"室人"。生者和死者较量,还是生者占了上风。

和尚尼姑道士都来,水陆道场,小优唱戏,亲朋喝酒,许多裁缝赶着做帷幕、帐子、桌帷、入殓衣饰以及各式孝裙,又有画师给瓶儿画像,花了十两白金。葬礼惊动了整个清河,各路官员都来吊唁,连京城里的翟管家也写来慰问信。吊唁者川流不息,灵堂上哭声震天……闹了近一个月。

我们也看见了西门庆的眼泪——

西门庆看唱到"今生难会面,因此上寄丹青"一句,忽想起李瓶儿病时模样,不觉心中感触起来,止不住眼中泪落,袖中不住取汗巾儿搭拭。

这眼泪是真的,痛苦也是真的。我们也看见,他端出酒来,不让众人离开——

西门庆又令小厮提四坛麻姑酒,放在面前,说:"列位只了此四坛酒,我也不留了。"因拿大赏钟放在吴大舅面前,说道:"那位离席破坐说起身者,任大舅举罚。"于是众人又复坐下了。西门庆令书童:"催促子弟,快吊关目上来,吩咐拣着热闹处唱罢。"须臾打动鼓板,扮末的上来,请问西门庆:"'寄真容'那一折可要唱?"西门庆道:"我不管你,只要热闹。"

只拣热闹的唱，只要热闹。他要这热闹铺天盖地，压过爱人死亡带来的空虚与寂寞。

5

这就是中国人，这就是中国逻辑，从不曾在死亡面前，凝神驻足。有人说中国人：活着的时候，好像永远不会死；死亡到来，却撕心裂肺地哭，好像从没活过。

死亡终究是头等大事。卢梭说：意识到死亡及对死亡产生恐惧，是人类脱离动物的一个标志。换言之，只有人类才会对死亡这件事费尽心思。

"未曾深夜痛哭过的，不足以语人生"，深夜痛哭，源于对万物对生死的深刻感知。所以才有黛玉葬花，宝玉恸倒，唯有经过这样的敏感时刻，宝黛才走出"蒙昧"，实现"觉悟"：既然人终有一死，不如"向死而在"，活得更勇敢、更丰沛。

没错，只有拥有过繁茂的人生，才算真正活过，才无惧死亡。

维特根斯坦临终前说："我度过了美好的一生。"司汤达的墓志铭是："米兰人阿里戈·贝尔长眠于此，他活过、爱过、写过。"同样，当一切都已成空之际，宝黛也将了无遗憾，因为他们爱过，看见过美和自由。

古罗马作家塞涅卡说："一个人没有死的意志就没有生的意志。"意思是，没有直面死的勇气，就不会勇敢地活。换句话说，是"不知死，焉知生"。

《金瓶梅》里的人，都被欲望蒙住了眼睛，即使死亡就在眼前也视而不见。这样的人，也看不见生。

西门庆在李瓶儿房里吃饭时,会摆上她的碗筷,举起筷子说:"你请些饭儿。"丫鬟养娘都忍不住掩泪而哭。这是第65回"愿同穴一时丧礼盛,守孤灵半夜口脂香"。

这日,西门庆因请了许多官客堂客,坟上暖墓来家,陪人吃得醉了。进来,迎春打发歇下。到夜间要茶吃,叫迎春不应,如意儿便来递茶。因见被拖下炕来,接过茶盏,用手扶被,西门庆一时兴动,搂过脖子就亲了个嘴,递舌头在他口内。老婆就咂起来,一声儿不言语。西门庆令脱去衣服上炕,两个搂在被窝内,不胜欢娱,云雨一处。

床对面就是瓶儿的画像,她笑盈盈地看着他们。书房赏雪,李瓶儿梦诉幽情,他从梦中哭醒。潘金莲一来,他又开始拉她品箫。

西门庆终究属于《金瓶梅》。

他一边思念李瓶儿,梦见她,听曲子也因想她而落泪,但还是搂着如意儿说:我搂着你,就像搂着你娘一样。

生活还是原来的生活。黄真人来给李瓶儿做法事,念道:

> 切以人处尘凡,日萦俗务,不知有死,惟欲贪生。鲜能种于善根,多随入于恶趣,昏迷弗省,恣欲贪嗔。将谓自己长存,岂信无常易到!一朝倾逝,万事皆空。业障缠身,冥司受苦。

生之苦,欲之苦,说得明明白白,但没人听得进去。

大家继续打牌吃酒,好像死亡从未发生,只是多了点闲气和谈资。李瓶儿刚死——

> 月娘见西门庆磕伏在他身上，挝脸儿那等哭，只叫："天杀了我西门庆了！姐姐你在我家三年光景，一日好日子没过，都是我坑陷了你了！"月娘听了，心中就有些不耐烦了，说道："你看韶刀！哭两声儿，丢开手罢了。一个死人身上，也没个忌讳，就脸挝着脸儿哭，倘或口里恶气扑着你是的！他没过好日子，谁过好日子来？各人寿数到了，谁留的住他！那个不打这条路儿来？"

潘金莲更是骂他不懂事、不合理，就连一向淡泊的孟玉楼也埋怨西门庆，认为他悲恸过了，厚此薄彼。

吴月娘则一把锁了李瓶儿的箱笼，藏好钥匙。瓶儿耀眼的财富，包括一百颗西洋珠子，终于属于她了；还有潘金莲，后来跟西门庆要了李瓶儿的皮袄，甚是摇摆；而吴月娘因为潘金莲擅自要皮袄，心里有气，以皮袄为导火索，跟潘金莲吵了一架，差点撕破了脸……

西门庆呢？李瓶儿刚死，他哭着说："平时，我又没曾亏欠了人，天何今日夺吾所爱之甚也！"痛苦归痛苦，在死亡面前，他依然一脸茫然，不能重新打量自己、打量这个世界，继续马不停蹄地找女人。

这边厢刚刚梦见李瓶儿，跟李瓶儿抱头痛哭，梦里李瓶儿千叮咛万嘱咐，莫贪酒，早点回家，那花子虚在阴间发狠告你呢；但转脸就忘，又去"踏雪访爱月""贲四嫂带水战情郎""林太太鸳帐再战""如意儿荃露独尝"……接连找了林太太、贲四嫂、来爵媳妇，对王三官娘子和何千户娘子蓝氏又垂涎三尺。

李瓶儿："尽好匹红罗，只可惜尺头短了些"

在生命的最后阶段，他是饥不择食、末路狂奔，最后从王六儿家出来，又被潘六儿灌多了春药。苦挨了几天，最后"相火烧身，变出风来，声若牛吼一般，喘息了半夜。挨到巳牌时分，呜呼哀哉，断气身亡"。时年才三十三岁。

这是另一个故事，一个欲望以及欲望边界的故事。

很多人都说《金瓶梅》是本小黄书，也有人说这本书不过是西门庆家的"账簿"，都是他和女人们的故事。说这话的人却不知道，这本书在琐细的日常生活之外，有多少烟波浩荡。

论写死亡，我还没看到比《金瓶梅》更真实、更残酷，也更冷静的。

即使伟大如《红楼梦》，也刻意避开跟死亡迎面相撞，采用了侧写。金钏跳井死了，晴雯被撵出后，辗转病榻而死，临死前喊了一夜的娘，都是通过别人说出来的。尤二姐吞金而逝，尤三姐横剑自刎，有点像舞台剧。

金钏死后，宝玉"不了情暂撮土为香"，去祭奠金钏；晴雯死后，宝玉也写了《芙蓉女儿诔》，让晴雯当了芙蓉花神……怀念让死亡不再可怖。至于续书后四十回里黛玉之死，让她喊出："宝玉，宝玉，你好……"更是戏剧性十足，能勾起读者的眼泪，却不能带来震撼。

我是红迷，也不得不承认，论写死亡，《金瓶梅》实在比《红楼梦》更好。

托尔斯泰的《伊凡·伊里奇之死》，被认为是人类文学史上描写死亡的巅峰神作，法国的莫泊桑为之折服，感叹道："我看到，我的全部创作活动都算不上什么，我的整整十卷作品分文不值。"不过，伊凡·伊里奇经历了非人的疼痛、怨愤和孤独之后，最终跟自己实现了和解，临死时，他看到了光："原来是这么回事!"他突然说出声来,"多么快乐啊!"

但李瓶儿是看不到光的。

《金瓶梅》里的死亡,都是硬着陆,以一己肉身,跟死亡贴身肉搏。没有光,没有彼岸,没有救赎,什么都没有。这个世界来来往往,生生死死,表面是热气腾腾,内在却是寒冷和虚无。

死亡是个非常严肃的问题,需要我们诚实面对。它应该被看见,而不是被忽视。

对死亡的态度,就是对人生的态度。

托尔斯泰让伊凡·伊里奇在痛苦与绝望中开始反思、开始追问。他觉得自己的人生"不对头",并重新审视自己曾信奉的一切,而且不再怨恨、不再恐惧,谅解了所有人。这让我们看到觉悟的可能,虽然有点迟。

《金瓶梅》里的人,却没一个能觉悟,甚至都看不到觉悟的可能。

《金瓶梅》的生死观,既非儒家,亦非道家,而是结合了佛教理论,通过色,体会空;反过来,再从空的角度,去审视色。这迫使我们睁眼看人生,在色与空、热与冷的碰撞中,体会生命的本质,去重新思考人生。

如果说儒家是"未知生,焉知死",《金瓶梅》则是"未知死,焉知生",这让《金瓶梅》直接抵达了哲学和宗教的高度。

即使从世界文学史的范围来看,李瓶儿之死,也是独一无二,让人震撼无比。

《金瓶梅》怎么能是一本小黄书呢?它明明是一部凡人生死书。

兰陵笑笑生是何等肚肠,能于遮天蔽日的英雄传奇和历史演义之外，杀出这样一条血路，写尽凡人的生死与罪孽，又是何等慈悲，让我们看见死，看见深渊，从而生出由衷的敬畏。

在这个意义上，《金瓶梅》是一部佛经——见自我，见众生，见天地。

宋蕙莲：「世间好物不坚牢」

1

曾看过一篇文章，把《金瓶梅》比作宫斗剧，我怀疑作者读了假的《金瓶梅》。

今天说一个小配角。她是西门庆的女人之一，第22回出场，第26回自杀，只活了五个章回。在宫斗剧里，就是一个很早领便当的死龙套，但我愿意专门为她写一篇文章。

这个人就是宋蕙莲。她原名宋金莲，是西门庆小厮来旺的第二个老婆，因重了潘金莲的名讳，被吴月娘改成了宋蕙莲。

她为啥一定叫宋金莲？《金瓶梅》里的人名都有来历——吴月娘生日是八月十五；李瓶儿像宝瓶，美丽而易碎；孟玉楼是"玉楼人醉杏花天"，沉静自有芬芳；潘金莲有一双小脚，堪称金莲；宋蕙莲的脚，比金莲的还小，所以也叫金莲？

不止如此。评点者张竹坡说：写宋蕙莲，其实是在写潘金莲。宋蕙莲和那个污污污的王六儿，"与潘金莲是一而二，二而三"，意思是说，她们是"淫妇"的三个面相，都不怎么样。

我们也可以说，宋蕙莲是平行世界里的潘金莲。

她比潘金莲小两岁,"身子儿不肥不瘦,模样儿不短不长",身材好,颜值高。金莲是《金瓶梅》里最美的一个,但皮肤偏黑,曾用茉莉花粉拌酥油,做全身美白。蕙莲不仅比金莲白,而且脚更小更匀称——第一次跟西门庆在藏春坞幽会,蕙莲傲娇地说自己的脚不仅小,而且周正,言下之意,金莲的脚有点歪。元宵节众女眷走百病,她还套着金莲的鞋穿。

《金瓶梅》里,人人都有一肚子小心思,蕙莲也不例外。她嫁给来旺,来到西门府,像爱丽丝跌入兔子洞。她开始模仿玉楼、金莲——鬏髻垫得高高的,头发梳得虚笼笼的,水鬓描得长长的……

鬏髻是啥东东?据说是明代女性的时尚,一种网状帽子,作用是笼住头发。我看过出土的实物图,上尖下圆,像迷你金字塔,相当幻灭。无法想象金莲们头顶一个网状金字塔,能有多美。

值得一提的是,少女是不戴鬏髻的。第40回潘金莲摘下鬏髻,打了个"盘头楂髻",那是扮少女、扮嫩。

鬏髻有不同材质,金丝线编的最高级,代表地位和财富。白富美李瓶儿就有一顶,重九两。但因老大吴月娘只有银丝鬏髻,她不好戴出来,便让西门庆找银匠毁了,再打成"金九凤垫根儿"和"金镶玉观音满池娇分心"。

《金瓶梅》的世界里,美食和衣饰,琳琅满目、数不胜数。元宵节快到了,西门庆叫来裁缝,给众妻妾做衣服:

> 先裁月娘的。一件大红遍地锦五彩妆花通袖袄;兽朝麒麟补子段袍儿;一件玄色五彩金遍边葫芦样鸾凤穿花罗袍;一套大红段子遍地金通袖麒麟补子袄儿,翠蓝宽拖遍地

金裙；一套沉香色妆花补子遍地锦罗袄儿，大红金枝绿叶百花拖泥裙。其余李娇儿、孟玉楼、潘金莲、李瓶儿四个都裁了一件大红五彩通袖妆花锦鸡段子袍儿，两套妆花罗段衣服。孙雪娥只是两套，就没与他袍儿。须臾共裁剪三十件衣服。兑了五两银子，与赵裁做工钱。一面叫了十来个裁缝，在家攒造……

连汗巾子的颜色，也有娇滴滴紫葡萄色、玉色、老金色、闪色；花样更繁复，金莲让陈敬济帮她买，要的是"上销金间点翠，十样锦，同心结，方胜地儿，一个方胜儿里面一对儿喜相逢，两边栏子儿，都是璎珞珍珠碎八宝儿"。

这是物质的海洋，无神的世界。

张爱玲的《第一炉香》里，少女葛薇龙为继续学业，来找富有的姑妈借钱。本来怀抱一腔正气，却在一壁橱金翠辉煌的华服前缴械投降，开启了别样人生。

这一切的一切，同样对蕙莲充满诱惑。

西门庆是老司机，早看在眼里，来旺被他有意支到外地去贩布。这天，醉醺醺的西门庆一进仪门，就跟蕙莲撞了个满怀，他一把搂过蕙莲："我的儿，你若依了我，头面衣服，随你拣着用。"随后让丫鬟玉箫拿了一匹翠蓝兼四季团花喜相逢的缎子，送给蕙莲：爹要与你会会，你心下如何？蕙莲听了，先微笑不语，又问："爹多咱时分来？我好在屋里伺候。"

彼时，西门庆刚把李瓶儿娶回家。他财色兼收，买小厮、开当铺，春风得意，勾女经验值大涨。勾搭潘金莲和李瓶儿，他花的时间和精力最多，后来的女人，几两银子一匹缎子就能搞定，so easy！

蕙莲很乐意,这就是《金瓶梅》里的女性,她们对金钱没有免疫力,也都有道德上的瑕疵:李瓶儿出轨,对两任前夫十分凉薄;李娇儿本来就是妓女,又贪财;孙雪娥更是跟小厮私通;最本分的吴月娘和孟玉楼,也不是什么省油的灯;潘金莲就更不用说了。

蕙莲堪称低配版的金莲——比金莲多了点粗俗和浅陋,少了点韵致和文艺范儿。她会四顾无人,掀开帘子,一屁股坐到西门庆怀里,一边不可描述,一边说:

"爹,你有香茶,再与我些。前日与我的,都没了。我少薛嫂儿几钱花儿钱,你有银子与我些儿。"西门庆道:"我茄袋内还有一二两,你拿去。"

明着要东西。她渴望一顶银丝䯼髻:爹,你许我编䯼髻,怎的还不替我编?这时候不戴,到几时戴?教我整天戴这种头发壳子。她的䯼髻,是黑线编的,是穷人才戴的"头发壳子"。

这样的事,金莲是不屑的。

她跟西门庆要李瓶儿的皮袄,画风是这样的:怪奴才,左右是你老婆,替你装门面,你答应不答应?不然,我就不依了。西门庆说她:"你又求人又做硬儿。"她回一句:"怪磣货,我是你房里丫头,在你跟前服软?"

另外,金莲还是爱西门庆的,但蕙莲显然对西门庆没什么感情。她眼窝浅,希求的不过是一点钱财,一顶银丝䯼髻以及别人羡慕的眼光。她没野心,只有这点虚荣心。

她的欲望都写在脸上。在宫斗剧里,这样的角色全为衬托女主的英明,一般活不过两集。在武侠小说里,这种小角色一出场就被 KO 掉，比如无量洞弟子，故事刚开始，就纷纷被段誉吸干了内力。

但在《金瓶梅》的世界里，没有一个角色是扁平、无意义的。每个人都携带着丰富的秘密，都有人性的黑洞。

2

跟西门庆勾搭上后，蕙莲走上了人生巅峰。

她得了不少衣服首饰、香茶碎银，常在门首买花翠汗巾，高声喊伙计们叫住货郎，买这买那——

> 头上治的珠子箍儿，金灯笼坠子，黄烘烘。衣服底下穿着红潞绸裤儿，线捻护膝。又大袖子袖着香茶、香桶子三四个，带在身边。见一日也花消二三钱银子……

玳安故意逗她：你这银子，我看着眼熟，像爹银子包儿里的嘛……蕙莲便赶着打他。

西门庆给她换了轻松差事，只负责月娘的小灶。大过节的，下人们忙前忙后，唯有她坐在穿廊下的椅子上，一边嗑瓜子，一边高声传话："来安儿、画童儿，上边要热酒，快趱酒上来！贼囚根子，一个也没在这里伺候，都不知往那去了！"偏偏西门庆也骂起来："贼奴才，一个也不在这里伺候！"两人无意间一唱一和，个中玄妙，众人皆知。

《金瓶梅》之好看，往往在此。但也有人说，《金瓶梅》不过是西门家的"账簿"，满篇"老婆舌头"。说这话的人，看不见日常褶皱里的人性，真是可惜。

她嗑了一地瓜子皮，画童有意见：爹又要骂了！她回嘴：贼囚根子！有什么要紧！你不扫，让别人扫！等他问我，说一声就得了。画童只好替她扫瓜子皮儿：嫂子，你就悠着点儿吧。

这个女人，又肤浅又虚荣，正是"颠狂柳絮随风舞，轻薄桃花逐水流"。

不过，难堪的时候也是有的。西门庆明着偏袒她，同事惠祥不忿：贼淫妇！你以为你是谁啊？咱俩"促织不吃癞蛤蟆肉——都是一锹土上人"！二人吵起来，一个骂：你养汉一拿小米数！我跷起脚来，也比你这淫妇强！一个回：我养汉你看见了？扯吧你，你也不是什么清净姑姑！

《金瓶梅》里的人特别爱吵架，好像每个人都气鼓鼓的。最有名的是第7回"杨姑娘气骂张四舅"，一个收了钱，一心让孟玉楼嫁给西门庆，另一个出面作梗，在孟玉楼出门那天，二人骂得天昏地暗飞沙走石，用各种脏话问候对方和家人……各种原生态的粗俗，居然有别样的美学风格。

作者一定特别爱这个鸡飞狗跳的世界，不然，不会有这样的好奇心与耐心。

对宋蕙莲，下人们冷眼看她，主子们更不欢迎她。吴月娘和孟玉楼们在一起打牌——

这蕙莲在席上，斜靠桌儿站立，看着月娘众人掷骰儿，故作扬声说道："娘，把长幺搭在纯六，却不是天地分？还赢了五娘。"又道："你这六娘，骰子是锦屏风对儿。我看三娘这幺三配纯五，只是十四点儿，输了。"被玉楼恼了，说道："你这媳妇子，俺们在这里掷骰儿，插嘴插舌，有你甚么说处？"把老婆羞的站又站不住，立又立不住，绯红了面皮,往下去了。

主子就是主子,奴才终究是奴才。

孟玉楼似乎是众妻妾里最平淡、最与世无争的,但对蕙莲,却严防死守,她在意的是阶层和地位;金莲呢?西门庆跟李瓶儿墙头密约、跟蕙莲私会,她管不了,就睁只眼闭只眼,但要求西门庆向她汇报偷情细节,她要的是知情权。

各有各的肚肠。

西门庆在藏春坞跟宋蕙莲苟且,蕙莲炫耀自己的脚小,还问西门庆:

"你家第五的秋胡戏,你娶他来家多少时了?是女招的,是后婚儿来?"西门庆道:"也是回头人儿。"妇人说:"嗔道恁久惯牢成!原来也是个意中人儿,露水夫妻。"

这话刚好被过来偷听的金莲听到,气得胳膊都软了,心想:"若教这奴才淫妇在里面,把俺们都吃他撑下去了!"第二天,金莲故意在蕙莲面前,说出这番话来,并假称是西门庆告诉自己的:

对你说了罢,十个老婆买不住一个男子汉的心。你爹虽故家里有这几个老婆,或是外边请人家的粉头,来家通不瞒我一些儿,一五一十就告我说。你大娘当时和他一个鼻子眼儿里出气,甚么事儿来家不告诉我?你比他差些儿。

言下之意,西门庆跟她最贴心,连大娘都让她半步,宋蕙莲算老几!蕙莲被怼得哑口无言,只好跪下认错。

一个是奥特曼,一个是小怪兽。金莲对蕙莲,完全是降维打击。

她故意让蕙莲去烧猪头。蕙莲有个绝技,能只用一根柴火烧好一只猪头。她一开始还想拒绝——

> 蕙莲道:"我不得闲,与娘纳鞋哩。随问教那个烧烧儿罢,巴巴坐名儿教我烧?"来兴儿道:"你烧不烧随你,交与你,我有勾当去。"说着,出去了。玉箫道:"你且丢下,替他烧烧罢。你晓的五娘嘴头子,又惹的声声气气的。"蕙莲笑道:"五娘怎么就知道我会烧猪头,栽派与我!"于是走到大厨灶里,舀了一锅水,把那猪首蹄子刴刷干净,只用的一根长柴禾安在灶内,用一大碗油酱,并回香大料,拌的停当,上下锡古子扣定。那消一个时辰,把个猪头烧的皮脱肉化,香喷喷五味俱全。将大冰盘盛了,连姜蒜碟儿,用方盒拿到前边李瓶儿房里,旋打开金华酒来。玉楼拣齐整的,留下一大盘子,并一壶金华酒,使丫头送到上房里,与月娘吃。

李瓶儿让人给她一盘肉,她磕了头,只能站在桌子旁吃。

在潘金莲面前掐尖要强,结果只能自取其辱。可惜,宋蕙莲不知道,她面前这个潘金莲,可比她想象中的厉害。

元宵节家宴上,西门庆让潘金莲给女婿陈敬济倒酒,陈敬济趁机悄悄掐了她的手背,还在桌子底下偷偷踢了一下她的脚,潘金莲微笑着低声骂他,两个人调情,恰好被窗外的宋蕙莲看见,宋蕙莲暗想:"寻常在俺们跟前,到且是精细撇清,谁想暗地却和这小伙子儿勾搭。今日被我看出破绽,到明日再搜求我,自有话说。"

此处张竹坡弹幕：蕙莲死矣！

西门庆的妻妾这么多，宋蕙莲为啥老跟潘金莲较劲？孟玉楼、李瓶儿都有钱，她无论如何也比不过，唯有潘金莲，从出身到模样，跟她旗鼓相当。她那股子虚荣心和好胜心，总要找一个人来承受，那个人就是潘金莲。

元宵节走百病，宋蕙莲要跟着潘金莲、李瓶儿和孟玉楼一起，她路上状况不断，老黏着陈敬济——

> 宋蕙莲一回叫："姑夫，你放个桶子花我瞧。"一回又道："姑夫，你放个元宵炮丈我听。"一回又落了花翠，拾花翠；一回又吊了鞋，扶着人且兜鞋；左来右去，只和敬济嘲戏。玉楼看不上，说了两句："如何只见你吊了鞋？"玉箫道："他怕地下泥，套着五娘鞋穿着哩！"玉楼道："你叫他过来我瞧，真个穿着五娘的鞋儿？"金莲道："他昨日问我讨了一双鞋，谁知成精的狗肉，套着穿！"蕙莲抠起裙子来，与玉楼看。看见他穿着两双红鞋在脚上，用纱绿线带儿扎着裤腿，一声儿也不言语。

女人之间的明争暗战，人心较量，正是"谁家院内白蔷薇，暗暗偷攀三两枝。罗袖隐藏人不见，馨香惟有蝶先知"。最后胜出的那个，一定是心最毒、手最辣的那个。

3

更大的问题来了。

来旺回来了。从孙雪娥那里，来旺知道了一切。他喝醉后大骂西门庆，又骂潘金莲纵容蕙莲和西门庆通奸：想当年她毒杀老公，还不是我跑东京帮她打点？如今倒挑拨我老婆养汉！

这醉话，却被另一个小厮来兴偷偷告诉了潘金莲。来兴为啥要传话？只因西门庆把他的肥差给了来旺，他气不过。《金瓶梅》里，全是这种"茶杯里的风波"，经常因为一口食、一句话，就闹得不可开交。

潘金莲听了粉面通红、银牙咬碎，发誓要把来旺撵走。她告诉了西门庆，并提醒他：你图他老婆，他背地里要了你小娘子。这奴才这等放话，这不是欺负我吗？以后我如有一男半女，听这奴才这样乱说，你我的脸往哪里搁？

且慢！"背地里要了你小娘子"是什么意思？原来是西门庆的第四个老婆孙雪娥和来旺有首尾。所以，来旺并不是被侮辱被损害的小人物，西门庆也非为富不仁、欺男霸女的地主老财。在《金瓶梅》里，没有一个人，绝对地清白无辜。

西门庆把孙雪娥打回厨房干活，又去问蕙莲，来旺有无此事。蕙莲赌咒发誓、矢口否认：爹，他哪有这个胆子？！都是来旺嚼蛆，那来兴是嫉妒来旺顶了他的差事。爹，你不用烦恼，不如给来旺一些本钱，让他去别的地方做生意，咱俩以后做事也方便。

宋蕙莲一力保证，来旺绝无歹意，还建议西门庆将来旺调开。西门庆听了，满心欢喜，准备让来旺拿一千两银子去东京办事。

金莲自然很快就知道了，遂骂西门庆不知利害：他拐了钱走了，留下婆娘给你怎么办？"剪草不除根，萌芽依旧生；剪草若除根，萌芽再不生"，你不如做个绝的，搞死他，他老婆跟你也死心塌地了。

每个人都有自己的算盘，都努力要让自己的利益最大化。这一席话说得西门庆如醉方醒，于是，便使下毒计编织来旺的死罪送官，还要搞死来旺。一气呵成，非常像《水浒传》里高太尉诬陷林冲带刀。

蕙莲黄着脸，不梳头、不洗脸、不吃饭，只在房里哭。

西门庆慌了，答应很快放来旺出来，还要给蕙莲在对面买房子住，当外室。蕙莲破涕为笑，送给西门庆一个香袋："里边装着松柏儿并排草，挑着'娇香美爱'四个字。"是不是很眼熟？当年，潘金莲也送过西门庆这样的礼物，宋蕙莲处处是潘金莲的翻版。

蕙莲以为来旺很快就回来，言辞未免得意，漏了口风。

孟玉楼早已知道，过来告诉潘金莲——

他爹怎的早晚要放来旺儿出来，另替他娶一个；怎的要买对门乔家房子，把媳妇子吊到那里去，与他三间房住，又买个丫头伏侍他；与他编银丝鬏髻，打头面。一五一十说了一遍："就和你我辈一般，甚么张致？大姐姐也就不管管儿！"潘金莲不听便罢，听了时：

忿气满怀无处着，双腮红上更添红。

说道："真个由他，我就不信了！今日与你说的话，我若教贼奴才淫妇与西门庆做了第七个老婆——我不是喇嘴说——就把'潘'字倒过来。"玉楼道："汉子没正条的，大姐姐又不管，咱每能走不能飞，到的那些儿？"金莲道："你也忒不长俊，要这命做甚么？活一百岁杀肉吃！他若不依，我拼着这命，摜兑在他手里，也不差甚么。"玉楼笑道："我是小胆儿，不敢惹他，看你有本事和他缠。"

蕙莲根本不知道女性战争的残酷。金莲人挡杀人，佛挡杀佛，玉楼虽不动声色，却擅长架桥拨火。在蕙莲事件里，这两个人一直是亲密搭档，玉楼提供信息，金莲出面大闹，一个白脸，一个红脸。

金莲又劝西门庆，西门庆又改主意了，结果来旺惨被流放。在这件事上，西门庆显示了男性特有的"钝感"：对女人的心思理解无能。他也相当"粑耳朵"，在金莲和蕙莲之间来回摇摆。这个男人其实很有意思。西门庆叮嘱家人，谁也不要告诉蕙莲来旺的事，所以她一直被蒙在鼓里。直到有一天，一个小厮无意中说漏了嘴，蕙莲才得知来旺被流放的真相。她关闭了房门，放声大哭：

> 我的人噤！你在他家干坏了甚么事来？被人纸棺材暗算计了你！你做奴才一场，好衣服没曾挣下一件在屋里。今日只当把你远离他乡，弄的去了，坑得奴好苦也！你在路上死活未知。我就如合在缸底下一般，怎的晓得！

哭了一回，悬梁自尽，幸好及时被发现，救了下来：

> 他坐在地下，只顾哽咽，白哭不出声来。月娘叫着他，只是低着头，口吐涎沫，不答应……问了半日，那妇人哽咽了一回，大放声排手拍掌哭起来……

但蕙莲不是原来的蕙莲了。她再不跟西门庆睡，也不要他的东西，终日蔫头搭脑，生无可恋。终于，跟孙雪娥吵了一架后，用脚带拴在门槛上，自缢身死，时年二十五岁。

她其实可以不死的。

西门庆让人陪她坐,连金莲也被派来当说客,又让玉箫晚上陪她睡,慢慢用言语劝她:

> 宋大姐,你是个聪明的,趁恁妙龄之时,一朵花初开,主子爱你,也是缘法相投。你如今将上不足,比下有余,守着主子,强如守着奴才。他已是去了,你恁烦恼不打紧,一时哭的有好歹,却不亏负了你的性命?常言道:"做一日和尚撞一日钟",往后贞节轮不到你身上了。

这其实就是《金瓶梅》里的生存法则,活着就是一切。在这个世界里,没心没肺的人,都活得好好的。

4

但蕙莲还是自杀了,这才是最让人震撼的。这是一个浩瀚的人性之海,怎一个宫斗了得?

蕙莲为何自杀?当然并非为来旺守贞。西门庆说她如有贞节心,当年就只守着前夫不嫁来旺了。言下之意,她要有贞节,也不会依我了。

《绣像批评金瓶梅》的无名评论者,说她恼恨西门庆不听自己的话;张竹坡则说她因争不过金莲,"愤恨而死";台湾的学者侯文咏在《没有神的所在——私房阅读〈金瓶梅〉》一书中说,是因为蕙莲既当不了主子,又当不成奴才,已无存身之地;孙述宇先生说,蕙莲对来旺还是有朴素的情感的。

第一次自杀被救,她低着头,哽咽着,说不出话来,一直坐在冷地上哭泣。西门庆来看她，她摇着头：

> 爹，你好人儿，你瞒着我干的好勾当儿！还说甚么孩子不孩子！你原来就是弄人的刽子手，把人活埋惯了，害死人还看出殡的！你成日间只哄着我，今日也说放出来，明日也说放出来。只当端的好出来。你如递解他，也和我说声儿，暗暗不通风，就解发远远的去了。你也要合凭个天理！你就信着人干下这等绝户计，把圈套儿做的成成的，你还瞒着我。你就打发，两个人都打发了，如何留下我做甚么？

西门庆让人劝她，蕙莲只说："一夜夫妻百日恩""相随百步，也有个徘徊意"。后来孙雪娥找碴儿骂她："不得你他（来旺）也不得死，还在西门庆家里。"这句话成了压倒她的最后一根稻草，她最终自缢身死，亡年二十五岁。

有的人平时毫无操守，但关键时刻，那原本隐匿的道德闸门会轰然落下。蕙莲的前夫被殴致死，她央求来旺找关系为前夫报了仇。如今来旺被西门庆算计，她无法面对。这个女人，尽管轻浮、庸俗、还愚蠢、厚脸皮，内心深处却有一道坎：你有钱有势，我可以跟你如何，也可以蹬掉来旺，但你屈杀来旺，我接受不了。

金莲能毒死武大，蕙莲却一心要保住来旺。就是这道坎，让她最后选择了自杀。

这是宋蕙莲跟潘金莲最本质的区别。

电影《我不是潘金莲》参加戛纳电影节，英文名是《我不是包法利夫人》。其实，比起潘金莲，宋蕙莲更像包法利夫人爱玛——同样肤浅、虚荣，追求不属于自己的生活。她们也都不够坏，还没有把灵魂卖给魔鬼，所以才会自杀。

在没羞没臊的《金瓶梅》里，蕙莲的死，显得十分另类。

在中国传统文化里，这样的自杀也是罕见的，毕竟"好死不如赖活着"是更普遍的人生信条。

《天龙八部》里，在雁门关，萧峰逼退耶律洪基，让他发誓十年不侵犯大宋，然后用断箭自杀。一旁的中原豪杰议论纷纷——有人说，看来契丹人也有英雄；有人说，他自幼在汉人中间长大，学到了汉人的大仁大义；有人说，两国罢兵，他是有功之臣，不用自寻短见啊；有人说，他于大宋有功，对辽国却是反贼，这是畏罪自杀。

每个人都有自己的视角和局限，没人真正理解英雄末路的绝望与悲怆。古希腊悲剧在演出时，一旁是设有歌队的，但歌队的存在，不只是旁白和评判，还有抒情与咏叹，有目睹悲剧发生时的恐惧、爱和悲伤。而悲剧演出现场的观众，也被歌队带入一种开放式的情境里，张开理解的翅膀，去体会悲剧人物的内心世界，而非仅仅追寻特定的答案。

因此，亚里士多德认为悲剧有强大的"净化"作用，就在于这种强大的共情能力。

大概我们缺少这样的同理心和敬畏心，才会对他人的死亡那么淡漠。

蕙莲坐在冷地上哭泣，心是灰的。这是她的至暗时刻，也是看清这个世界的时刻吧？

这样的时刻，《红楼梦》里自杀的尤三姐也经历过。当看到贾珍、贾琏只把自己当粉头取乐，根本不把她当人看，她跳到炕上大骂他们无耻。她"松松挽着头发，大红袄子半掩半开，露着葱绿抹胸，一痕雪脯。底下绿裤红鞋，一对金莲或翘或并，没半刻斯文"。

有人看见放荡，我却看见了绝望。

生命中总有一些不可狎昵不可马虎的东西，它或许会被遗忘，但总会呼啸而来，击中我们。

如何看待一个人的自杀？考验的是我们对生命的态度。加缪说："真正严肃的哲学问题只有一个，那就是——自杀。"他当然不是鼓励自杀，而是试图回答一个最根本的问题：我们该如何活着？或者，"到底什么样的生活才值得一过"？

蕙莲当然没有这样的智慧。但当一个人遵从自己的内心，做出至关重要选择的时候是值得尊重的。

这也是我从不敢小觑《金瓶梅》、不敢把它当宫斗剧的原因。在这样一部经典面前，放下成见、凝神敛足，才能领略人性的复杂和幽微。

兰陵笑笑生是喜欢蕙莲的。她自缢身死，他叹息："世间好物不坚牢，彩云易散琉璃脆。"这句话跟晴雯的判词"霁月难逢，彩云易散"，异曲同工。

晴雯跟宝玉是清白的。而宋蕙莲却不清不楚，她也像晴雯一样，伶牙俐齿。见西门庆骗自己，骂他：

怎么转了靶子，又教别人去？你干净是个"球子心肠——滚上滚下"，"灯草拐棒儿——原拄不定"。把你到明日盖个庙儿，立起个旗杆来，就是个谎神爷！

他写她的美。吴月娘、潘金莲和李瓶儿们，在后花园打秋千，唯有蕙莲打得最好：

手挽彩绳,身子站的直屡屡的,脚趾定下边画板,也不用人推送,那秋千飞起在半天云里,然后忽的飞将下来,端的却是飞仙一样,甚可人爱。

元宵节晚上,她跟金莲和玉楼们出去走百病,"换了一套绿闪红段子对衿衫儿、白挑线裙子。又用一方红销金汗巾子搭着头,额角上贴着飞金并面花儿,金灯笼坠耳……月色之下,恍若仙娥"。

她一会儿喊陈敬济放鞭炮,一会儿掉了花翠,拾花翠;又掉了鞋,扶着人兜鞋,性感撩人。她还套着潘金莲的红鞋子,用纱绿线带儿扎着裤腿,惹得陈敬济像掉了魂一样,一路追着她。

这是蕙莲的高光时刻。

她死了,终究没戴上心心念念的银丝䯼髻。

西门庆说:"他恁个拙妇,原来没福。"很快就跟李瓶儿私语翡翠轩,跟潘金莲醉闹葡萄架去了。而潘金莲无意中发现蕙莲的大红绣花鞋,被西门庆放在藏春坞的匣子里,气得发疯,要拿刀把鞋子剁烂扔到茅坑里:"贼淫妇阴山背后,永世不得超生!"

她就这样一路愤怒下去,再也不能回头。

葡萄架下的性与死

作为欲望号的《金瓶梅》

1

长期以来,《金瓶梅》一直背负着"小黄书"之名。一提到它,很多人便表情微妙。

有人说:把书中的"性"全拿掉的话,会更好。也有人说:其实作者本来没写"性",是书商为了赚钱,擅自添上的……各种说法,不一而足,无非都认为《金瓶梅》里的"性",是多余的,纯属败笔。

鲁迅先生对《金瓶梅》的评价很高,他说《金瓶梅》是一部"世情书",写尽世间百态人心冷暖,"同时说部,无以为上"。即同时期的同类小说,没有比它更好的了。至于书中的色情部分,他也表示理解,因为"在当时,实亦时尚"。就是说,在《金瓶梅》成书的那个年代,这样写是时尚,因此《金瓶梅》也不能免俗。

《金瓶梅》成书于明代中晚期,彼时,社会风气确实非常开放。很多官员向皇帝进献房中术或丹药,献宝有功,还会被赏赐或升官。正德皇帝崩于豹房;嘉靖帝迷恋房中术、长生不老术;

万历年间的首辅张居正长期服用壮阳药，私生活也很……一言难尽。

上行下效，当时的戏曲、小说，对"性"趋之若鹜，以至于色情小说一度泛滥。

但《金瓶梅》写"性"，绝非为了卖相，或者紧跟时尚。问题在于，为什么要费心为《金瓶梅》开脱？

换言之，文学为什么不能写"性"呢？

倘若孟子听见这句话，一定会竖起眼睛表示惊诧："人之所以异于禽兽者几希；庶民去之，君子存之。"他认定：只有人，才有人伦，有仁义道德。生而为人，怎么能像动物那样，毫不顾忌地谈论、展览"性"呢？

可是，性明明是人人都离不开的啊！

所以，在文明社会里，"性"的处境一直很拧巴：当面避而不谈，转脸又乐此不疲。儒家干脆把性生活升华成"敦伦"，声称做这件事只是为了繁衍后代，践行圣贤理论而已。

王小波讲过清代笔记小说里的一则故事：一位秀才在后花园散步，看见一对蚂蚱交尾，便饶有兴趣地观看，忽然一只花里胡哨的癞蛤蟆跳出来，把两只蚂蚱吃了，他大吃一惊，得出结论："奸近杀！"意思是，这俩蚂蚱在胡搞，活该被吃。

你看，"性"不只被严打，还被污名化了。

对"性"的压制和禁忌，东西方都一样。人类学者玛丽·道格拉斯在《洁净与危险》一书中，探讨人们为何把排泄物以及跟下身有关的东西，当成"肮脏"乃至"危险"的。她说，不是因为这些东西本身肮脏，而是人们赋予了它肮脏的属性。

因此，"性"之所以是禁忌，其实是因为文化把它打成了禁忌之物。

如果文明的秩序，不能谈论"性"、拒绝任何"不洁"，这样的秩序迟早会坍塌，因为"性"无所不在，自有隐秘而强大的力量。压抑越深，反弹越大。"女人是老虎"的故事，东西方都喜闻乐见：师父带小和尚下山，小和尚见识了外面的世界，却一心想着被师父称为"老虎"的女人。14世纪意大利的薄伽丘，在《十日谈》里也讲了类似的故事，只是女人被比作"绿鹅"。

欲望是压抑不住的。越是正经的年代，"性"在私下里越被津津乐道。明代的贞节牌坊历代最多，色情小说也历代最多；英国维多利亚时期礼教最严格，淑女连脚踝都不能露，但同时地下文学暗流奔涌，很黄很暴力。

近代以来，这种禁忌开始被质疑。

蒙田就反问道："这件自然、必要、正当的事怎么了？为什么人们会羞于谈论此事，要排斥它？我们有胆子说杀人、偷窃、背叛，为什么独独对这件事羞于启齿？"

还有弗洛伊德，他宣称"性"是一切的原动力，当然，这里的"性"是广义的。后来捷克的米兰·昆德拉也讽刺人们眼中的理想世界是否认大便，假装大便不存在的世界，说这叫"Kitsch"（刻奇）。

因此，在大文化的背景下，再看《金瓶梅》里的"性"，你将会看到更丰盛的含义。

2

《金瓶梅》产生于明代中叶，这个时代最压抑，也最欲望横流，涌现了大量的色情读物。

这些色情读物，大多粗制滥造，写作也都有套路。为了打掩护,还纷纷声称自己并非海淫海盗,是在警告大家莫贪淫,是教化人心。

这些读物其实很喜感:书里的男性,都爱夸耀自己能力强,展现自己雄性的力量,难免虚张声势。这背后其实隐伏着很深的爱与怕:爱女性的身体,也怕女性大海一样的情欲。毕竟大海可乘风破浪,也可吞噬一切。

所以,他们上床好似上战场——女人玉体横陈,男人全副武装,勉铃春药齐上阵。西门庆就有一个淫器包,里面有各种胡僧药、银托子和颤声娇。

这是肉体的狂欢。它们既没有文学的自觉,也缺乏对人性的观照,距离文学很远。抽离了性的部分,就什么也没有了,空空如也。

那么,文学到底如何写"性"呢?

在西方文学史里,最早是以性为突破口,来反传统反道德,比如《十日谈》:表面写性,其实是嘲讽某类人群的虚伪与可笑,以及禁欲的不人道。

大名鼎鼎的《查泰莱夫人的情人》,既延续了这个反传统的"传统",又创造了一个新的文学范式。它出版于1923年,作者是英国人D.H.劳伦斯。女主康妮嫁给了一个因战争失去性功能的男人,偶遇粗犷的守林人,并疯狂地爱上了他。

这样的爱情其实不罕见,罕见的是书中大段的性描写。随便翻开,你就能看见这样的文字:

> 她对他再度起了敬畏之感。一个男人!……她抚触他,如抚触神的儿子和人的女儿,感觉多么美好。他肌理莹白,细致,而又健壮,多美,多美呀!这副身躯敏感却又沉着,

细腻却又勇猛，真动人，真是动人。她的手沿着他的背部怯生生往下移，到他小而浑圆、柔软的屁股。迷人，真迷人！

守林人的身体成了生命力和活力的象征，是反对机械化的工业文明的"飞地"。不过，米兰·昆德拉说，禁欲很可笑，对性进行过度的抒情，也很可笑。

当然，劳伦斯的小说历来被认为是对文化的批判，以性和激情为"飞地"，抨击上流社会的疲软；以自然的洪荒之力，反衬文明的虚伪，但未免抒情过度，有不诚实之嫌。

而且，性真的能承担重建文明的责任吗？我表示怀疑。

如果说劳伦斯努力要把"丑"变成美，把性推向美学和哲学的高度，还有一些人，则相反。他们写起性来，百无禁忌，甚至在道德的地盘上，肆意攻城略地。他们的笔，如马达轰鸣，钻向肉体最深处，有时候，他们走得太远，以至于难以回头。

法国当代哲学家福柯极为推崇这样的作家，说这种"欲望的野蛮发泄"，代表了一种神秘的思维方式；读这样的作品，"人可以同他内心最深处的、最孤独的东西进行交流"，发现"最内在的，同时又是最自由奔放的力量"。

但他们走得太远了。就连这位写出《疯癫与文明》《规训与惩罚》的哲学家，也走得足够远。他一心要用肉身反抗文明的秩序，多次自杀，吸毒、SM、同性恋……他的人生，就是一部"自杀与癫狂、犯罪与惩罚、性爱与死亡"的先锋电影。最后，他死于艾滋。

不管怎样，从蒙田到福柯，都在提醒我们：性是严肃的事情，不可等闲视之。

性，可以丈量道德和人性的疆域；它的目的根本不是欲望，而是自由。

劳伦斯不够诚实,福柯们又走得太远,不妨回到《金瓶梅》这里来。

3

《金瓶梅》总共一百回,八十多万字,其中描写性的不到五千字,这比例跟《三言二拍》差不多。这么多年来,它却一直背负着"小黄书"的罪名,实在有点冤。

书里写酒、写美食、写西门庆做生意以及各种饭局应酬,远远多于性。而且,书中的性描写并非毫无节制,也并非毫无价值,而是有详有略有布局有理由,比如主要集中在西门庆与潘金莲、王六儿、如意儿和林太太之间。

在书中,性并不是孤立的。通过性,我们可以发现很多秘密。

首先,性是权力的场域。

尼采一直在探索:人是如何变成现在这个样子的?他的答案是:自我是文化的产物,是被建构出来的。简言之,"肉体是一种社会结构"。凯特·米利特在她的《性政治》一书中说:两性关系本质上是一种政治关系,体现为统治与被统治的上下层级关系。就是说,即使最私密的身体和性,也有权力和文化的阴影。

有学者从生物学角度分析,为何自然界的雄性,普遍有多吃多占多配偶的行为,答案是源于基因。不过,英国学者道金斯的《自私的基因》告诉我们:在进化中,雌性和雄性个体都尽可能生产更多子女,遗传自己的基因,同时性配偶双方都希望自己的投资少一点,对方多一点,能有更多时间传播自己的基因。

因此，雄性和雌性都有自私的基因，关键是制度和文化更支持哪一方。男性当然取得了压倒性的胜利，比如中国的传统婚姻制度，是一夫一妻多妾多婢制，制度、文化和道德是全方位加持男性。

作为男人，西门庆无疑是开挂的：有钱，有权，"状貌魁梧，性情潇洒"，潘驴邓小闲俱全。后期步步高升，金钱和权力闪闪发光，清河县警察局副局长，东京蔡太师的干儿子，临死前还被升为正职。再加上男权文化和制度的支撑，可想而知其性资源有多丰富。

从潘金莲到李瓶儿，从李桂姐到郑爱月，从如意儿到林太太，没有他搞不定的女人。早期他还需要费心机定计谋，后期只要稍加暗示就马到成功。

对性资源的占有越多，就越有力量感和权力感。

他尤其喜欢"别人的老婆"。潘金莲、李瓶儿是他从别的男人那里夺来的，宋蕙莲、王六儿、如意儿、贲四嫂、来爵媳妇也都是有夫之妇。他喜欢对女性的身体宣示主权，用烧香的方式给对方的身体留下永久的疤痕，像做记号占地盘；喜欢对方绝对服从，还要深情表白自己老公给他提鞋都不配……

反之，女性是卑微的，根本没有性权利可言。潘金莲一路出轨，毒杀武大，再嫁西门庆，跟女婿偷情，跟西门庆相比是小巫见大巫，她却被称为"淫妇"。第12回，她耐不住寂寞跟琴童偷情，被西门庆拿着马鞭子打，她只好跪在地上苦苦哀求，好话说尽，毒誓发绝。

通过凌虐女性的肉体，剥夺女性的权利，男性全面凌驾于女性之上。"男尊女卑"，女性被"物化"，被当成工具，被剥夺、被"第二性"，由来已久。而通过物化、矮化女性，性跟权力实现了同构，性甚至成了权力。

在西门庆面前，几乎所有女性都处在被驯服的位置，一方是奴隶主，另一方则是奴隶。为了笼络西门庆，潘金莲还百般努力，不是扮嫩装成丫鬟，就是全身抹上茉莉粉给自己美白，甚至不拿自己当人：

> 西门庆要下床溺尿，妇人还不放，说道："我的亲亲，你有多少尿，溺在奴口里，替你咽了罢，省的冷呵呵的，热身子下去冻着，倒值了多的。"西门庆听了，越发欢喜无已，叫道："乖乖儿，谁似你这般疼我！"于是真个溺在妇人口内。妇人用口接着，慢慢一口一口都咽了。西门庆问道："好吃不好吃？"金莲道："略有些咸味儿。你有香茶与我些压压。"

结果，西门庆又告诉如意儿：五娘如何如何，她怕我害冷，连尿也不教我下来溺，都替我咽了。如意儿为了争宠自然也不甘落后，如法炮制。

当身体成了工具，成了权力施虐的地盘，就别指望有尊严可言了。

性也可以换来其他的东西。西门庆的需求被满足后，通常在金钱和财物方面很大方。潘金莲最穷，在西门庆心满意足之际，她趁机提要求——

> 妇人道："我有桩事儿央你，依不依？"西门庆道："怪小淫妇儿，你有甚事，说不是。"妇人道："你把李大姐那皮袄拿出来与我穿了罢。明日吃了酒回来，他们都穿着

皮袄,只奴没件儿穿。"西门庆道:"有王招宣府当的皮袄,你穿就是了。"妇人道:"当的我不穿他,你与了李娇儿去。把李娇儿那皮袄却与雪娥穿。你把李大姐那皮袄与了我,等我攥上两个大红遍地金鹤袖,衬着白绫袄儿穿,也是与你做老婆一场,没曾与了别人。"

性从来不是单纯存在的,总裹挟着权力、利益、地位,成为交换资源的枢纽。

在西门庆的猎艳史里,有一个女人非常特别,就是林太太。她是王招宣的遗孀,属于清河县的名门望族,潘金莲九岁时曾被母亲卖给招宣府当丫鬟。

西门庆第一次跟林太太会面,格外隆重。

这天夜里,月色朦胧,西门庆戴着眼纱来到招宣府的后门,先通过看门的段妈妈,再由文嫂领着西门庆进来,把后门关了,上了闩,由夹道走进去,转过一层群房,来到林太太住的五间正房。

这是西门庆唯一一次偷情偷得如此有仪式感,如此小心翼翼,要像上朝一样,穿过重门越过关卡——

旁边一座便门闭着。这文嫂轻敲敲门环儿,原来有个听头。少顷,见一丫鬟出来,开了双扉。文嫂导引西门庆到后堂,掀开帘栊,只见里面灯烛荧煌,正面供养着他祖爷太原节度邠阳郡王,王景崇的影身图,穿着大红团袖蟒衣玉带,虎皮校椅坐着观看兵书。有若关王之像,只是髯须短些。迎门朱红匾上写着"节义堂"三字,两壁隶书一联:传家节操同松竹,报国勋功并斗山。西门庆正观看之间,只听得门帘上铃儿响,文嫂从里拿出一盏茶来与西门庆吃。

这个场景是《金瓶梅》里最富戏剧性的一幕:"节义堂"上,俨然关公再世的邠阳郡王,威风凛凛,而堂下的西门庆则早早吃了胡僧药,怀揣淫器包,心怀鬼胎,要大展雄风,征服林太太。

这段描写经常被拿出来证明《金瓶梅》是部愤世之作,这外表堂皇的招宣府,如今已经沦落为淫乱之所,对人心与世情充满讽刺。

林太太则悄悄从帘内观看,"见西门庆身材凛凛,一表人物,头戴白段忠靖冠,貂鼠暖耳,身穿紫羊绒鹤氅,脚下粉底皂靴",满心欢喜却故作矜持说自己不好出去,不如让文嫂请他进来。西门庆进了卧室,看林太太——

头上戴着金丝翠叶冠儿,身穿白绫宽绸袄儿,沉香色遍地金妆花段子鹤氅,大红宫锦宽襕裙子,老鸦白绫高底鞋儿……西门庆一见便躬身施礼,说道:"请太太转上,学生拜见。"林氏道:"大人免礼罢。"西门庆不肯,就侧身磕下头去,拜两拜。妇人亦叙礼相还。拜毕,西门庆正面椅子上坐了,林氏就在下边梳背炕沿斜金相陪。

西门庆恭敬下跪,对方客气相让,接下来便是各自寒暄,一派冠冕堂皇,哪里像来偷情的,倒像外交使团觐见皇上。之后便是鱼水之欢,西门庆放出平生手段,对方自然心满意足。每次来到林太太这里,偷情就被描写得像一场恶战——

迷魂阵罢，摄魄旗开。迷魂阵上，闪出一员酒金刚，色魔王能争惯战；摄魂旗下，拥一个粉骷髅，花狐狸百媚千娇。

　　肉帛相见短兵相接，二者各取所需，互为猎物而已。

　　西门庆一定以为自己是胜利者，林太太都肯让他在自己身上烧香。把高高在上的贵妇揽于胯下，可比勾搭小厮的老婆更有成就感。

　　其实西门庆骨子里很自卑。

　　他曾对儿子官哥儿说：我的儿，你将来要当个文官，不要像你老子，西班出身，虽有兴头，却没十分尊重。提刑官虽然威风，但是花钱买来的。虽然他很富有，也只是清河县的一个土豪，没啥根基。

　　人性，其实脆弱又可笑。而性，也从来不仅仅是性。

4

　　不过，在《金瓶梅》里，两性关系也并非一边倒，样态更复杂、更微妙。跟权力一样，性也会遭遇反噬。

　　西门庆愈热衷于驯服对方，愈说明他并没有表面那么强大。

　　为了维持男性的雄风，西门庆经常需要各种辅助工具，他随身携带的淫器包里，装满了银托子、勉铃、颤声娇等，并一再加码，后期还要找胡僧要升级版的春药。

　　反过来，西门庆的身体也是女性的战场。

　　西门庆征服了林太太，但对于林太太，西门庆也是满足情欲的工具。在性别极不对等的文化和制度里，没有绝对的强者，强者也会被当作博弈的砝码，被裹进弱者的游戏里。在西门庆的后院，为争夺西门庆的过夜权，妻妾、情人之间明争暗斗，战争不断升级。西门庆也难逃被工具化的宿命。

众妻妾八仙过海，各显神通，战斗力最强的当然是潘金莲。

吴月娘最关心求子、钱财和大老婆的地位。她不想降低身段，也没性感资本，只好另出奇谋，走贤良路线，半夜烧香祈福来感动西门庆。好不容易换来西门庆求欢，她却来一句："教你上炕就捞食儿吃！"

还有老三孟玉楼，她会弹月琴，脸上几点白麻，不是第一眼美女，美而有韵。西门庆却对她并不走心，每到玉楼房里，两人谈的都是家务事，不是说潘金莲就是说吴月娘，客客气气，就像例行"敦伦"。西门庆喜欢娇俏、性感、白皙、顺从的女性，孟玉楼却比较含蓄又冷静，理性又独立，不是他的菜。

吴月娘、孟玉楼都属于社会人，在性的方面，放不开手脚。她们住在第四道仪门内，一个正房，一个西厢房，这是一个正常的生活和伦理空间。

而潘金莲和李瓶儿，却被作者安排在后花园里。后花园历来是偷情胜地，散发着非法的气质。《查泰莱夫人的情人》《安娜·卡列尼娜》《包法利夫人》《洛丽塔》《霍乱时期的爱情》……都是后花园式的偷情。

连后花园里的猫儿狗儿都不正经。第85回，媒婆薛嫂来找春梅，看见狗儿交配，便笑道："你家好祥瑞。"这是一个情欲的世界，也是一个法外之地，幽邃而狂放，女性甚至成了主导者。

李瓶儿早期的婚姻很失败，一度陷入性饥渴。遇见西门庆，正是干柴烈火，一心扑在西门庆身上："谁似冤家这般可奴之意，就是医奴的药一般。白日黑夜，教奴只是想你。"

潘金莲欲念奔放，李瓶儿则温柔缱绻。喝了酒更是"醉态颠狂，情眸眷恋"，算命先生说她"眼光如醉"，主桑中之约，自有无限风情。她出身富贵，颇有贵妇气派，即使跟西门庆偷情，也礼数满满，每次都花冠齐整，素服轻盈，倚帘栊盼望。西门庆来到，她忙移莲步，款促湘裙，下阶迎接——

> 欢喜无尽，忙迎接进房中。灯烛下，早已安排一桌齐整酒肴果菜，壶内满贮香醪。妇人双手高擎玉斝，亲递与西门庆，深深道个万福："奴一向感谢官人，蒙官人又费心酬答，使奴家心下不安。今日奴自治了这杯淡酒，请官人过来，聊尽奴一点薄情。"

西门庆曾对潘金莲说："李瓶儿怎的生得白净，身软如绵花，好风月，又善饮。俺两个帐子里放着果盒，看牌饮酒，常玩耍半夜不睡。"她还有奢侈品，比如宫里来的春宫画，缅甸的勉铃，都让金莲垂涎万分。

但李瓶儿终究是社会人，后来嫁给西门庆后，生了儿子官哥儿，一心当贤妻良母，息事宁人，不跟潘金莲争夺西门庆，总把西门庆撺到金莲房里。

而潘金莲一直欲望丰沛，花样翻新。她跟西门庆是绝配，是一对欲海的冤家，在性的方面极富想象力和行动力："醉闹葡萄架""兰汤邀午战""打猫儿金莲品玉""香腮偎玉""新试白绫带"……女主角都是她。她嫌银托子不好用，还别出心裁缝了一条白绫带代替。

在《荷马史诗》里，诗人这样描写维纳斯："她身上经常带着一条上面绣得奇奇怪怪的带子，里面包藏了她的全套魔术，有爱和情欲，以及要把一个聪明男人变成傻子的甜蜜迷魂话语。"

性感是天赋魔力，自带密码，很难分析。诗人荷马只好把性感的秘密归于维纳斯那条神秘的带子。

潘金莲是真心热爱性。她的性感既是天赋，也有后天环境的熏陶。她九岁被卖到王招宣府上，学会了各种技能，很早就穿一身扣身衫子，即紧身衣服，曲线毕露乔眉乔眼。她还会弹琵琶、调情，会写情书、扑蝴蝶……灵慧动人，活力四射，在《金瓶梅》里，她最性感。

书中说她"枕边风月，比娼妓尤甚"，张竹坡说作者以娼妓来形容潘金莲，是在暗骂她。不过，这句话真的饱含贬义？倒也未必。

作者对潘金莲，对女性的情欲，其实态度很暧昧，也很包容。《金瓶梅》不回避女性的情欲，甚至对此表示尊重。

他笔下的女性，全是熟女风情，各有其美。潘金莲欲念奔放，李瓶儿温柔缱绻，孟玉楼有理性美，庞春梅个性刚强。就连书中的三个妓女，李桂姐、吴银儿和郑爱月，也各有各的风格，或精明或厚道或娇媚，绝无犯笔。

正因为作者对女性没有偏见，她们显得格外迷人。因为有了身体、有了欲念，她们的美，花影斑驳，别具一格。

在兰陵笑笑生笔下，每个人都有杂色的历史，个体的爱欲，有辽阔的人性背景。因此，他笔下的性，绝不为性而性，丰富而驳杂：一面"二八佳人体似酥，腰间仗剑斩愚夫"；一面"情浓乐极犹余兴，珍重檀郎莫相忘"。一半是火焰，一半是海水。

这些情欲的故事里，有作者对欲念的悲悯，以及对生命的同情。

后花园的故事还没完。西门庆死后，陈敬济替代了他，一次次来到后花园跟金莲幽会，甚至"弄一得双"，把春梅也拉下了水。

身为《金瓶梅》三大主角之一，春梅戏份却很少。她"性聪慧，喜谑浪，善应对，生的有几分颜色"，一看就是有故事的女人。果然，后来金莲跟陈敬济的奸情败露，还是春梅仗义出手，"寄柬谐佳会"，给二人再创造机会。甚至还演出了三人行的戏码，被秋菊看个正着。

春梅曾劝金莲："你把心放开，料天塌了还有撑天大汉哩。人生在世，且风流了一日是一日。"看见阶下两只犬儿恋在一起，便说："畜生尚有如此之乐，何况人而反不如此乎？"能把性看得如此天经地义，且毫无道德负担，堪称最早的性解放者。

西门庆死后，她被卖给周守备，生了儿子被扶了正，还把陈敬济养了起来，还有别的情人，最后欲求无度死在了床上。

5

叔本华说："性爱才是这世界上真正的世袭君主。性欲及性的满足，是意志的焦点和意志的最高表现。"在他眼里，性欲就是"魔鬼"，被其控制的人生，相当悲催：欲望未遂是痛苦，欲望已遂是无聊，人生就如钟摆，在痛苦和无聊之间摆动。

这提醒我们，性既有自己的正义，也有自己的边界。

直面情欲的兰陵笑笑生，其实也在发问：性的尽头，到底是什么？

但在《金瓶梅》的世界里，没人有能力思考这些问题。肉身，是他们所有的疆域，他们个个欲火中烧，如末路狂花。西门庆死后，金莲勾搭上了陈敬济，最后还把王婆的儿子王潮拉上床；而西门庆，不再满足银托子、勉铃和颤声娇，在第49回，他遇见胡僧，终于得到了升级版春药，从此如虎添翼。

他万万想不到，这拉伸欲望的春药，会是他的催命符。

彼时，全书刚到一半，西门庆刚设宴招待巡抚一行，烈火烹油鲜花着锦，似乎可以永远如此繁华下去。但诱惑越来越多，西门庆的身体也不行了。从腊月起，他就感到身体沉重，害腿疼。他生命的最后一个月，日子格外缓慢，作者不再按年、月写，而是一天天来写。

刚过了大年初一，西门庆先后找了郑爱月、贲四嫂，又找了林太太、如意儿……何千户的娘子蓝氏来西门府做客，她娇媚动人，又富贵逼人，恰似翻版李瓶儿。

西门庆被激得欲情似火，"不见则已，一则魂飞天外，魄丧九霄，未曾体交，精魄先失"。情急之下，奸耍了迎面遇到的来爵媳妇。

彼时，他已经严重身体不适，腰酸背疼，外加倦怠嗜睡，但看到王经捎过来的东西：是王六儿"剪下的一柳黑臻臻、光油油的青丝，用五色绒缠就了一个同心结托儿，用两根锦带儿拴着，做的十分细巧"。

他观玩良久，满心欢喜，然后去找王六儿。事毕回家——

也有三更天气，阴云密布，月色朦胧，街市上人烟寂寞，闾巷内犬吠盈盈。打马刚走到西首那石桥儿眼前，忽然一阵旋风，只见个黑影子，从桥底下钻出来，向西门庆一扑。那马见了只一惊跳，西门庆在马上打了个冷战，醉中把马加了一鞭，那马摇了摇鬃，玳安、琴童两个用力拉着嚼环，收煞不住，云飞般望家奔将来……

这一段写得让人心惊肉跳。

西门庆腿软着被扶进金莲的房间，一上炕便鼾声如雷。金莲却欲火烧身，百般搓弄，酒意朦胧中，西门庆稀里糊涂地被灌了三粒胡僧药。因为药力极猛，潘金莲高潮连连，最后——

> 那管中之精猛然一股冒将出来，犹水银之泻筒中相似，忙用口接咽不及，只顾流将出来。初时还是精液，往后尽是血水出来，再无个收救。西门庆已昏迷去，四肢不收。妇人也慌了，急取红枣与他吃下去。精尽继之以血，血尽出其冷气而已。良久方止。妇人慌做一团，便搂着西门庆问道："我的哥哥，你心里觉怎么的！"西门庆亦苏醒了一回，方言："我头目森森然，莫知所以。"

是时候回放"潘金莲醉闹葡萄架"了。

那是六月的一个午后，葡萄架下的性事持续了很久。西门庆先把潘金莲用带子吊在葡萄架下，却故意不理她，其间春梅拿来酒菜，他甚至还午睡了一会儿……他这是想给潘金莲一点颜色看看，谁让她嘴尖牙利，最不服管束。

这一场性游戏，最后是这样结束的：

> 妇人触疼，急跨其身，只听磕碴响了一声，把个硫黄圈子折在里面。妇人则目瞑气息，微有声嘶，舌尖冰冷，四肢收弹于衽席之上。西门庆慌了，急解其缚，向牝中抠出硫黄圈来，折做两截。于是把妇人扶坐，半日，星眸惊闪，苏醒过来。因向西门庆作娇泣声，说道："我的达达，你今日怎的这般大恶，险不丧了奴的性命！今后再不可这般所为，

不是耍处。我如今头目森森然,莫知所以。"

这是第27回,全书最香艳的段落,你会读到比性更多的东西。

彼时,西门庆即将生子加官,抵达人生的巅峰,还是六月天气,一年中最炎热之际。可谓烈火烹油、鲜花着锦,潘金莲却在致命的快感中,差点丢了性命。

在性事之前,潘金莲弹起月琴,跟西门庆唱了一曲《梁州序》:

〔节节高〕清宵思爽然,好凉天。瑶台月下清虚殿,神仙眷,开玳筵。重欢宴,任教玉漏催银箭,水晶宫里笙歌按。

〔尾声〕光阴迅速如飞电,好良宵,可惜渐阑,拼取欢娱歌笑喧。

正是"可惜渐阑",正是"拼取欢娱歌笑喧",最欢乐的时节,已经埋下了死亡的种子。性与死之间那条秘密的通道,早就被打通了。

他们的最后一次性爱,角色颠倒了过来,轮到西门庆"头目森森然,莫知所以"。这一次,他再也撑不住了。七天后,西门庆下身流脓,声若牛吼,喘息了半夜,呜呼哀哉。

潘金莲灌西门庆春药时,张竹坡弹幕提醒我们:"与武大吃药时一般也。"没错,动作几乎是一致的:一个是"就势只一灌,一盏药都灌下喉咙去了"。一个是"拿烧酒都送到西门庆口内。醉了的人,晓的甚么?合着眼只顾吃下去"。

前后照应，如出一辙。原来，性的尽头，就是恐惧和死亡。

关于性，关于欲望，我们到底知道多少呢？

在法国哲学家雅克·拉康看来，"欲望是被可欲之物所激发出来的渴望"。可欲之物就是"他者"，而"欲望总是他者的欲望，但欲望作为存在之匮乏根本上是无法满足的"。所以，在拉康的理论里，欲望是"他者"决定的悲剧。

当然，在拉康的理论里，"欲望"是广义的，不只是指情欲。但这段话完全可以解释，西门庆、潘金莲这一对欲海里的冤家，是如何贪婪地相互索取而不知餍足，最后被自己的欲望吞噬。

勇敢的劳伦斯说他信任肉体："血和肉比智力更聪明，我们头脑中所想的可能有错，但我们的血所感觉到的，所相信的，所说的，永远是真实的。"木心却不赞同："听从肉体，当然快乐、疯狂，但我不敢，我也想问问劳伦斯敢不敢。"

我赞同木心。只有肉体是不行的。兰陵笑笑生一定也这么认为，所以，《金瓶梅》让我们看到了性的两面性：性有它的丰美，也有它的黑洞。通常的情色小说会刻意展览欲望，而伟大的文学写性，意在言外，探讨的是身心的界限，并拷问人性。

没有肉体的灵魂，会失之干枯；没有灵魂的肉体，却必然速朽。所以，西门庆必须死，潘金莲也必须死。

我一直认为，《金瓶梅》里有最严肃的两个主题：性和死亡。如果有足够的耐心和觉悟，透过生死欲念，我们可能会再次"认识自己"，打开另一个智慧的入口。

至于如何认识，认识到什么，那就看读者自己的能耐了。

那一届商人的欲望和恐惧

1

《金瓶梅》的地点，是山东清河和临清，《水浒传》里的武松故事，也叫"武十回"，却发生在山东阳谷县。

问题来了，既然兰陵笑笑生几乎全盘移植了这个故事，为啥单单要把地点改了？答案也许很简单：在阳谷，西门庆创建不了他的商业帝国。只有著名的运河码头临清，有商业、有城市，才有故事，才会有《金瓶梅》。

临清的发达，是因为明代的大运河。河流是城市的标配，欧洲早期的城市，罗马有台伯河，佛罗伦萨有阿诺河，伦敦有泰晤士河，巴黎有塞纳河。不过，在宋代，大运河是不经过山东的。大运河经过山东，临清成为钞关即收税的码头，那是明朝宣德年间的事。

这可以直接证明《金瓶梅》的时代背景，妥妥的是明代，而且是明代中后期。

《金瓶梅》是一个崭新的世界。在这里，有做小买卖的、说媒拉纤的、开店的、理发的，上层也在买官卖官……可谓全民皆商。

古语有"人为财死，鸟为食亡"，但传统的乡土社会，"力田树艺，鲜商贾"，人人安分守己，不远游，被土地牢牢拴住，几乎没有发财的机会。

在这里，传统的乡土生活消失了，取而代之的是一个喧闹的商业空间、城市生活。一时间，"兴贩贸通之利，以侈其耳目而荡其心"，人心散乱、欲望升腾，连空气里都飘荡着金钱的味道。

在《水浒传》里为西门庆拉皮条的王婆，在这里有不少同行，比如薛嫂、文嫂、陶妈妈，还有李瓶儿的奶妈冯妈妈，她们除了说媒，还提着花翠箱子，兼卖最时尚的首饰。她们能说会道，最能看透世道人心。

第7回，薛嫂向西门庆介绍孟玉楼，首先说她特别有钱，最后才说年龄长相，还会弹一手好月琴。西门庆一听，就喜上眉梢。薛嫂又教他去走杨姑娘的后门，这门亲事准成。果然，娶了孟玉楼和李瓶儿这俩有钱的寡妇后，西门庆又开了当铺，开始发达。

第88回，吴月娘们在门口说话，遇见了薛嫂——

> 薛嫂儿提着花箱儿，从街上过来。见月娘众人道了万福。月娘问："你往那里去来？怎的影迹儿也不来我这里走走？"薛嫂儿道："不知我终日穷忙的是些甚么。这两日，大街上掌刑张二老爹家，与他儿子和北边徐公公家做亲，娶了他侄女儿，也是我和文嫂儿说的亲事。昨日三朝，摆大酒席，忙的连守备府里咱家小大姐那里叫我，也没去，不知怎么恼我哩。"

"守备府咱家大小姐"其实是春梅,彼时,春梅已被卖给周守备,格外受宠。薛嫂掌握信息手段了得,各家后院的事,一清二楚,吴月娘和孙雪娥还有点不相信,后来在永福寺邂逅春梅,才发现薛嫂所言不虚,春梅真的发达了。

书里还有一个应伯爵,是一个妙人。绣像本第一回里他就出场了,人情练达,世事洞明,口齿生香,有了他,里里外外都充满快活的空气。曹公笔下的王熙凤,就跟他一脉相承。

他是帮闲,靠着西门庆过活。

西门庆当了副提刑,买了王招宣家的犀角带。伯爵连声夸赞:哥,这是水犀角,不是旱犀角,旱的不值钱。这水犀角号称通天犀,是无价之宝。整个京城都找不出来呢!太监送来几盆花,他说花好看,花盆更好,是"官窑双箍邓浆盆",花钱都买不到呢。他偏懂这些。

幸福是相对的,源于"我有,你没有"。作为清河县土豪,没应伯爵这样的人凑趣、抬轿子,西门庆岂非锦衣夜行?

《金瓶梅》堪称明代中叶的浮世绘——摇惊闺叶的货郎,箱子里有脂粉、花翠、汗巾,还有新鲜菊花。第23回,跟西门庆好上的来旺媳妇宋蕙莲,就买了两对鬓花大翠和两方紫绫闪色销金汗巾儿,一共花了七钱五分,相当于现在的五六百元人民币了。

第90回有一个情节,彼时西门庆已死,原来被发配的来旺,挑着担子,摇着惊闺叶,靠卖脂粉、花翠生活,来到西门府。原来他回到原籍徐州后,投在一个银铺里,学会了做银饰——

> 来旺儿一面把担儿挑入里边院子里来。打开箱子,用篮儿托出几样首饰来:金银镶嵌不等,打造得十分奇巧。大

姐与雪娥看了一回，问来旺儿："你还有花翠，拿出来。"这孙雪娥便留了他一对翠凤，一对柳穿金鱼儿。大姐便称出银子来与他。雪娥两样生活，欠他一两二钱银子，约下他："明日早来取罢。今日你大娘不在家，和你三娘和哥儿都往坟上与你爹烧纸去了。"

看来赚女人的钱，蛮容易的。正是借着这次上门，来旺跟孙雪娥又续了旧情，把她拐了出去私奔。

还有理发的。书中有个理发小周，会背着工具箱上门服务。西门庆在翡翠轩的小卷棚里，坐在凉椅上，除了头巾，打开头发——

> 小周儿铺下梳篦家活，与他篦头栉发。观其泥垢，辨其风雪，跪下讨赏钱，说："老爹今岁必有大迁转，发上气色甚旺。"西门庆大喜。篦了头，又叫他取耳，掐捏身上。他有滚身上一弄儿家活，到处与西门庆滚捏过，又行导引之法，把西门庆弄的浑身通泰。赏了他五钱银子，教他吃了饭，伺候着哥儿剃头。西门庆就在书房内，倒在大理石床上就睡着了。

十分贴心周到的服务，不仅理了发，还报告了健康指数，相当于现在的专业按摩院了。

还有算命先生。西门庆死后，孟玉楼跟吴月娘清明节上坟，被李衙内看上。官媒陶妈妈来提亲，拿了玉楼的婚帖——

> 因见婚帖儿上写"女命三十七岁，十一月二十七日子

时生",说:"只怕衙内嫌年纪大些,怎了?他今才三十一岁,倒大六岁。"薛嫂道:"咱拿了这婚帖儿,交个过路的先生,算看年命妨碍不妨碍。若是不对,咱瞒他几岁儿,也不算说谎。"

二人走来,再不见路过响板的先生,只见路南远远的一个卦肆,青布帐幔,挂着两行大字:"子平推贵贱,铁笔判荣枯;有人来算命,直言不容情。"帐子底下安放一张桌子,里面坐着个能写快算灵先生。这两个媒人向前道了万福,先生便让坐下。薛嫂道:"有个女命累先生算一算。"向袖中拿出三分命金来,说:"不当轻视,先生权且收了,路过不曾多带钱来。"先生道:"请说八字。"陶妈妈递与他婚帖看,上面有八字生日年纪,先生道:"此是合婚。"一百捏指寻纹,把算子摇了一摇,开言说道:"这位女命今年三十七岁了,十一月廿七日子时生。甲子月,辛卯日,庚子时,理取印绶之格。女命逆行,见在丙申运中。丙合辛生,往后大有威权,执掌正堂夫人之命。四柱中虽夫星多,然是财命,益夫发福,受夫宠爱,这两年定见妨克,见过了不曾?"薛嫂道:"已克过两位夫主了。"先生道:"若见过,后来好了。"薛嫂儿道:"他往后有子没有?"先生道:"子早哩。直到四十一岁才有一子送老。一生好造化,富贵荣华无比。"取笔批下命词四句道:

娇姿不失江梅态,三揭红罗两画眉。

会看马首升腾日,脱却寅皮任意移。

薛嫂问道:"先生,如何是'会看马首升腾日,脱却寅皮任意移'?这两句俺每不懂,起动先生讲说讲说。"先生道:"马首者,这位娘子如今嫁个属马的夫主,才是贵星,享受荣华。寅皮是克过的夫主,是属虎的,虽是宠爱,只是偏房。往后一路功名,直到六十八岁,有一子,寿终,夫妻偕老。"两个媒人说道:"如今嫁的倒果是个属马的,只怕大了好几岁,配不来。求先生改少两岁才好。"先生道:"既要改,就改做丁卯三十四岁罢。"薛嫂道:"三十四岁,与属马的也合的着么?"先生道:"丁火庚金,火逢金炼,定成大器,正合得着。"当下改做三十四岁。

之所以放这一大段原文,是因为太有意思了。

这三个人都有自己的小算盘:薛嫂和陶妈妈想得谢媒钱,算命先生想挣算命钱,便以算命为名,擅自"改命",却又各自说得正大堂皇。幸好,孟玉楼和李衙内倒是书中难得的好姻缘,也算是积了德。这些人善耶?恶耶?还真没那么容易说清楚。

说起来,孟玉楼当年嫁给西门庆,被薛嫂和西门庆半哄半骗了,结果当了第三房小妾,还不受待见,为此郁郁不乐了七年。最后爱嫁了李衙内,算是败也薛嫂、成也薛嫂了。

2

喜欢历史演义和英雄传奇的,可能读不下《金瓶梅》。可是,这才是真正的小说——有世相,有众生相,有生命的恣意生长。

绣像本金瓶梅,开头写"酒色财色"最害人,其中"财色"尤为厉害。没钱的,无限凄凉,"一朝马死黄金尽,亲者如同陌路人"。有钱的呢?"富在深山有远亲",颐指气使,拥有一切。

有没有看到作者态度的游移?兰陵笑笑生一面写热腾腾的市

井生活，看见金钱对人生的积极作用；另一面，又对金钱缺乏信任，认为金钱能激发欲望，而过度的欲望又能让人过得很苦、很败坏。

如何获得平衡，确实是难题。

不过，金钱，未必败坏人心，只会考验人心。讲真，人心难道不是亘古如斯？不然孔子也不会感慨世风日下，也不会历朝历代都有人哀叹人心不古了。说到底，金钱是中性的，自身没有道德属性，它只是工具，非善非恶。它可以让人堕落，也可以给人尊严及自由。

所以，这个世界，方生方死，方死方生，在混乱中孕育可能。

在这个世界里，只要肯想办法，每个人都能活下去，甚至活得有滋有味。

再说说孟玉楼。她选择嫁给西门庆，说明在婚姻上有一定的自主性，这在传统乡土社会根本不可能。别说带着大量钱财再嫁，就连净身再嫁，也会困难重重。

孟玉楼出嫁时，杨姑娘因为拿了西门庆的好处，全力支持，张四舅捞不到好处，就出面作梗。杨姑娘对围观的众人说：

"他（孟玉楼）身边又无出，少女嫩妇的，你拦着不教他嫁人做什么？"众街邻高声道："姑娘见得有理！"

看，寡妇再嫁成了天经地义。后来孟玉楼又带着钱三嫁李衙内，有了一个相对美满的归宿。

一个能给人选择机会的社会，好过一潭死水。

还有武大卖炊饼，虽是小本生意，在金莲的帮助下，也能典一所严谨的院落。王婆喊金莲过去帮忙做送终衣服，武大还让金莲拿出三百文钱，给王婆买酒。在紫石街，虽不是富人，但也衣食无忧。

捉奸的郓哥呢？书中说他靠在酒店里卖时新果品度日，是水果小贩。事发那天他挎着一篮雪梨，到处找西门庆。这小打小闹，也能养活自己和家中老爹。

除了帮闲，还有妓女、小优、女先生。西门庆拿五十两银子梳笼了李桂姐，每月二十两包养；李铭们卖力供唱；申二姐是盲女，会唱很多曲子：

> 先拿筝来唱了一套"秋香亭"，然后吃了汤饭，添换上来，又唱了一套"半万贼兵"。落后酒阑上来，西门庆吩咐："把筝拿过去，取琵琶与他，等他唱小词儿我听罢。"那申二姐一径要施逞他能弹会唱。一面轻摇罗袖，款跨鲛绡，顿开喉音，把弦儿放得低低的，弹了个四不应《山坡羊》。唱完了，韩道国教浑家满斟一盏，递与西门庆。王六儿因说："申二姐，你还有好《锁南枝》，唱两个与老爹听。"那申二姐就改了调儿，唱《锁南枝》……

唱的都是明代的流行歌曲，从中还可以获取明代中后期民间的娱乐资讯。

青楼里还有穿蓝缕衣的"架儿"，拿瓜子零食献给西门庆，西门庆便赏一两块银子。这些"架儿"本就是闲散人员，靠这个能有点微薄收入。还有穿青衣的"圆社"，三个人陪西门庆和李桂姐踢气球，一下午赚一两五钱银子。宋代的高俅靠踢球投宋徽宗所好，当上了大官，猫有猫道，狗有狗道，这些"圆社"也能赚点小钱花花。

靠自己的本事挣钱吃饭，不丢人。让所有人都能活下去的，才是活色生香的人间，这是生命的权利，也是最大的慈悲。

还有走街串巷的磨镜老叟。孟玉楼和潘金莲让来安提了大小八面镜子，又抱了四方穿衣镜过来，磨好了——

玉楼便令平安，问铺子里傅伙计柜上要五十文钱与磨镜的。那老子一手接了钱，只顾立着不去。玉楼教平安问那老子："你怎的不去？敢嫌钱少？"那老子不觉眼中扑簌簌流下泪来，哭了。平安道："俺当家的奶奶问你怎的烦恼。"老子道："不瞒哥哥说，老汉今年痴长六十一岁，在前丢下个儿子，二十二岁尚未娶妻，专一浪游，不干生理。老汉日逐出来挣钱养活他。他又不守本分，常与街上捣子耍钱。昨日惹了祸，同拴到守备府中，当土贼打回二十大棍。归来把妈妈的裙袄都去当了。妈妈便气了一场病，打了寒，睡在炕上半个月。老汉说他两句，他便走出来不往家去，教老汉逐日抓寻他，不着个下落。待要赌气不寻他，老汉恁大年纪，止生他一个儿子，往后无人送老；有他在家，见他不成人，又要惹气。似这等，乃老汉的业障。有这等负屈衔冤，各处告诉，所以泪出痛肠。"玉楼叫平安儿："你问他，你这后娶婆儿今年多大年纪了？"老子道："他今年五十五岁了，男女花儿没有，如今打了寒才好些，只是没将养的，心中想块腊肉儿吃。老汉在街上恁问了两三日，白讨不出块腊肉儿来。甚可嗟叹人子。"玉楼道："不打紧处，我屋里抽屉内有块腊肉儿哩。"即令来安儿："你去对兰香说，还有两个饼锭，教他拿与你来。"金莲叫："那老头子，问你家妈妈儿吃小米儿粥不吃？"老汉子道："怎的不吃！那里有？可知好哩。"金莲也叫过来安儿来："你对春梅说，把昨日你姥姥捎来的新小米儿量二升，就拿两根酱瓜儿出来，与他妈妈儿吃。"那来安去不多时，拿出半腿腊肉、两个饼锭、二升小米、两个酱瓜儿，叫道："老头子过来，造化了你！你家妈妈子不是害病想吃，只怕害孩子坐月子，想定心汤吃。"那老子连忙双手接了，安放在担内，望着玉楼、金莲唱了个喏，扬长挑着担儿，摇着惊闺叶去了。平安道："二位娘不该与他这许多东西，被这老油嘴设智诓的去了。他妈妈子是个媒人，昨日打这街上走过去不是，几时在家不好来！"金莲道："贼囚，你早不说做甚么来！"平安道："罢了，也是他造化，可可二位娘出来看见叫住他，照顾了他这些东西去了。"

孟玉楼和潘金莲本是一片好心，结尾却有点出乎意料。

我初读《金瓶梅》时，会为书中人物的"堕落"唏嘘，读得多了，却越来越能体会作者的宽容态度。

偶尔撒一个小谎，也不算伤天害理吧？至少，比起那动辄一怒而安天下，血流漂杵的"英雄"们，磨镜叟的小谎言，都算不上恶。还是小厮平安说得好：也是他的造化，随他去吧。

3

第58回，西门庆、乔大户合伙开绸缎铺，雇了韩道国、甘出身和崔本做伙计。三方批了合同，应伯爵是保人，利润分配：西门庆三分，乔大户三分，其余三分由伙计均分。

这已经是股份制的雏形了，乃民间自发形成，不是圣人或皇上设计的。我们总以为,《金瓶梅》的世界里,传统道德崩塌,新道德尚未形成,人性一片荒芜。但设想一下——如有足够的时间,没有权力的干预,规则会不会自然生长出来?不道德的人,会不会组成有道德的社会?

亚当·斯密就推崇自发秩序:个人在经济生活中只考虑自己的利益,但受"看不见的手"驱使,通过分工和市场,是可以做到你好我好大家好的。他相信:市场可以孕育道德,道德可以自然生长。

《红楼梦》第22回,宝玉去看宝钗,黛玉不开心,宝玉安慰她:"你难道连'亲不间疏,先不僭后'也不知道?"宝玉这是劝黛玉:咱俩的关系,是姑舅亲,可比宝姐姐亲多了。关系分远近,这是典型的儒家伦理——适应宗法社会的"差序格局",以血缘论亲疏远近。

费孝通在《乡土中国》里说:

> 我们的格局不是一捆一捆扎清楚的柴,而是好像把一块石头丢在水面上所发生的一圈圈推出去的波纹。每个人都是他社会影响所推出去的圈子的中心。被圈子的波纹所推及的就发生联系。每个人在某一时间某一地点所动用的圈子是不一定相同的。
>
> 我们社会中最重要的亲属关系就是这种丢石头形成同心圆波纹的性质。亲属关系是根据生育和婚姻事实所发生的社会关系。从生育和婚姻所结成的网络,可以一直推出去包括无穷的人,过去的、现在的和未来的人物。

所以,传统的伦理体系里,有亲人、熟人的位置,却没有陌生人的位置。可是,发生在城市里的商业活动,交易双方往往是陌生人关系,需要新的交往规则。旧的社会格局虽然逐渐被打破,新的规则没那么容易建立,那怎么办?就想办法"拟亲化",把陌生人变成自己人。

有意思的是,西门庆很早父母双亡,他没亲族,没兄弟姐妹,没三姑六婆,孤零零一个,像从石头缝里蹦出来的。那些结义兄弟、吴大舅、大妗子、杨姑娘、潘姥姥、乔亲家、干女儿……不是干的、伪的,就是妻妾的娘家人。

作者这么安排,也许就是想摆脱旧的家庭伦理关系,让西门庆成为一个彻头彻尾的新人。

一开头"西门庆热结十兄弟",西门庆和应伯爵们来到玉皇庙结拜,吴道官主持结拜仪式,又是"桃园义重",又是"管鲍情深"。春梅和韩道国们虽都叫西门庆"爹",叫吴月娘"娘",但春梅是花钱买来的,韩道国是西门庆雇的伙计,有合作契约。这是想通过模拟血缘关系,在陌生人之间建立信任。

商业社会是陌生人的社会。熟人社会可以靠口碑、靠情谊,这是天然的信任纽带。而陌生人之间,要合作,这需要信任,相互之间是独立个体,这需要界限。

如何建立信任,又能保持界限呢?传统道德真的无能为力。

很多研究者都说在《金瓶梅》里,传统的道德和价值全面崩解,出现了价值的真空,认为作者对人性悲观,对社会绝望。其实,换个角度看,《金瓶梅》展示了一个全新的世界,这里是城市生活,是商业社会,这其实预示着某种新型的人际关系。

韩道国的老婆王六儿跟小叔通奸,被几个好事的街坊捉去报官。韩道国求应伯爵找西门庆通融,王六儿被放出来了,好事者反被衙门打了一顿。家属们又凑了四十两银子找应伯爵帮忙……

应伯爵这个人，居然两头吃，还吃得从容利落，啧啧。

这件事写得花团锦簇，有处趣笔：这些好事的人，分别叫"管世宽""车淡""游守"和"郝贤"，都被打惨了。对王六儿和小叔这事，兰陵笑笑生的态度很明确："关你屁事！"这在传统乡土社会是不可能的。

这符合现代社会的"群己权界"——公共领域和私人领域严格分清。在私人领域里，我是我，你是你，别用你的标准绑架我。简言之，是"关我屁事"和"关你屁事"。

后来西门庆帮王六儿和韩道国换了新房，搬到了市中心的繁华地段，新邻居对二人不敢怠慢，称呼他们韩大哥、韩大嫂……这种情况在传统社会是不可能的，在《金瓶梅》里，却很寻常。

无他，世界不同而已。

《金瓶梅》的世界，真是繁盛。袁宏道说得对，这本书确实云霞满纸，有无限烟波。

4

这本书的作者兰陵笑笑生，我们却几乎一无所知。很多人认为，他应该生活在明嘉靖到万历年间，即16世纪中后期，这也是《金瓶梅》的时代背景。

彼时，大运河开通漕运，商业经济空前繁荣——北到北京通州，南至江南，有数十个漕运码头。北方的棉花运到南方，南方的稻米、丝绸等也源源不断运到北方，临清正是其中的重要枢纽。

不要小看这个地方，在明代中后期，临清可是八大钞关之一，地位和繁华程度跟苏州、杭州差不多，堪称北方的深圳。

书中有大量的南方货物和江南方言，因此有人说兰陵笑笑生该是江南人士，可是，书中的山东土话更多。根据方言来判断作者的籍贯，其实是靠不住的，因为语言是流动的。作者也可能是北方人，经常去南方。

南方代表富裕和时尚。孟玉楼的拔步床，是南京的；黄四为答谢西门庆，送来四样鲜物：一盒鲜乌菱，一盒鲜荸荠，四尾冰湃的大鲥鱼，一盒枇杷果，也来自南方；一次，郑爱月从西门庆袖子里掏出了紫绉纱汗巾儿，上拴着一副拣金挑牙儿，正是西门庆的扬州船上带来的。

生意做得最大的，当然是西门庆。他有生药铺、绸缎铺、绒线铺和典当铺。绸缎、绒线自然从南方贩运，他的伙计经常跑到扬州、松江去贩布。绸缎铺在第59回开张，亲朋好友都来贺喜，当天就卖了五百多两银子，西门庆满心欢喜。

彼时，官哥儿刚死，他真是务实的商人。

都说西门庆贪淫好色，为富不仁，其实他很有经济头脑，精明干练。第16回，西门庆正跟李瓶儿厮混，玳安骑马来接——

> 玳安说："家中有三个川广客人，在家中坐着。有许多细货要科兑与傅二叔，只要一百两银子押合同，约八月中找完银子。大娘使小的来请爹家去理会此事。"西门庆道："你没说我在这里？"玳安道："小的只说爹在桂姨家，没说在这里。"西门庆道："你看不晓事！教傅二叔打发他便了，又来请我怎的？"玳安道："傅二叔讲来，客人不肯，直等爹去，方才批合同。"李瓶儿道："既是家中使孩子来请，买卖要紧，你不去，惹的大娘不怪么？"西门庆道："你不知，贼蛮奴才，行市迟，货物没处发兑，才上门脱与人。若快时，他就张致了。满清河县，除了我家铺子大，发

货多,随问多少时,不怕他不来寻我。"妇人道:"买卖不与道路为仇,只依奴到家打发了再来。往后日子多如柳叶儿哩。"西门庆于是依李瓶儿之言,慢慢起来,梳头净面,戴网巾,穿衣服。李瓶儿收拾饭与他吃了,西门庆一直带着个眼纱,骑马来家。

一方面西门庆好整以暇,说明他非常有判断力,另一方面他家的铺子最大,说明他在清河县做的是垄断型生意。

第77回,花大舅来找西门庆,说有无锡米,客人因冻了河,要卖掉回家。他拒绝,因为冻河都没人要,解了大量米来了,肯定跌价。

临死时,他给女婿陈敬济交代家底:缎子铺五万本钱,绒线铺六千五百两,绸绒铺五千两,印子铺二万两,生药铺五千两,再加上其他七七八八,大概一共十万余两。按保守的1∶600折算,相当于六千万至一亿元人民币。

作为清河首富,西门庆堪称那个商业时代的代言人。《金瓶梅》是第一部以商人为绝对主角的小说,也是第一部在社会、政治、经济、私生活方面,全方位呈现商业活动的长篇小说。

教科书上曾说,明代中叶以来的商业经济,代表了资本主义的萌芽。不过,一种新的社会形态,需要多重合力共同演化——欧洲资本主义的兴起,新富阶层功不可没:有独立的文化追求;联合一切力量,跟王权和教权拉锯,为自己争取充分的政治空间;资助并推动科学发明,促进大规模的工业革命。

显然,西门庆这届不行。

他的财富积累,一是靠娶有钱的寡妇;一是低买高卖,长途贩运,没什么技术含量;一是官商勾结,靠权力发财。他当了蔡太师的干儿子，做了副提刑；送蔡状元们银子，后来，蔡状元当了巡盐御史，让西门庆早支了一个月盐引；还贿赂税官，偷税漏税。

靠钻制度的空子，催生不出独立的富人阶层。他也没什么文化追求——盖房子、做官、赚钱、享乐、泡女人、修缮一下祖坟，是他所有的理想。《二刻拍案惊奇》里说徽州人："乌纱帽、红绣鞋，一生只这两件不争银子，其余诸事悭吝了。"这句话说西门庆也很合适。

指责西门庆们堕落，欲望泛滥，导致了明代的灭亡，听上去没毛病。商业是罪恶，扰乱人心和秩序，是明代中后期的文人最热衷谈论的，并为此痛心疾首。

把时代的衰落，归咎于商业和商人道德，其实对西门庆们也不公平。

因为他们也普遍缺乏安全感——商业经济发达了，运河上南来北往的商船，临清有很多南方的商人，西门庆也经常派来旺、韩道国们去江南贩布……可是，制度还是老样子。早年，明太祖曾经禁止商人穿丝绸的法令虽然不再有效，但商人的权利几乎没有任何保障。法律上，也没有相应的条律，来应对越来越多的商业纠纷，更没有什么专门的合同法。

李瓶儿在嫁过来之前，因为西门庆亲家出事，慌乱中嫁给了一个太医蒋竹山，出钱给他开了一个生药铺。

西门庆让两个小混混给蒋竹山一点颜色瞧瞧。这两个人杜撰了蒋竹山签名并盖印的借款文书，去官府告他赖账。夏提刑一看："有保人，借票，还这等抵赖。看这厮咬文嚼字模样，就象个赖债的。"手下不由分说，拖着打了蒋竹山三十大板，让他拿出银子来还债，不然就要收监。先不说这句话充满偏见，就说这同一个提刑,管刑事,又管民事,还负责经济纠纷案件,也是够混乱的。

第42回的元宵节,西门庆和应伯爵在狮子街看灯,十兄弟中的祝实念找过来,说王三官跟许不与借了三百两银子,自己和孙寡嘴当保人,他嫌孙寡嘴把借契写得太实在了——

> 祝实念道:"我那等吩咐他,文书写滑着些,立与他三限才还。他不依我,教我从新把文书又改了。"希大道:"你立的是那三限?"祝实念道:"头一限,风吹辘轴打孤雁;第二限,水底鱼儿跳上岸;第三限,水里石头泡得烂。这三限交还他。"谢希大道:"你这等写着,还说不滑哩。"祝实念道:"你到说的好,倘或一朝天旱水浅,朝廷挑河,把石头吃做工的两三镢头砍得稀烂,怎了?那时少不的还他银子。"众人说笑了一回。

虽然有点夸张,但也透露出了时代风气:借钱不还才是正道。不必责备人心做九斤老太之叹,因为人心也是要靠制度约束的。

至于西门庆这样成功的企业家,还有更深的忧虑。

第57回,西门庆对几个月的官哥儿说:"儿,你长大来还挣个文官。不要学你家老子做个西班出身,虽有兴头,却没十分尊重。"这句话什么意思呢?是对权力的向往。没有权力傍身的金钱,根基必定不稳。即使有权力傍身,也未必稳固。

第18回,西门庆的亲家陈洪被弹劾,女婿女儿连夜带着家私投奔西门庆。他赶紧去东京疏通关系,李瓶儿也不娶了,花园也不盖了,紧闭大门,惶惶了一个多月。

吴月娘宽慰他:"他陈亲家那边为事,各人冤有头债有主,你也不需焦愁如此。"西门庆说："你妇人都知道些甚么？陈亲家是我的亲家，女儿、女婿两个孽障搬来咱家住着，平昔街坊邻居恼咱的极多，常言：'机儿不快梭儿快，打着羊驹驴战。'倘有小人指捣，拔树寻根，你我身家不保。"

西门庆的恐惧，是因为深知其中利害。这让我想起《红楼梦》里的贾政，突然被宣进宫后，贾家上下包括贾母，皆惊惧不安，待听到是元春才选凤藻宫，才放下心来。

卡尔·波普尔说："未来是开放的，由我们所有人决定……但是，我们能做什么，又受限于我们的理念与希望，我们的期盼与恐惧。"被恐惧和焦虑折磨的人群，怎么决定未来呢？

在皇权制度下，不管是资本主义萌芽，还是民间社会的丰饶、西门庆的财富，甚至钟鸣鼎食之族，都难以持久。

《金瓶梅》和《红楼梦》，一个写土豪，一个写贵族，前后相距百年，却都"悲凉之雾，遍被华林"，这是一种苍凉的末世感——每个日子都摇摇欲坠，每颗人心都焦虑不安。

所有的繁华、所有的荣耀，不过是春梦一场。

乱红错金

《金瓶梅》洞悉人心和欲望，提醒我们诚实面对自己；《红楼梦》要回答的是：「什么样的人生才值得一过？」

一代又一代中国人，在饭桌上沉沦

1

《水浒传》里，英雄好汉大块吃肉，大碗喝酒，画风是这样的："小二，烫酒上来，切几斤熟牛肉！"

吴用请阮家兄弟："沽了一瓮酒，借个大瓮盛了，买了二十斤生熟牛肉，一对大鸡。"

终于有一次讲究的，宋江喝起了鲜鱼汤。这可苦坏了李逵，把别人碗里的鱼肉和鱼骨头都用手捞着吃了，还没吃饱，宋江只好又给他买了二斤熟牛肉。好笑的是，喝了鲜鱼汤之后，宋江夜里却闹了一晚上肚子，都晕过去了。

再看鲁智深的一顿大餐："那庄家连忙取半只熟狗肉，捣些蒜泥，将来放在鲁智深面前。智深大喜，用手扯那狗肉，蘸着蒜泥吃。一连又吃了十来碗酒。吃得口滑，只顾要吃，那里肯住。"

相比孙二娘的人肉包子，郑天寿的人心刺身……狗肉算是文明的了。

梁山好汉的人生，就是打打杀杀，也只能这样吃。反之，吃得如此粗陋、残忍，才会"生活在别处"，去打打杀杀。

所以，英雄演义的尽头，才有吃喝拉撒，凡人的生活。

我们来看西门府最寻常的一天。

第23回，潘金莲、李瓶儿和孟玉楼一起下棋，李瓶儿输了，出钱做东道。金莲让人买了坛金华酒，一个猪头和四个蹄子，教来旺媳妇宋蕙莲去烧——

> 走到大厨灶里，舀了一锅水，把那猪首蹄子剃刷干净，只用的一根长柴禾安在灶内，用一大碗油酱，并回香大料，拌的停当，上下锡古子扣定。那消一个时辰，把个猪头烧的皮脱肉化，香喷喷五味俱全。将大冰盘盛了，连姜蒜碟儿，用方盒拿到前边李瓶儿房里，旋打开金华酒来。

对了，"上下锡古子扣定"是密封，原理类似现代的高压锅，才能在两个小时内，用一根柴火烧烂，果然是宋蕙莲的绝活。潘金莲们居然吃起了红烧猪头肉！真是出乎意料。按照宋蕙莲的方式来烧，我们也能烧得八九不离十。

比起《水浒传》，《金瓶梅》里的美食，有了色香味，有了人间烟火气。

第52回，西门庆留下应伯爵、谢希大，吃"水面"。配菜是十香瓜茄、五香豆豉、糖蒜，还有酱油浸的鲜花椒、蒜汁，以及一大碗猪肉卤。"各人自取浇卤，倾上蒜醋"，应、谢二人"只三扒两咽就是一碗，两人登时狠了七碗"。

吃猪肉卤水面、红烧猪头肉，太接地气了。

不过，这顿水面看着简单，其实猪肉卤是有来历的。原来宋巡按送来一口鲜猪，西门庆让厨子卸开，用椒料连猪头烧了，与兄弟们共享。所以，吃的不是猪肉，而是背后的权力。

《金瓶梅》假托宋代,实写明中后期,彼时,商业经济极其发达。西门庆本是商人,靠贿赂东京蔡太师,当上了副提刑,一时风头无两。升官的同时,李瓶儿生了儿子,西门庆起名为"官哥儿",希望儿子官哥儿能"挣个文官",因为武官"虽有兴头,却没十分尊重"。

西门庆跟乔大户结了娃娃亲,后者只是商人,西门庆嫌弃他戴白帽,跟自己坐在一起不雅相。后者通过西门庆,捐了一个官,马上"冠带青衣,四个伴当跟随",气象大不同。

没有权力傍身的金钱,孤单又脆弱。吃从来都不简单,背后有人心、文化、金钱和权力。

当了官的西门庆,吃得越发高级。第34回,应伯爵来了——

> 西门庆陪伯爵在翡翠轩坐下。因令玳安放桌儿:"你去对你大娘说,昨日砖厂刘公公送的木樨荷花酒,打开筛了来,我和应二叔吃,就把糟鲥鱼蒸了来。"伯爵举手道:"我还没谢的哥,昨日蒙哥送了那两尾好鲥鱼与我。送了一尾与家兄去。剩下一尾,对房下说,拿刀儿劈开,送了一段与小女,余者打成窄窄的块儿,拿他原旧红糟儿培着,再搅些香油,安放在一个磁罐内,留着我一早一晚吃饭儿,或遇有个人客儿来,蒸恁一碟儿上去,也不枉辜负了哥的盛情。"

西门庆告诉应伯爵,这是刘太监送来的,他托我办事,"宰了一口猪,送我一坛自造荷花酒,两包糟鲥鱼,重四十斤,又两匹妆花织金段子,亲自来谢。彼此有光,见个情分"。

鲥鱼非一般平民能享,全因西门庆的权势,所以应伯爵要尽力奉承。西门庆也想在应伯爵面前炫耀自己的权力。二人一唱一和,各取所需,十分融洽。

两人说着话,晚饭时间到了——

> 酒菜齐至。先放了四碟菜果,然后又放了四碟案酒,鲜红邓邓的泰州鸭蛋,曲湾湾王瓜拌辽东金虾,香喷喷油炸的烧骨秃,肥肥干蒸的劈酒鸡。第二道又是四碗嗄饭:一瓯儿滤蒸的烧鸭、一瓯儿水晶膀蹄、一瓯儿白炸猪肉、一瓯儿炮炒的腰子。落后才是里外青花白地磁盘,盛着一盘红馥馥柳蒸的糟鲥鱼,馨香美味,入口而化,骨刺皆香。西门庆将小金菊花杯斟荷花酒,陪伯爵吃。

这一段美食,是在词话本里的,《绣像批评金瓶梅》只有一句:"酒菜齐至。西门庆将小金菊花杯斟荷花酒,陪应伯爵吃。"

绣像本是经过高人加工润色的,故而更加省净,也更有文人气。但词话本亦有长处,比如保留了很多当时的曲文以及食物名称、服装样式……虽然冗沓,却是第一手的市井风俗记录,极其珍贵。

比如第72回,西门庆从东京述职回到家,先在吴月娘房里歇了一夜,第二晚来到潘金莲房里。潘金莲赶紧亲自点了一盏浓浓艳艳的茶"芝麻盐笋栗丝瓜仁核桃仁夹春不老海青拿天鹅木樨玫瑰泼卤六安雀舌芽茶",乖乖,一口气都读不过来,这盏茶可是相当费功夫了。

我对茶没研究,只知明代文人已经开始喜欢喝清茶,认为调味茶乱加东西,掩盖了茶本身的香气。但土豪就是土豪,西门庆家里的茶都是"重"口味的。第75回,玉箫丫头招待申二姐的是"芫荽芝麻茶",芫荽就是香菜,对今天的我们,这可真有点黑暗料理了。

绣像本没有这些,确实简洁了,却也少了一点吃吃喝喝的趣味。

吃货应该更喜欢词话本。对待吃,词话本明显更热情、更投入,盆满钵满排山倒海,尽显老饕本色。

再回到第52回。吃完水面,黄四送来了鲜物:一盒鲜乌菱、一盒鲜荸荠、四尾冰湃的大鲥鱼、一盒枇杷果。然后是晚饭。妓女李桂姐也来了,西门庆遣人去东京为她说情,她斟酒弹唱,很殷勤。晚饭来了——

> 两大盘烧猪肉,两盘烧鸭子,两盘新煎鲥鱼,四碟玫瑰点心,两碟白烧笋鸡,两碟炖烂鸽子雏儿。然后又是四碟脏子、血皮、猪肚、酿肠之类。

《绣像批评金瓶梅》照例删掉了这段,简化成"两大盘烧猪肉并许多菜肴"。

烧鸭子、炖鸽子是西门家最常吃的。主食则有蒸饼、卷饼、乳饼、面条、包子、桃花烧麦和粽子,有时候也吃软香稻粳米饭儿,属于南北方混搭。还有各种点心——果馅椒盐金饼、蒸酥果馅饼儿、玫瑰菊花饼儿、黄韭乳饼、冷糕、花糕、定胜糕、搽穰卷儿、松花饼、糖薄脆、白糖万寿糕、玫瑰搽穰卷儿果馅寿字雪花糕、酥油松饼、芝麻象眼、玫瑰元宵饼、山药烩的红肉圆子、彩卷儿果馅凉糕、檀香糕、干糕、玫瑰饼、果馅顶皮酥、玫瑰八仙糕、五老定胜方糕、㿲子麻花……

真让人眼花缭乱。电脑前码字的我,口水都要流下来了。

2

中国人对"吃"的热情,独一无二、天下无双——吃统摄了一切,大家见面会问:"吃了吗?""下次,我请你吃饭。"是日常寒暄,也是交际。所有的节日,也都成了美食节,除夕、元宵节、中秋节各有各的代表食品,就连清明节前一天,也成了"寒食节"。

吃,从不缺席。

美食带来的快感,每个中国人都熟悉——舌尖颤动,口腔充实,胃被熨帖,时间消失了,刹那即永恒……此时此刻,原本隐匿的自我,瞬间被放大,变得清晰可感,活着真好!

吃,代表着世俗的快乐,也是一种自我认同。

为了全方位滋养肉体,更是绞尽脑汁,赋予食物以美感和价值。

第67回出现两个小吃。一个是"衣梅":用橘叶裹着,喷鼻香,犹如饴蜜。伯爵猜是糖肥皂或梅酥丸,西门庆笑道:这是衣梅。拿各种药料,用蜜炼制过,滚在杨梅上,外用薄荷、橘叶包裹,每日清晨噙一枚,生津补肺、去恶味、煞痰火、解酒克食,比梅酥丸好。

还有酥油泡螺:"上头纹溜,就象螺蛳儿一般,粉红、纯白两样儿。"只有李瓶儿会做,入口而化,应伯爵说吃了它能"牙老重生""抽胎换骨""胜活十年人",这是帮闲的夸张,但酥油泡螺确实做起来很烦琐。

据网友说,是把牛奶倒进缸里,自然发酵,煮成奶渣,使劲搅拌,分离出奶油,加蜂蜜或蔗糖,凝结后,挤到盘子上,一边挤、一边旋转,一枚枚小点心横空出世,底下圆,上头尖,螺纹一圈又一圈。

这不仅要耐心，还要一颗吃货的心。

《金瓶梅》里还有一款酿螃蟹。西门庆赞助穷朋友常峙节买了一套房子，常二嫂做了四十只大螃蟹答谢：剔剥净了，里面酿着肉，外面用椒料、姜蒜米儿团粉裹就，香油、酱油醋造过，香喷喷酥脆好吃。吴大舅啧啧称赞：我长这么大，真不知螃蟹能这么造作！

这还算造作？不如来看《红楼梦》里是怎么吃螃蟹的。

湘云做东道，宝钗出螃蟹和酒，请贾母、王夫人们吃蟹赏桂花。王熙凤说：山坡下还有两棵桂花，开得正好，坐在河中间的亭子里，敞亮，水碧青，眼睛看着也清亮。凤姐没啥文化，审美却不俗，贵族气派已入骨髓。

但见栏杆外放着两张竹案，上面有杯箸酒具、茶具，还有两三个丫头扇着风炉煮茶，另一边也扇着炉子烫酒。凤姐和平儿互抹蟹黄，很是开心。黛玉只吃了一点蟹肉，心口便微疼，要烧酒吃，宝玉连忙让人把合欢花浸的酒烫一壶来。

吃完螃蟹，要用菊花叶儿桂花蕊熏的绿豆面子去腥。最后是诗会，黛玉的三首菊花诗都夺了魁，宝玉欣喜万分，写螃蟹诗助兴，黛玉和之，宝钗也和了一首。在这里，美食也是精神生活。

这是第38回，正是大观园的鼎盛时期，全是气氛、格调和文化，是生活，也是美学。只有曹公才能写出来吧？不信，你去看后四十回高鹗的续书，黛玉居然喝江米粥，还配了用麻油和醋拌的五香大头菜。

真正的贵族该怎么吃？

那要看著名的"茄鲞"。按王熙凤的说法是——

这也不难。你把才下来的茄子把皮削了,只要净肉,切成碎钉子,用鸡油炸了,再用鸡脯子肉并香菌、新笋、蘑菇、五香腐干、各色干果子,俱切成钉子,用鸡汤煨干,将香油一收,外加糟油一拌,盛在磁罐子里封严,要吃时拿出来,用炒的鸡瓜一拌就是。

刘姥姥听了,摇头吐舌直念佛:"我的佛祖!倒得十来只鸡来配他,怪道这个味儿!"

不过,按这个食谱能做出茄鲞来吗?还真有人试了,结果做出来的"茄鲞",味道很一般。据尝过北京红楼宴"茄鲞"的邓云乡先生说,味道嘛,类似"宫保鸡丁加烧茄子",不太像《红楼梦》里的美食。

《红楼梦》里的美食,太高大上,是用来看的。讲究的是情调,真的按图索骥,未必能做得出来。

比如宝玉想喝的"荷叶莲蓬汤",还需要模子:"原来是个小匣子,里面装着四副银模子,都有一尺多长,一寸见方,上面凿着有豆子大小,也有菊花的,也有梅花的,也有莲蓬的,也有菱角的,共有三四十样,打的十分精巧。"身为皇商的薛姨妈,也连连称奇,表示从未见过,如今也开了眼了。

贾府是老牌贵族,日常生活中的讲究,武装到牙齿。在茄鲞、荷叶莲蓬汤、椒盐饨鹌酱,还有在妙玉的梅花雪水面前,我们个个秒变刘姥姥,只有膜拜的份儿了。

曾有人说,兰陵笑笑生就是明代的王世贞。王世贞生于嘉靖,死于万历,时间倒能对得上。他为什么要写《金瓶梅》?据说是为了复仇。其父被严嵩和严世蕃父子陷害,他得知严世蕃爱看小黄书,就写了一部《金瓶梅》,并在内页涂上秘制毒药。严世蕃越看越爱，蘸着口水翻页，最后毒发身亡。

这种说法当然不可信。一心复仇的人，能从容地写出一部旷世巨著？炮制这说法的人，真的不懂文学。

再说了，王世贞可是官至南京刑部尚书，死后被赠太子少保。可是，翻开《金瓶梅》你会发现，兰陵笑笑生其实对豪门贵族相当陌生。

第18回，西门庆的亲家陈洪被参，女婿带着女儿投奔而来。西门庆派家人来保，去东京找蔡太师走后门。守门的官吏拿了来保的一两银子：

> 那官吏接了便问："你要见老爷，要见学士大爷？老爷便是大管家翟谦禀，大爷的事便是小管家高安禀，各有所掌。况老爷朝中未回，止有学士大爷在家。你有甚事，我替你请出高管家来，禀见大爷也是一般。"

然后就请出了小管家高安，给了高安十两银子，接着就被高安带着见了学士大爷蔡攸。蔡攸坐在堂上，看见揭帖上有"白米五百石"，又让高安领来保去拜会管事的礼部尚书李邦彦，还亲自告诉他：

> 你去到天汉桥边北高坡大门楼处，问声当朝右相、资政殿大学士兼礼部尚书名讳邦彦的。你李爷，谁是不知道！也罢，我这里还差个人同你去。

恰好，李邦彦散朝回家，门吏就带着高安和来保进去，事就成了。

这，也太容易了吧？西门庆勾搭潘金莲，还费了很多工夫呢。

再说，彼时的西门庆，只是清河县的一个富户，亦无官职，最显赫的关系，不过是女儿西门大姐嫁给了东京八十万禁军教头杨提督门下陈洪的儿子陈敬济……这曲里拐弯的关系，居然能直接见到大学士和礼部尚书？

《红楼梦》里的刘姥姥一定说：可别骗我！我见一次凤姐，那可是费了老劲儿。好不容易见到一个，我还以为是凤姐，刚想倒头便拜叫姑奶奶，却听周瑞家的喊她平姑娘，才知道只是一个体面的丫头！等见了真佛王熙凤，我这嘴都哆嗦呢。

当初她来到荣国府门前，看见的是大石狮子，是挺胸叠肚指手画脚的门人，还有簇簇轿马……她掸掸衣服，蹭到角门前搭话，还没人搭理。最后还是一个好心的门人，给她指了管家周瑞住的胡同的方向，才找到周瑞家。

这就是贵族。

贵族就是连黛玉都步步留心、时时在意，因母亲说过"外祖母家与别家不同"。你能想象守门的请出林之孝或周瑞？即便请出来了，就能直接带着去见贾政或贾母？

兰陵笑笑生之所以写出这样的场景，是因为他根本没经历过富贵生活。文学需要想象力，但有些场景却要尊重经验和常识。

第70回，西门庆去东京述职，蔡太师的翟管家请西门庆吃饭，词话本写："都是光禄烹炮美味，极品无加。"何太监请西门庆吃饭，是"预备饭食头脑小席，大盘大碗，齐齐整整"。按说，词话本是不会放过这个铺陈美食的机会的，可是，对这高规格的大餐，却惜墨如金。那是因为作者根本不知道这种场合该吃啥，只好搞一堆套话，糊弄了事。

所以，据此猜测兰陵笑笑生没当过大官，不熟悉贵族生活，自然不会是王世贞，应该是靠谱的。

3

他最熟悉的，还是市井生活。一写到烧鸭子、猪头肉，就活色生香。

他爱这热腾腾的人间——他让潘金莲亲手包裹肉"水角"，李瓶儿洗手剔甲做葱花羊肉馅的扁食给爱人西门庆吃；让西门庆安抚生气的春梅和金莲：

> "教秋菊后边取菜儿、筛酒、烤果馅饼儿、炊鲊汤咱每吃……"拿了一方盒菜蔬，一碗烧猪头，一碗顿烂羊肉，一碗熬鸡，一碗煎爆鲜鱼和白米饭，四碗吃酒的菜蔬，海蜇豆芽菜，肉鲊虾米之类。西门庆分付春梅把肉鲊打上几个鸡豆，加上酸笋韭菜，和上一大碗香喷喷馄饨汤来，放下卓儿摆下。一面盛饭来，又烤了一盒果馅饼儿。西门庆和金莲并肩而坐，春梅在傍边随着同吃。三个你一杯，我一杯，吃了一更方散就睡。（词话本）

所谓饮食男女，意思是吃和性其实是一体的。

《金瓶梅》当然不忌讳性。西门庆的每次性事，都伴随着吃喝。

李瓶儿是白富美，见过世面、处处讲究，属于贵妇风格：

> 李瓶儿摘去孝髻，换上一身艳服。堂中灯火荧煌，预

备下一桌齐整酒席，上面独独安一张交椅，让西门庆上坐。丫鬟执壶，李瓶儿满斟一杯递上去，磕了四个头，说道："今日灵已烧了，蒙大官人不弃，奴家得奉巾栉之欢，以遂于飞之愿。"

西门庆很爱她这副高级范儿。她还有宫里带出来的春宫画、缅甸来的勉铃。西门庆曾向潘金莲炫耀瓶儿："好风月，又善饮。俺两个帐子里放着果盒，看牌饮酒，常玩耍半夜不睡。"一边吃，一边不可描述，也是相当恣肆了。

至于潘金莲，那是另一个风格。比如著名的醉闹葡萄架，配的是：

> 八榼细巧果菜，一榼是糟鹅胗掌，一榼是一封书腊肉丝，一榼是木樨银鱼鲊，一榼是劈晒雏鸡脯翅儿，一榼鲜莲子儿，一榼新核桃穰儿，一榼鲜菱角，一榼鲜荸荠，一小银素儿葡萄酒，两个小金莲蓬钟儿，两双牙箸儿，安放一张小凉杌儿上。（词话本）

这是《金瓶梅》里最小清新的一餐了。西门庆的女人里，金莲确实最有文艺情调。

不过，她的小情小调，虽然一度让西门庆喜上眉梢，却终究难以消受。第19回，潘金莲坐在西门庆身上，纤手剥了一个鲜莲蓬子给他，他却说："涩剌剌的，吃他做甚么？"换成一粒鲜核桃仁儿才吃了。

至于另一个情人王六儿，就粗陋了。

她给西门庆准备的，是韭菜猪肉饼！这，吃了韭菜饼，上床得刷牙吧？刷了牙，会打韭菜嗝吧？咳咳。后来才想明白，原来在中国传统饮食谱里，韭菜可不只是韭菜，而是信仰，尤其是中国男性的信仰，能壮阳。难怪妓女郑爱月给西门庆吃的，也是黄芽韭菜肉包。

中国人酷爱食补，相信"以形补形"，遇到人形何首乌，是要膜拜的。壮阳队列里，还有鸽子、腰子等，西门庆就常吃。但西门大官人欲望无边，要更大更强，食补不够，还需要春药和淫器包。

想什么就来什么。

第49回，西门庆在永福寺就偶遇了一个梵僧，这梵僧长什么样呢？

形骨古怪，相貌掂搜，生的豹头凹眼，色若紫肝，戴了鸡蜡箍儿，穿一领肉红直裰。颔下髭须乱拃，头上有一脑光檐，就是个形容古怪真罗汉，未除火性独眼龙。在禅床上旋定过去了，垂着头，把脖子缩到腔子里，鼻口中流下玉箸来。

像不像男性性器官？异人异相，偏偏长得这么"性感"！西门庆深以为异，认定他必为高人，必有好药，便请他来家。接下来，便是中国文学史上最奇特的一顿饭了——

先桌边儿放了四碟果子，四碟小菜，又是四碟案酒：一碟头鱼、一碟糟鸭、一碟乌皮鸡、一碟舞鲈公。又拿上四样下饭来：一碟羊角葱火川炒的核桃肉、一碟细切的姹饨样子肉,一碟肥肥的羊贯肠,一碟光溜溜的滑鳅。次又拿了一道汤饭出来:一个碗内两个肉圆子,夹着一条花肠滚子肉,名唤一龙戏二珠汤;一大盘裂破头高装肉包子。西门庆让梵僧吃了,叫琴童拿过团靶钩头鸡脖壶来,打开腰州精制的红泥头,一股一股邀出滋阴摔白酒来,倾在那倒垂莲蓬高脚钟内,递与梵僧。那梵僧接放口内,一吸而饮之。随即又是两样添换上来:一碟寸扎的骑马肠儿。一碟子腌腊鹅脖子。又是两样艳物与梵僧下酒:一碟子癞葡萄,一碟流心红李子。落后,又是一大碗鳝鱼面,与菜卷儿。一齐拿上来与胡僧打散。登时把梵僧吃的楞子眼……

按照绣像本的原则,这一餐也会被删掉,但这一餐却原封不动保留下来了。

绣像本的修改者,也看出这些菜颇为古怪,未必好吃,但有想象力和寓意。评者张竹坡还怕我们看不出来,不停地弹幕:像不像那啥?

在这里,食物和性终于合二为一。这是绝妙的象征和隐喻,是欲望的"道成肉身"。

梵僧给了西门庆百十粒药丸,祝他:"快美终宵乐,春色满兰房。赠与知音客,永作保身方。"并叮嘱:"每次只一粒,不可多了,用烧酒送下。"

只是药可以保身,但用法不当也能丧生。尤其是西门大官人这般为了追逐快感,屡破极限,更是盲人骑瞎马,夜半临深池。

4

到了第67回,西门庆已经吃不动了。应伯爵来访,见桌上摆着酥油白糖熬的牛奶,白潋潋鹅脂一般酥油漂浮在盏内,便一吸而尽。西门庆却懒得吃,抱怨身上酸痛。应伯爵说:"你这胖大身子,日逐吃了这等厚味,岂无痰火!"

西门庆居然是微胖界人士?这样吃法,必然导致"三高",大官人危矣。

第67回,李瓶儿的葬礼刚过。先是小周来篦头,应伯爵、韩道国和温秀才陆续前来,说是赏雪,其实就是吃,从早吃到晚。先上了软稻粳米粥儿,又摆四碟小菜:

> 一碗炖烂蹄子、一碗黄芽韭熏驴肉、一碗鲊炖馄饨鸡、一碗炖烂鸽子雏儿。(词话本)

晚饭是来安端上来的八碗下饭:

> 一碗黄熬山药鸡、一碗臊子韭、一碗山药肉圆子、一碗炖烂羊头、一碗烧猪肉、一碗肚肺羹、一碗血脏汤、一碗牛肚儿、一碗爆炒猪腰子,又是两大盘玫瑰鹅油汤面蒸饼儿。(词话本)

中间,郑爱月还托人送来一盒果馅顶皮酥,一盒酥油泡螺。

看见酥油泡螺,西门庆想起李瓶儿,未免伤心。应伯爵逗趣:死了一个会拣泡螺的女儿,如今又钻出一个女儿会拣了!偏你会寻,寻的都是妙人儿!西门庆笑得两眼没缝儿。

晚上他来到李瓶儿房里，吃了春药，把奶妈如意儿拉上床：我儿，原来你身体皮肉也和你娘一般白净，我搂着你就如和他睡一般。

他日间对李瓶儿的思念当然是真的，只是不持久。

对《金瓶梅》里的人来说，身体是所有的疆域，生命里的伤痛和裂隙，都可用一场场吃、一次次的性来填补。

李瓶儿死了，吊唁的络绎不绝，和尚道士做道场，裁缝赶制孝衣，西门庆只吩咐戏子：不管唱什么，只要热闹。众人的祭礼，也是猪羊吃桌，在酒席上团团坐下，觥筹交错，殷勤劝酒，日暮方散……

日复一日，从早吃到晚，从西门庆家里，吃到青楼，吃到东京蔡太师、何太监……一场又一场的饭局，其实就是中国社会的缩影。

第35回，潘金莲和孟玉楼，在卷棚外偷看：

应伯爵的帽子歪挺着，醉得只像线儿提的。谢希大醉得睁不开眼，书童扮女装斟酒唱曲，西门庆悄悄让琴童抹了伯爵一脸粉，又拿草圈放他头上作戏……金莲笑：贼囚根子，把丑都出尽了。

《红楼梦》里的第75回，尤氏也偷看过贾珍的饭局：原来，贾珍、薛蟠们正在斗叶掷骰，开局夜赌。薛蟠搂着一个娈童吃酒，邢大舅在抱怨姐姐邢夫人……个个百无聊赖东倒西歪，是一桌子翻版的西门庆和应伯爵。

太阳底下没有新鲜事，土豪和贵族的饭局也没什么两样。这样的饭局，千百年来，从未改变。

一个人乃至一个社会的闲暇时间，决定着他的生活质量，也藏着他的未来。从土豪到贵族，从《金瓶梅》到《红楼梦》，一代又一代,在饭桌上沉沦,一定是我们的文化出了问题。

为什么中国人这么迷恋吃?

有人说,中国人务实安稳、不玩虚的,人人都是实用主义者。美食,不仅可以饱腹、滋养身体,还可以成为信仰,满载我们的审美和想象力。不过,这同时意味着我们无暇关心身外之事,无心于宇宙的奥秘、人生的终极意义。

"杞人忧天"这个成语,最早出自《列子》,故事本身没什么深刻的寓意。久而久之,忧天的杞人却成了反面例子,"杞人忧天"是吃饱了撑的,纯粹庸人自扰。

也有人说,中国人这么崇尚实用,是因为被饿怕了。食物本身,代表了集体性的创伤记忆,所以对吃格外用心。千百年来,我们似乎一直在疗治这种创伤,安顿身体。

还有人说,中国人一直停留在"口腔期",只关注身体,像孩子一样长不大,没有能力构建一个精神性的自我,自然无暇关注身外之事。

《金瓶梅》里的人,想不了这么多。他们忙着生,忙着死,只看得见方寸之地,捞到碗里吃到嘴里,才是最重要的。只有身体,只有现世,没有精神生活,也没有敬畏心。

海德格尔问:从什么时候,人们开始日复一日的闲聊、八卦,从而坠入庸常、遗忘存在的?对我们,这问题或许并不存在——中国文化一直紧紧攀附大地,无从坠落;没有超越性,也不追求灵性的存在。

中国文化里当然有"天",有"天理"。

宋明理学主张"性即理",认为"天理"存在于万事万物中,需要正心诚意、格物致知,从外部体认天地间的天理;心学则主张"心即理","天理"即人心,就在心中,无需向外寻找。

尽管掌握天理的方式不同，但理学和心学都承认，"天理"就是"人理"或"人心"，都在现实世界之内。只要足够诚实足够勤奋、克己复礼，便能体会天理。按照心学的观点，甚至人人皆可"入贤成圣"。

儒家思想中的"天理"，再远再深，也超不出家国天下的范畴，只有一个现实的世界。更何况，"天地之大德曰生"，天地有化育之恩，说白了，"民以食为天"，吃饱肚子和繁衍后代，才是天经地义，是天理。

至于道家，能说出"天地不仁，以万物为刍狗"，是大智慧。这智慧指向的却不是一个超越世界，而是神秘诗意的大自然，承载的是感悟、抒情。至于头顶的星空、浩瀚的宇宙意味着什么，那就不必"杞人忧天"了。

所以，还是吃吧。我们是真正的现实主义者。

从这个意义上，《金瓶梅》的世界，包含了我们的过去以及现在。

《金瓶梅》写市井，《红楼梦》写贵族

1

喜欢《金瓶梅》的，爱把它跟《红楼梦》比，往往觉得《金》比《红》更好，因为《金》更真实。

高晓松就说：《金瓶梅》写的才是"真正的生活"，相比之下，《红楼梦》就是经典的偶像剧，太理想、太乌托邦了。哈佛大学的田晓菲也有类似观点，她说《红楼梦》是真正意义上的"通俗小说""诗意小说"，是"贾府的肥皂剧"……《金瓶梅》的世界才真实。

"真实"这个词，其实很可疑。

哲学家胡塞尔早就告诉我们，其实，每个人的世界都是"自我构建出来"的。至于传统思想奉为圭臬的"本质""真正"等宏大概念，不妨悬置起来，学会重新进入生活的世界。尼采早就宣称过：根本没有事实，只有解释。

与其说"真实的生活"，不如说是我们所理解的生活。

《金瓶梅》写市井，《红楼梦》写贵族，前者之所以显得更真实，是因为《金瓶梅》的商业社会和城市生活跟我们现在多有重叠。而荣国府的精致、大观园的美好，却显得有点遥远。

生活和审美虽然没法复制，人性却是相通的。

《红楼梦》写贵族：荣国府、大观园，元春省亲、秦可卿的豪华葬礼，有雀金呢、凫靥裘，还有"紫檀透雕，嵌着大红纱透绣花卉并草字诗词的璎珞"……这些都已远去，但作诗、赏花、吃螃蟹，琉璃世界白雪红梅……这样的美，我们却能理解，也未必不能拥有。

当然，说到细节，我们熟悉的还是《金瓶梅》里的生活。

《金瓶梅》写的是市井生活：小贩们走街串巷，摇着惊闺叶；妻妾们钩心斗角，争风吃醋；西门庆升官发财，喝酒偷情找女人；结义兄弟拍马溜须打秋风……这样的人心与世情，至今依然。

就连西门家的美食，至今还在我们的舌尖上流连——烧鸭子、熘肥肠、炒腰子、炸乳鸽、红烧猪头肉……扎扎实实、填补生活、慰藉身心。

他们的贪婪、焦虑和软弱，也并未远去。

我们实在是距离《金瓶梅》更近。

《金瓶梅》的背景虽是宋代，其实写的是明代。彼时，因为贸易频繁，漕运发达，大运河的码头成了城市，西门庆生活的清河，就临近临清。临清是明代八大钞关之一，其地位和繁华程度，相当于南方的深圳。

商业经济和城市生活切断了人与土地的联系，人人皆商，这是一个全新的世界。

王婆为了赚钱什么都敢做；宋蕙莲一心想要一顶银丝鬏髻；王六儿勾搭上了西门庆，一心想要换房子；潘金莲听篱察壁、争宠斗气，惦记着李瓶儿的皮袄；李智、黄四向西门庆借高利贷，应伯爵忙着当中间人；就连王姑子、薛姑子也琢磨着如何赚吴月娘们的银子……

商业满足欲望，也制造欲望。于是，人心迷乱，欲望升腾，人人都是冒险家，躁动不安。

金莲还是武大妻时，穿"毛青布大袖衫儿，又短衬湘裙碾绢纱"。到西门家后，有了大红遍地金比甲和银鬏髻。元宵节到狮子街看灯，故意露出遍地金袄袖儿，探出身子嗑瓜子，显出手上的六个金马蹬戒指。

王六儿还没勾搭西门庆时，穿紫绫袄儿，玄色缎红比甲，老鸦缎子羊皮金云头鞋，颜色偏暗，也没什么首饰。后来银鬏髻、翠蓝箍儿、鹅黄裙子，一应俱全，还戴上了金丁香耳坠，换了市中心的房子……似乎每一个细胞都在呐喊：我有钱！

相比之下，宋蕙莲就不如王六儿。西门庆用一匹翠蓝兼四季团花喜相逢缎子就勾引了她，手上有了点钱，就藏不住——

> 因和西门庆勾搭上了，越发在人前花哨起来，常和众人打牙犯嘴，全无忌惮。或一时叫："傅大郎，我拜你拜，替我门首看着卖粉的。"……一回，又叫："贲老四，我对你说，门首看着卖梅花菊花的，我要买两对儿戴。"那贲四误了买卖，好歹专心替他看着卖的，叫住，请他出来买。妇人立在二层门里，打门厢儿拣，要了他两对髻花大翠，又是两方紫绫闪色销金汗巾儿。共该他七钱五分银子。妇人向腰里摸出半锭银子儿来，央及贲四替他凿，称七钱五分与他。那贲四正写着帐，丢下走来替他锤。

从此，就常在门首成两价拿银钱买剪截花翠汗巾之类，甚至瓜子儿四五升里进去，分与各房丫鬟并众人吃。头上治的珠子箍

《金瓶梅》写市井，《红楼梦》写贵族

儿，金灯笼坠子，黄烘烘的。衣服底下穿着红潞绸裤儿，线纳护膝。又大袖子袖着香茶、香桶子三四个，带在身边。见一日也花销二三钱银子。

但她最后自杀了，连念念不忘的银䯼髻，也没戴上。䯼髻是明代女性束头发用的，材质分等级：穷人是头发编的，富人是银丝䯼髻，李瓶儿的最贵，是一顶重九两的金丝䯼髻。

这个世界有的是机会，也有的是风险，饿死胆小的，撑死胆大的，方生方死，方死方生。每个人能把握的只有当下，没有明天，只有欲望，无暇思考其他。吃的是鸡鸭鱼肉，叠碗堆盘；穿的是大红大绿，珠翠满头。

欲望像大风扬尘，漫天飞舞。

西门庆是其中最有冒险精神的。有了钱，巴结上了东京的蔡太师，当上了清河县的副提刑，"生子加官"，春风得意马蹄疾，于是修祖坟、盖房子、做衣裳、泡女人……忙个不停。

他的日常消费，也免不了土豪的炫耀式消费。

他的女人们都穿什么呢？

老大吴月娘"穿大红五彩遍地锦，百兽朝麒麟段子通袖袍儿，腰束金镶宝石闹妆；头上宝髻巍峨，凤钗双插，珠翠堆满；胸前绣带垂金，项牌错落，裙边禁步明珠"……这是《金瓶梅词话》第43回，吴月娘见乔五太太的打扮，算是盛装披挂，走路都有金子的声音。

吴月娘做主，让李瓶儿的儿子官哥儿，跟乔大户家定了娃娃亲。西门庆嫌对方没官职戴白帽，跟自己不般配。乔五太太"戴着叠翠宝珠冠，穿着大红宫绣袍"上门，自言当今东宫贵妃娘娘，是她亲侄女，侄子乔大户跟尊家定亲，也不玷污门户。

新富与皇亲，相互打量，自抬身价，这就是人心与世情。

而且串门的时候,小厮要抬着衣服箱子,因为拜见完毕要换上便服。毕竟麒麟缎子通袖袍儿和大红宫绣袍,只能场面上穿,吃起饭来不方便。

妻妾们夏日穿"白银条纱衫儿,密合色纱挑线穿花凤缕金拖泥裙子。李瓶儿是大红焦布比甲,金莲是银红比甲",都用羊皮金滚边,妆花眉子。

词话本比绣像本更喜欢描写衣饰,光裙子就有:插黄宽绸挑绣、鹅黄缕金挑线、翠兰遍地金、蓝织金、娇绿缎、蓝缎、红罗、大红金枝绿叶百花拖泥、五色线掐羊皮金挑的油鹅黄银条纱……

大红大绿,翠蓝鹅黄,都是高饱和度的色彩,每一个褶皱里都张扬着欲望。

去看灯,众妻妾打扮得像神仙一样——

> 吴月娘穿着大红妆花通袖袄儿,娇绿段裙,貂鼠皮袄。李娇儿、孟玉楼、潘金莲都是白绫袄儿,蓝段裙。李娇儿是沉香色遍地金比甲,孟玉楼是绿遍地金比甲,潘金莲是大红遍地金比甲,头上珠翠堆盈,凤钗半卸。

行人纷纷驻足。一个说道:"一定是那公侯府里出来的宅眷。"一个又猜:"是贵戚王孙家艳妾,来此看灯。不然如何内家妆束?"又一个说道:"莫不是院中小娘儿?是那大人家叫来这里看灯弹唱。"

可见她们穿得不仅豪华,而且超越了身份。在传统中国,服饰也有等级标准,属于儒家礼制的范畴。比如大红色,民间不可擅自使用。但在《金瓶梅》里,不光吴月娘,就连潘金莲也经常穿大红色遍地金比甲。

《金瓶梅》写市井,《红楼梦》写贵族

后来西门庆进京述职，何太监还给了西门庆一件飞鱼鹤氅。西门庆故意穿出来给应伯爵们看，引起一番惊叹。看来，明代中后期的礼制乱了，伦理和名分乱了，有钱就可以"合法僭越"。

清河县也有皇亲，曾经显赫如今败落，会卖一些有来头的宝贝。比如王招宣卖给西门庆的犀角带，应伯爵啧啧称奇：

> 这条犀角带并鹤顶红，就是满京城拿着银子也寻不出来。不是面奖，就是东京卫主老爷，玉带金带空有，也没这条犀角带。这是水犀角，不是旱犀角。旱犀角不值钱。水犀角号作通天犀。你不信，取一碗水，把犀角放在水内，分水为两处，此为无价之宝。

王招宣的祖爷是太原节度使邠阳郡王，本来也像贾府一样，是钟鸣鼎食之族，诗书簪缨之家，如今却要靠变卖宝贝度日。

"旧时王谢堂前燕，飞入寻常百姓家。"这是金钱的力量，商业就这样改变了社会。

第45回，又有一家白皇亲，拿来一座大螺钿大理石屏风来当，三尺阔五尺高，能放桌上。应伯爵凑趣：恰似蹲着个镇宅狮子一般。西门庆把屏风放在大厅，让吹打乐工抬出大鼓来，顿时声震云霄。

西门庆家里，不是唱戏就是吹打，经常把官哥儿吓得往大人怀里钻。这孩子只活了一岁零两个月，这地方太喧嚣了。

2

《金瓶梅》里人群三教九流，大运河南来北往，流动的不仅是商品，还有人心与欲望。

作为清河首富，西门庆的房子什么样？值多少钱？

西门庆家的房子是门面五间一共七进的大宅子。参照夏提刑的大宅，西门庆给王六儿买的房子，这个宅子大概值八百两。后来，他又买了隔壁花子虚、李瓶儿的，以及对门乔大户的房子，再加上后来李瓶儿狮子街的房子，西门庆的房产大概值三千两。

不妨看一看当时银子的购买力，《金瓶梅》里有很多买东西的细节。比如五两银子可以买一个丫鬟。李瓶儿下棋输了，出五钱银子做东，三钱银子买一坛金华酒，二钱银子买一只猪头和四只猪蹄，按照当时银子的购买力，对应成人民币这么一算，西门庆的房产大概相当于人民币三千万元，妥妥的豪宅。传统商人发达了爱盖房子买地，有农业社会的烙印。但西门庆不买地，他只是扩建住宅和祖坟，剩下的银子都去扩大再生产，另外，也舍得花钱消费。

他有一句名言：银子这东西，喜动不喜静，囤积多了，是有罪的。西门庆真是典型的新兴商人，属于未来。

咱们再到西门庆的书房看看。

西门庆没什么文化。原来就"不甚读书，终日闲游浪荡"，但也能做生意，能看懂契约文书和书信。他的文化活动也就是听听小曲，看看戏文，行个酒令。

书房本来是文人士大夫们专有。不过，在明代中晚期，商品经济和手工艺发达，商人们有了钱，不免要向文人看齐，附庸风雅一下。对西门庆来说，书房主要是用来炫耀的，有时也跟书童在这里做点龌龊事。书房橱柜里放的不是书，而是"汗巾手帕，并书礼银子、挑牙纽扣"。

西门庆有三个书房。最大的在花园里，叫翡翠轩，穿过花园

〈金瓶梅〉写市井，〈红楼梦〉写贵族

角门,有一个木香棚,三间小卷棚,就是翡翠轩——

> 上下放着六把云南玛瑙漆减金钉藤丝垫矮矮东坡椅儿,两边挂四轴天青衢花绫褾白绫边名人的山水,一边一张螳螂蜻蜓脚、一封书大理石心壁画的帮桌儿,桌儿上安放古铜炉、流金仙鹤,正面悬着"翡翠轩"三字……里面地平上安着一张大理石黑漆缕金凉床,挂着青纱帐幔。两边彩漆描金书厨,盛的都是送礼的书帕、尺头,几席文具书籍堆满。绿纱窗下,安放一只黑漆琴桌,独独放着一张螺钿交椅。(词话本)

这书房家居风格是个头大、种类全,恨不得把所有时尚的值钱的都摆上,琳琅满目、一应俱全。

文史专家扬之水女士提醒我们,对照明末文震亨的《长物志》看西门庆的书房,能看出门道来。"长物"是指不实用但有审美价值的东西,最能体现格调,《长物志》算是顶级的明代文人审美教科书。

按照《长物志》的格调,卷棚像衙门审案子的,书房也不适合放各种交椅、凉床,过于烦琐。至于四幅名人山水,就太满了,挂一幅足矣。中国传统美学强调留白,讲究少而精,少即是多。

翡翠轩外有木香棚,附近种着瑞香花。《长物志》说,有的人家用竹子做屏障,却种满五色蔷薇。还有木香棚,像茶馆标配,不伦不类。至于瑞香花,绝非雅物,因为枝条粗俗,香味酷烈,是花贼也。

原来连花草都不能随便种。一部《长物志》,让西门庆彻底暴露了暴发户的审美。

再跟《红楼梦》比，品位就更 low 了。

林黛玉的屋子，桌子上有笔砚，书架上垒着满满的书，窗纱换上软烟罗，又叫"霞影纱"，远看就像烟雾。刘姥姥还以为是宝玉这位哥儿的书房，可见没半点脂粉气。

探春的屋子没有隔断，非常阔朗，花梨大理石大案，笔海里插的笔像树林一样。一个斗大的汝窑花囊里，插着满满的水晶球般的白菊，西墙上挂着一大幅米襄阳的《烟雨图》，对联是颜鲁公的墨宝"烟霞闲骨格，泉石野生涯"。

宝钗的屋子，像雪洞一般，各色玩器皆无，只有一个土定瓶里数枝菊花，并两部书，茶奁茶杯而已。床上只吊着青纱帐幔……这完全是现代高级极简风。

站在文人雅士的角度，再看西门庆的书房，大、满、全，不懂得做减法，太俗了。

尽管如此，作者没有高高在上地嘲讽西门庆。一部《金瓶梅》包罗万象，全是俗人俗物、人间烟火，没有高调的道德和审美。不然就会有"西门庆现形记"的效果了。

他的立场，早就超越雅俗。这种超越性来自佛学的"色空观"，色即是空，空即是色，人间的五光十色并没有终极意义。因此，作者不仅站得高，而且几乎没有偏见，对市井小人物充满体谅，对西门庆这样的土豪，也充满了悲悯。

一个作家没有偏见，才能写出时代和人物的丰富与复杂。

对了，明代的文人审美达到了一个高峰。除了《长物志》，还有明末张岱的《陶庵梦忆》。在书中，张岱讲了一个古青铜花瓶的故事：这本是张家的花瓶，一个古董商人骗他家仆人以一百两银子的价格卖掉。后来，张岱偶然发现，这个花瓶被一个安徽

《金瓶梅》写市井，《红楼梦》写贵族

商人买走，摆在了祠堂供桌上。他写这个故事，其实是嘲笑商人的，因为供桌上不能放青铜器。

看，再有钱也买不到品位。

不过，如果不英年早逝，西门庆的后代中了科举，没准儿也能历练出审美。何况，《长物志》也未必能代表雅。雅到极致，也就是俗，看《红楼梦》里的妙玉就知道了。

3

到了《红楼梦》里，进了荣国府，别说西门庆，即使张岱也要敛声屏气。作为"钟鸣鼎食之族，诗书簪缨之家"，贾家赫赫扬扬已然百年，到宝玉是第四代，自有富贵气象。

经历过繁华生活的曹公，写起贵族的日常生活，自然底气十足。

贾母有一件紫檀透雕，嵌着大红纱透花卉并草字诗词的璎珞，是姑苏慧娘的手工，属于私人定制，非卖品。慧娘早逝，绣品更珍稀，被称为"慧纹"，只有几个世宦之家收藏。

这是真正的奢侈品，西门庆有多少钱也买不到。

还有"软烟罗"，连王熙凤都没见过，据她说比如今上用内造的都好。贾母说：原是糊窗屉的，远远看去就似烟雾一般，所以叫"软烟罗"。颜色有雨过天青、秋香、松绿以及银红。然后吩咐凤姐，拿银红的给黛玉糊窗子，配上外面的竹子好看；青色的给刘姥姥，剩下的做帐子，给丫头们做背心，省得霉坏了。

处理奢侈品，举重若轻，堪比把爱马仕当买菜包。

还有贾母给宝玉的雀金裘，给宝琴的凫靥裘，一个是孔雀毛的，一个是野鸭子毛的。宝玉不小心把雀金裘烧了一个洞，整个京城的裁缝都不会补,还是晴雯手巧,用界线的方法熬夜补好了。

《金瓶梅》里的顶级奢侈品,李瓶儿的皮袄算是。

第46回,吴月娘带众妻妾在吴大妗子家做客,天冷了,让小厮回去拿皮袄来,潘金莲没有。月娘说有别人当的皮袄,金莲要强,嫌弃是别人当的,跟黄狗皮一样,穿上惹人笑话。落后,小厮拿来,披在身上,倒也不差。孟玉楼逗她:

"好个不认业的,人家有这一件皮袄穿在身上念佛。"于是替他穿上。见宽宽大大,金莲才不言语。

李瓶儿死后,她留下的遗产被很多人惦记。

潘金莲趁西门庆开心之余,开口要瓶儿的皮袄:"搛上两个大红遍地金鹤袖,衬着白绫袄儿穿,也是与你做老婆一场。"西门庆说:这皮袄值六十两银子呢,你穿上是会摇摆。六十两银子,换今天的人民币,保守估计是五万,类似东北三宝里的貂皮吧。

然后去李瓶儿的房间,把箱子打开,拿皮袄给潘金莲。奶妈如意儿在一旁也悄悄说:

"我没件好裙袄儿,爹趁着手儿再寻件儿与了我罢。有娘小衣裳儿,再与我一件儿。"西门庆连忙又寻出一套翠盖缎子袄儿、黄绵绸裙子,又是一件蓝潞绸绵裤儿,又是一双妆花膝裤腿儿,与了他。

吴月娘知道后,还以此为由头,跟潘金莲闹了一场,嫌她不告诉自己擅自跟汉子要东西。在她的心目中，李瓶儿的遗产所有权属于她。就这样，李瓶儿的财物一点点被瓜分了。皮袄被潘金莲穿了，珍藏的一百颗西洋珠子和几箱子细软，也一把锁被吴月娘锁了，成了她的囊中物。

一年后，连李瓶儿的床都被变卖了。人生几何，生不带来死不带走，可惜没人能看透。

在《金瓶梅》里，物质生活承载的是人心和欲望，是商业社会的喧嚣。在《红楼梦》里，尽管在走下坡路，但瘦死的骆驼比马大，荣国府尚能维持以往的格调，也让我们一睹真正的贵族气派。

这种格调经历过岁月的积淀，有独特的韵味。读《红楼梦》时，常常会觉得，时间似乎静止了，只想对着大观园轻轻说一声："你真美啊，请停留一下。"

这种美感在每个人身上都有，甚至那个最彪悍的王熙凤。

第3回王熙凤是这样出场的："头上戴着金丝八宝攒珠髻，绾着朝阳五凤挂珠钗；项上带着赤金盘螭璎珞圈；裙边系着豆绿官绦，双衡比目玫瑰珮；身上穿着缕金百蝶穿花大红洋缎窄褃袄，外罩五彩刻丝石青银鼠褂；下着翡翠撒花洋绉裙。"

请注意，凤姐穿的大红洋缎袄和五彩刻丝的褂子，都是南京的云锦，这是江南织造府的绝技，典型的高级奢侈品，悠悠诉说着曹家曾经的荣耀。

大红配翡翠，也很艳丽，却"彩绣辉煌，恍若神妃仙子"，不俗。因为外罩的五彩刻丝银鼠褂是石青色。石青色是微微泛红的黑色，搭配大红和翡翠，成就了"暖艳风"，不张扬。

如果到了《金瓶梅》里，外罩必定是沉香或翠蓝，像开了染坊。

刘姥姥第一次见王熙凤，她穿的桃红洒花袄，大红洋绉银鼠皮裙，石青色的披风，边角处稍稍露出桃红和大红，又温暖又高贵。

林黛玉会穿什么呢？

前八十回几乎没写她具体的长相和衣饰，因为她本来就仙气飘飘。但在第49回"琉璃世界白雪红梅"，我们意外地看到，她穿上"掐金挖云红香羊皮小靴，罩了一件大红羽纱面白狐狸里的鹤氅，束一条青金闪绿双环四合如意绦，头上罩了雪帽"。

背景是皑皑白雪，众姊妹都是一色大红猩猩毡与羽毛缎斗篷，格外明艳动人。

这是大观园里最美的群像了。

后四十回的续作者，却让黛玉穿上"月白绣花小毛皮袄，加上银鼠坎肩；头上挽着家常云髻，簪上一枝赤金匾簪，别无花朵；腰下系着杨妃色绣花绵裙"，小家子气十足。而且金饰和杨妃色根本就不应该是黛玉穿的。

黛玉的衣饰突出的是气质和韵致。至于薛宝钗，那是另一种风格，第8回宝玉去梨香院看望宝钗，宝钗是这样的——

> 坐在炕上作针线，头上挽着漆黑油光的纂儿，蜜合色绵袄，玫瑰紫二色金银鼠比肩褂，葱黄绫绵裙，一色半新不旧，看去不觉奢华。唇不点而红，眉不画而翠，脸若银盆，眼如水杏。罕言寡语，人谓藏愚；安分随时，自云守拙。

关键是"半新不旧"，还有玫瑰金、葱黄、蜜合色，绝对是低调的奢华，非常符合她雍容含蓄、藏愚守拙的人设。

黛玉刚进荣国府，王夫人带她见贾政，一路迤逦，到了东廊三间小正房内——炕上一张炕桌，桌上垒着书籍茶具，半旧的青缎靠背引枕。旁边一溜儿三张椅子上，也搭着半旧的弹墨椅袱。

为什么是半旧？有人说，这是贾家露出了"下世的光景"，一切从简。却不知，"半旧"才是日常，不是炫耀。

这是克制的美学，是岁月层累的结果，属于 Old Money。而《金瓶梅》的世界里，流动的是欲望，还没来得及经历时间的淘洗。

4

能写出这样场景的，一定见证过繁华的岁月，懂得什么叫真正的贵族，什么叫体面。

贵族之贵，当然不是因为吃穿用度不凡，而是物品背后的文化、审美和道德。牟宗三先生说："贵族在道德、智慧各方面都有它所以为贵的地方。"

中国的贵族不多，写贵族的小说更少。《世说新语》上中卷的回目是："德行、言语、政事、文学、方正、雅量、识鉴、赏誉、品藻、规箴、捷悟、夙惠、豪爽"，书中名士都出身世家，这些词汇，其实就是贵族的素养、道德和审美。

《世说新语》太简净，也不是小说，《红楼梦》是唯一一部全方位描写贵族生活的小说——从饮食，到举止，到礼法，到文化和审美。黛玉进贾府，处处小心，这不是城府，是教养。宝玉骑马出门，到了贾政的书房门口，家人说老爷不在，他也坚持下马，也是教养。

很多人都不喜欢贾政，但曹公说他："为人谦恭厚道""非膏粱轻薄仕宦之流。"这是真的。当贾政听到金钏跳井，非常震惊：我家从没有过这样的事！自祖宗以来，皆是"宽柔以待下人"。"外人知道，祖宗颜面何在！"

比起贾赦来，贾政努力以宽厚、精进和责任心支撑自己的家族，至于结果如何，那由不得他。年轻时读《红楼梦》，留意的是宝黛爱情，年岁渐长，却理解了贾政的一脸严肃，以及他捍卫的尊贵与体面。

很多人都说《红楼梦》"反封建"，却忽略了曹公所珍视的美好，正是建立在家族的地位和财势之上。有元妃省亲，才有省亲别墅，才有大观园；有花柳繁华地、温柔富贵乡，才有"怀金悼玉"的《红楼梦》。

丰饶、精致、高蹈的文化和审美，在西门庆的世界里还没形成，刘姥姥的世界里也很难有。

大学（school）的古希腊文原意是"度过闲暇的地方"，哲学、美学乃至科学，都是闲暇的产物。"闲暇"属于少数有钱有闲之人，吃饱肚子"无所事事"，才有更多机会仰望星空，关心非功利事物，去思考"什么样的生活才值得一过"，追问人类存在的终极意义。

所以才有了《红楼梦》，有了大观园。

中秋节，贾母会带众人在凸碧堂赏月，月至中天，她说："如此好月，不可不闻笛""音乐多了，反失雅致，只用吹笛的远远的吹起来就够了。"明月清风，笛声穿过桂花树，天籁一般。她却说："这还不大好，须得拣那曲谱越慢的吹来越好。"

这就是生活美学，是格调。有这样的基调打底，大观园的诗意与美好才成为可能。

探春一纸邀约："风庭月榭，惜未宴集诗人；帘杏溪桃，或可醉飞吟盏。孰谓莲社之雄才，独许须眉；直以东山之雅会，让余脂粉。"发起海棠社，追慕的是莲社之风，是东山雅会，是东晋的慧远与谢安。

这种风雅，本来就是生命和文化的美好形态。

海棠社有黛玉的"半卷湘帘半掩门，碾冰为土玉为盆。偷来梨蕊三分白，借得梅花一缕魂。"黛玉的菊花题是："孤标傲世偕谁隐，一样花开为底迟？"探春则写下"高情不入时人眼，拍手凭他笑路旁"。

这不是娱乐，而是诗和美，这就是大观园的价值和意义——黛玉葬花，宝玉恸倒；湘云醉卧、香菱学诗；"芦雪庵争联即景诗""寿怡红群芳开夜宴""凹晶馆联诗悲寂寞"，当然还有"敏探春兴利除宿弊""痴公子杜撰芙蓉诔"……

只有大观园，才能安放这些无用而美好的灵魂，人，才得以诗意地栖居。

但在《金瓶梅》的世界里，人人眼里只有一口食，只有"酒色财气"，忙着生，忙着死，哪里顾得上教养和体面？

这个世界，规则和道德都还模糊不清，荒草丛生，欲望当道。

欲望是红烧猪头肉、烧鸭子、糟鲥鱼、酿螃蟹，是大红五彩遍地锦百兽朝麒麟缎子通袖袍儿，是李瓶儿的西洋珠子和皮袄，是宋蕙莲黄烘烘的金灯笼坠子，是西门庆一场场的性事，是勉铃、颤声娇和胡僧药……他三十三岁的生命，被欲望成全，也被欲望毁灭。

这些被欲望主宰的生命，最终汇成一片无根的浮萍之海，荒凉无边。

《金瓶梅》写最平常的市井生活，直接蹚进人性的暗河；而《红楼梦》则努力活得体面、超拔。

一个写市井，一个写贵族，关注的都是人性。

《金瓶梅》是人性的幽暗之地，《红楼梦》则是温暖明亮的生命之境，有体面、尊严和美好，虽然最后"白茫茫大地真干净"，但美好会永恒，会成为不朽的记忆。

从《金瓶梅》到《红楼梦》，从欲望横流到体面做人，从西门庆到贾宝玉，这中间有很长很长的路要走。

不管怎样，这些美好，不应该被忽视、被否定。即使用铁蹄横扫天下的蛮族，进入希腊时，也得向艺术低头，向文明低头……

当然，这并不容易。

《金瓶梅》写中年，《红楼梦》写少年

1

明末的张潮在《幽梦影》里，说《金瓶梅》是一部"哀书"，后来，哈佛大学的田晓菲说它是"成年人的哀书"。

经过刻骨的爱与痛，见过人间的繁华与哀乐，更能看见《金瓶梅》里的人心和欲望，体会其中的万千滋味。

时至今日，《金瓶梅》仍属小众。《红楼梦》则是国民经典，红迷众多，收获的赞美比《金瓶梅》多得多。每个人心中都有一部《红楼梦》，各有各的宝、黛、钗。

尽管经常有人为《金》《红》孰高孰低争吵，但《金瓶梅》和《红楼梦》一样伟大，难分伯仲，它们是双重的文学奇迹。

文学解释世界并建构意义。我们先看一下，这么多年来，文学到底做了什么？

20世纪初，德国哲学家胡塞尔提出了"人性危机"的话题。他认为，随着现代技术的发达，人变得越来越机械、单一。海德格尔说这是"对存在的遗忘"，人曾经以更整体更丰美的方式存在过，但现代社会把人工具化了，遗忘了"本真的存在"。

他寄希望于诗性的语言，去召唤"存在"。

米兰·昆德拉在《小说的艺术》中说，其实小说早就以它特有的方式，来发现"存在"了。

比如，16世纪的塞万提斯，用小说探讨什么是冒险；在巴尔扎克那里，小说发现人如何扎根于历史；福楼拜用小说探索日常生活；托尔斯泰则用小说探寻人在做决定时，非理性如何起了作用；法国的普鲁斯特探索无法抓住的过去。

这意味着，几百年来小说都没闲着，以不同的方式探索着存在，"发现唯有小说才能发现的东西"。

为什么关注外国小说的历史？因为《金瓶梅》和《红楼梦》完全可以跻身这个不朽的行列。

在中国文学史里，小说最初不能登大雅之堂，诗词和文章最高级，可流芳千古。班固在《汉书·艺文志》中将"小说家"列在十家之后："小说家者流，盖出于稗官，街谈巷语，道听途说者之所造也。"小说属于"小知""小道"，小说家更像街头八卦者。

中国小说的起源，可以上溯到远古神话、唐传奇、宋元话本，但小说真正成熟，是在明代。彼时，相继出现了《水浒传》《三国演义》和《西游记》……它们并非原创，其故事被民间说书人层层演绎，桃园结义、关羽、张飞、诸葛亮，还有武松打虎、鲁智深倒拔垂杨柳、林冲被逼上梁山……被打磨得闪闪发亮，早就妇孺皆知。

为什么有这样的故事？而不是那样的故事？因为现实生活需要这样的故事。现实苍白贫瘠，人们就需要传奇；现实处处苦难，人们就需要英雄。

故事呈现现实的缺失，填补人心的黑洞。

《金瓶梅》却是另一种完全不同的"小说"范式，包揽了很多"第一"：第一部由文人独立创作、写家庭生活的长篇，作者写的是明代中后期的商业社会和城市生活，是他正在经历的时代。重要的是，它不再是故事，一味迎合读者的口味，它是陌生化的，充满冒犯和挑战。

拿"第一"到手软的《金瓶梅》，甫一出手，便身手了得。袁宏道说它"云霞满纸，胜于枚生《七发》多矣"！张竹坡则为它写了十几万字的批注，赞其"第一奇书"，绝对"大手笔"。

《金瓶梅》和《三国演义》《水浒传》《西游记》曾被誉为明代"四大奇书"，但是，只有《金瓶梅》能跟西方小说媲美。学者李劼人说：一直到19世纪中期，直到福楼拜、托尔斯泰和陀思妥耶夫斯基等人出现之后，西方小说才能跟《金瓶梅》相提并论。

后来，《红楼梦》取代了《金瓶梅》，成为四大名著之一，《金瓶梅》却成了禁书，少为人读。

一提到《红楼梦》，很多人都会问："你喜欢《红楼梦》里的谁？"答案五花八门，没准儿都能吵起来。这么多年，拥黛派和拥钗派的嘴仗，没完没了，谁也说服不了谁。贾母也有很多粉丝，谁让她是生活家、骨灰级文青，审美又高级呢？就连那个乡下老太太刘姥姥，也成了国民女神。

但是，如果问"你喜欢《金瓶梅》里的哪一个？"，恐怕就不好回答了。

读《红楼梦》，大观园里的宝黛读书、写诗、谈恋爱，吃螃蟹、晴雯撕扇，湘云醉卧，宝钗扑蝶，香菱学诗……这样的爱和美以及自由的灵魂，谁不喜欢？

但潘金莲、西门庆、李瓶儿们个个欲望深重，被贪嗔痴裹挟着，一路下坠，最后被杀的被杀，暴亡的暴亡……这样的人、这样的人间，很难把我们想象成他们，也很难激发我们的同理心。

不过，你可能不知道，没有《金瓶梅》就没有《红楼梦》，从人物到情节到结构，《红楼梦》从《金瓶梅》那里学了很多。

可以说，《金瓶梅》是《红楼梦》的老师。

细微处，比如人名有谐音，行酒令也暗含命运；《金瓶梅》有算命先生剧透，《红楼梦》就有宝玉梦游太虚幻境，看薄命司的册子，听《红楼梦》的曲子；吴月娘和薛宝钗都"脸若银盆，眼如水杏"；王熙凤和潘金莲一样强悍，不信命，也不信报应；晴雯之死几乎跟李瓶儿之死一模一样……

这不是生拉硬拽，强行比附。曹雪芹到底有没有读过《金瓶梅》？答案是：当然。

第13回秦可卿死了，贾珍非要用珍贵的樯木来做棺椁，贾政劝他：此物恐非常人可享者，殓以上等杉木就是了……贾珍不听。此处甲戌本有脂评："深得《金瓶》壶奥。"

第28回贾宝玉、薛蟠到冯紫英家喝酒，甲戌本亦有眉批："此段与《金瓶梅》内西门庆、应伯爵在李桂姐家饮酒一回对看，未知孰家生动活泼？"

不仅曹雪芹读过，就连脂砚斋也熟读《金瓶梅》。

《红楼梦》里的一些语言，比如"烧糊了的卷子""一个个乌眼鸡似的""吃着碗里，看着锅里""当家人，恶水缸"……都是《金瓶梅》里的。

这是细节上的继承。最重要的是，《金瓶梅》和《红楼梦》之间，有着更深层的精神关联。

米兰·昆德拉说："小说的精神是持续性的精神：每一部作品都是对前面的作品的回答，每个作品都包含着小说以往的全部经验。"美国批评家哈罗德·布鲁姆提出"影响的焦虑",即一部强有力的经典,会对后来者产生精神性压迫,后来者必须全力应对,摆脱前人的"阴影",做出自己的原创。对此,庸才会沮丧,天才则会在"误读"和"反抗"中做出振奋式的回应。

《金瓶梅》珠玉在前,《红楼梦》却非木椟在后,而是创造了另一部经典。把两本书对照着读,你会解锁一个新天地。

2

《金瓶梅》里的西门庆、潘金莲、李瓶儿、应伯爵和王婆们,都是资深已婚人士,人到中年,正是宝玉不忍直视的年龄。

他们的故事,无非人为财死,鸟为食亡:撒谎、争宠、斗气、帮嫖贴食……一开头就是西门庆热结十兄弟,却各怀鬼胎,然后潘金莲一叉竿打到西门庆,引出"老王婆茶坊说技",定下泡妞攻略,接着是通奸、谋杀和偷娶。李瓶儿是西门庆结拜兄弟的老婆,西门庆却跟她墙头密约,还偷运家私。西门庆娶寡妇孟玉楼,更是引发各方骂战,一时间鸡飞狗跳……全是市井百态。

这些人虽非大奸大恶,但个个深陷欲望的泥潭,被生活"盘"得油腻腻、灰扑扑。这些人,从不曾在文学的世界里,占有一席之地,但在兰陵笑笑生的笔下,别有一番滋味。

西门庆一路升官发财泡女人,打别人老婆的主意。而那些女人,在他的性、金钱和权力面前,纷纷败下阵来。在情爱的诱惑面前,潘金莲出手毒死了武大,跟西门庆说:

"我的武大今日已死,我只靠着你做主!不到后来网巾圈儿打靠后。"西门庆道:"这个何须你费心!"妇人道:

"你若负了心,怎的说?"西门庆道:"我若负了心,就是武大一般!"

李瓶儿一心要嫁给他,先是气死了前夫花子虚,又把蒋竹山撵出家门,跪在西门庆面前,说:

他拿甚么来比你!你是个天,他是块砖;你在三十三天之上,他在九十九地之下。休说你这等为人上之人,只你每日吃用稀奇之物,他在世几百年还没曾看见哩!他拿甚么来比你!莫要说他,就是花子虚在日,若是比得上你时,奴也不恁般贪你了。你就是医奴的药一般,一经你手,教奴没日没夜只是想你。

他们的世界里,写满了情欲和罪孽。

王六儿、王婆、薛嫂、薛姑子,还有应伯爵、韩道国们,为了谋生,步步后退。宋蕙莲虚荣又轻浮,勾搭上西门庆后,恨不得满世界招摇;而王六儿和韩道国甚至为傍上财主西门庆,弹冠相庆。

他们来到《红楼梦》的世界里,就是贾珍、贾蓉、贾琏、薛蟠,是多姑娘、鲍二家的,是周瑞家的、王善保家的、柳嫂子、吴新登家的……他们代表了大观园外的存在,成群结队面目模糊,只有小算盘,他们是大观园的对立面。

柳湘莲说:"你们东府里除了那两个石狮子干净,只怕连猫儿狗儿都不干净。"焦大则大骂:"扒灰的扒灰,养小叔子的养小叔子!"宁国府里贾珍、贾蓉父子的风格可想而知;贾琏呢?离了凤姐便生事,一夜也不能独寝,又是多姑娘又是鲍二家的,书中唯一"丑态毕露"的性就属于他。

这是中年人的世界，油腻不堪。

第 76 回，司棋被撵出大观园，周瑞家的拉她出去，司棋想跟小姐妹告别，被训斥一番，路上——

> 见了宝玉，因拉住哭道："他们做不得主，你好歹求求太太去。"宝玉不禁也伤心，含泪说道："我不知你作了什么大事，晴雯也病了，如今你又去。都要去了，这却怎么的好。"周瑞家的发躁向司棋道："你如今不是副小姐了，若不听话，我就打得你。别想着往日姑娘护着，任你们作耗。越说着，还不好走。如今和小爷们拉拉扯扯，成个什么体统！"那几个媳妇不由分说，拉着司棋便出去了。

王善保家的是怎样跟王夫人告晴雯黑状的：

> 太太不知道，一个宝玉屋里的晴雯，那丫头仗着他生的模样儿比别人标致些，又生了一张巧嘴，天天打扮的像个西施的样子，在人跟前能说惯道，掐尖要强。一句话不投机，他就立起两个骚眼睛来骂人，妖妖趫趫，大不成个体统。

她的这一腔怒火，跟潘金莲挑唆吴月娘和李瓶儿如出一辙。何婆子和夏婆子又是怎么对待芳官和藕官的？那可相当刻薄无情。

从《金瓶梅》到《红楼梦》，相隔百年，这些中年人的气质却出奇地一致。

再看宝玉的感慨:"女孩儿未出嫁,是颗无价之宝珠;出了嫁,不知怎么就变出许多的不好的毛病来,虽是颗珠子,却没有光彩宝色,是颗死珠了;再老了,更变的不是珠子,竟是鱼眼睛了。分明一个人,怎么变出三样来?"

王夫人一出场便苍白无趣,一脸生无可恋。在她眼里,晴雯是"水蛇腰,削肩膀,眉眼像林妹妹",一脸的张狂,"妖精似的东西",声言:"我看不上这浪样儿!谁许你这样花红柳绿的妆扮!"她骂芳官:"唱戏的女孩子,自然更是狐狸精了!"可是,刘姥姥说她早年见过王家的二小姐,她"着实响快,会待人,倒不拿大"。而这个二小姐嫁给了贾政,活成了这样的王夫人。

一个人怎么就变出了三样?

宝玉无法解释,只好归咎于嫁了人,沾染了男人的气味,就混账起来了,比男人更可杀了!所以,他特别害怕婚姻。岫烟被许配给薛蝌,贾母、薛姨妈、王夫人、王熙凤都赞其好姻缘,唯有宝玉闷闷不乐——

> 他从沁芳桥一带堤上走来。只见柳垂金线,桃吐丹霞,山石之后,一株大杏树,花已全落,叶稠阴翠,上面已结了豆子大小的许多小杏。宝玉因想道:"能病了几天,竟把杏花辜负了!不觉到'绿叶成荫子满枝'了!"因此仰望杏子不舍。又想起邢岫烟已择了夫婿一事,虽说是男女大事,不可不行,但未免又少了一个好女儿。不过两年,便也要"绿叶成荫子满枝"了。再过几日,这杏树子落枝空,再几年,岫烟未免乌发如银,红颜似槁了,因此不免伤心,只管对杏流泪叹息。

这个世界又将少一个好女儿，多一个灰不溜秋的中年妇女了。

贾政则是另一类中年人：规规矩矩，却意兴阑珊。他曾被当成假正经很多年，其实他是真正经："近日贾政年迈，名利大灰，然起初天性也是个诗酒放诞之人，因在子侄辈中，少不得规以正路。"

这是我们最熟悉的中年形象——沿着前人的老路，捧着圣贤书，目光笔直，一路走下去。人到中年，一事无成，再告诫孩子："什么《诗经》古文，一概不用虚应故事，只是先把《四书》一气讲明背熟，是最要紧的。"

现实是什么样子，他们就活成了什么样子。

一个少女从无价宝珠，成了死珠，再老了，就成鱼眼睛……宝玉的这段话，与其说是道德谴责，不如说饱含了对生命的困惑：为什么长着长着，就长成了自己讨厌的样子？

对于他们，生命一路下坠，而非上升。

3

《金瓶梅》是中年人的世界，《红楼梦》是少年的世界。

这天，宝玉来到潇湘馆，在窗外听见黛玉说："每日家情思睡昏昏"，原来黛玉一边在床上伸懒腰，一边细细长叹。紫鹃给宝玉端茶，他一时忘情，说道："若共你多情小姐同鸳帐，怎舍得叠被铺床"，这是《西厢记》里张生对红娘说的。

黛玉听了，却哭了，说这是村话。她要的是爱，而不是欲。

《金瓶梅》里也有类似情形，第55回潘金莲跟女婿陈敬济偷情。陈敬济去找金莲，至门首，听金莲娇声低唱："莫不你才得些儿便将人忘记"——

　　已知妇人动情,便接口道:"我那敢忘记了你!"抢进来,紧紧抱住道:"亲亲,昨日丈母叫我去观音庵礼拜,我一心放你不下,推事故不去。今日爹去吃酒了,我绝早就在雪洞里张望。望得眼穿,并不见我亲亲的俊影儿。因此,拼着死楚得进来。"

　　两个场景,形同而魂不同。宝黛之爱,天真清透,美好无匹。而金莲和陈敬济,裹挟着偷情与乱伦,情也?欲也?
　　在中年人的世界里,一切都变得复杂而晦暗,一言难尽。
　　黛玉听到梨香院里的歌声"良辰美景奈何天,赏心乐事谁家院",不由得心痛神痴,站立不住。她在宝玉送来的旧手帕上,写下《题帕三绝》:

　　眼空蓄泪泪空垂,暗洒闲抛却为谁?尺幅鲛绡劳解赠,叫人焉得不伤悲!

　　潘金莲做了一笼裹馅肉角儿,等西门庆来吃。盼不见西门庆到来,骂了几句负心贼。无情无绪,用纤手向脚上脱下两只红绣鞋儿来,试打一个相思卦:

　　你怎恋烟花,不来我家!奴眉儿淡淡教谁画?何处绿杨拴系马?他辜负咱,咱何曾辜负他!

　　然后发现迎儿偷吃了一个角儿,就把她衣服剥光,用马鞭子

《金瓶梅》写中年,《红楼梦》写少年

打,又用指甲狠掐她的脸。

一种相思,两种场景。

宝黛爱情被刻意屏蔽了情欲。贾瑞、秦可卿、秦钟接连死去后,在书中,情欲的气息就荡然无存。似乎是曹雪芹对西门庆式情爱的回应:没有欲望的羁绊,爱情会是什么模样?

我们看到了。

有"西厢记妙词通戏语,牡丹亭艳曲警芳心",春日煦煦,宝黛一起在桃花树下读禁书、谈恋爱,明媚动人。有"意绵绵静日玉生香""潇湘馆春困发幽情""埋香冢飞燕泣残红""诉肺腑心迷活宝玉""情中情因情感妹妹"……既有神性,又有日常生活打底。

龄官和贾蔷的爱情,也格外动人:在爱情的淘洗下,贾蔷这个曾经混浊的生命,也有了清新之气。从而让宝玉"情悟梨香院",醍醐灌顶。

第45回宝玉来潇湘馆看望黛玉——

只见宝玉头上带着大箬笠,身上披着蓑衣。黛玉不觉笑了:"那里来的渔翁!"宝玉忙问:"今儿好些?吃了药没有?今儿一日吃了多少饭?"一面说,一面摘了笠,脱了蓑衣,忙一手举起灯来,一手遮住灯光,向黛玉脸上照了一照,觑着眼细瞧了一瞧,笑道:"今儿气色好了些。"

黛玉说这个斗笠有趣,宝玉说是北静王给的,你要喜欢,我赶明儿送你一个。

黛玉笑道:"我不要他。戴上那个,成个画儿上画的和戏上扮的渔婆了。"及说了出来，方想起话未忖夺，与方才说宝玉的话相连，后悔不及，羞的脸飞红，便伏在桌上嗽个不住。

宝玉却不留心，因见案上有诗，遂拿起来看了一遍，又不禁叫好。黛玉听了，忙起来夺在手内，向灯上烧了。宝玉笑道："我已背熟了，烧也无碍。"黛玉道："我也好了许多，谢你一天来几次瞧我，下雨还来。这会子夜深了，我也要歇着，你且请回去，明儿再来。"

这样的场景，也只有在《红楼梦》里有。世间有无这样的美好？那就看你对爱情的理解了。

而潘金莲的爱情，裹挟着情欲、嫉妒和罪恶，一半是火焰，一半是海水。不是"争宠斗气"，就是"怀嫉惊儿"。先是毒杀武大，后又挑拨宋蕙莲自杀，养狮子猫吓死官哥儿，又气死李瓶儿，给西门庆灌了三粒春药，致其一病不起，一命呜呼。她又跟女婿陈敬济偷情，最后被吴月娘撵出来，来到王婆家里——

潘金莲次日依旧打扮，乔眉乔眼在帘下看人。无事坐在炕上，不是描眉画眼，就是弹弄琵琶。王婆不在，就和王潮儿斗叶儿、下棋。那王婆自去扫面，喂养驴子，不去管他。朝来暮去，又把王潮儿刮刺上了。

她依然故我，看不见自己的罪孽，也看不清自己的处境。直到被武松杀死之前，还幻想着跟武松一起看管迎儿，好生过日子，"我这段姻缘还落在他手里"，直到懵懵懂懂被武松虐杀。

这是一个被自己的欲望驱赶，不断向下坠落的生命。

官哥儿死了，李瓶儿死了。西门庆痛苦万分，他哭着对应伯爵说：

好不睁眼的天，撇的我真好苦！宁可教我西门庆死了，眼不见就罢了。到明日，一时半刻想起来，你教我怎不心疼！平时，我又没曾亏欠了人，天何今日夺吾所爱之甚也！

这锥心之痛当然是真的。他一面大哭李瓶儿，愿同穴一时丧礼盛，一面又守孤灵半夜口脂香，把奶妈如意儿拉上了床，"欢喜的要不的"，说道：

我儿，你原来身体皮肉也和你娘一般白净，我搂着你，就如和他睡一般。你须用心伏侍我，我看顾你。

又听了妓女郑爱月的话，第二天就派玳安去找文嫂，去勾搭林太太，然后有"招宣府初调林太太"。临死前，欲望格外旺盛，"踏雪访爱月""贲四嫂带水战情郎""林太太鸳帷再战，如意儿茎露独尝"，最后在王六儿和潘六儿的双重夹击之下，"贪欲丧命"。

他是如此贪恋这个花花世界。临死前，拉着潘金莲的手，不舍得她，落下泪来。叮嘱众妻妾："你姊妹好好待着，一处居住，休要失散了，惹人笑话。"又叮嘱女婿陈敬济，好好帮扶着众娘过日子……一面说，一面哽哽咽咽地哭了。

正值壮年的西门庆，从来没想过自己会死，死到临头，又拼命挣扎，不想死。他从来不能在生死面前，凝神敛足，对他来说，活着就是拼命拉伸欲望。

在《金瓶梅》里,还没人能直面生死,看见欲望的边界。

这就是一种灰扑扑的中年气质。他们被欲望蒙住双眼,对世界、对人生,始终一脸茫然。

在《红楼梦》的第27回,当黛玉在山坡的花冢处,唱《葬花吟》:

…………

怪奴底事倍伤神?半为怜春半恼春。
怜春忽至恼忽去,至又无言去不闻。
昨宵庭外悲歌发,知是花魂与鸟魂?
花魂鸟魂总难留,鸟自无言花自羞。
愿奴胁下生双翼,随花飞到天尽头。
天尽头,何处有香丘?
未若锦囊收艳骨,一抔净土掩风流!
质本洁来还洁去,强于污淖陷渠沟。
尔今死去侬收葬,未卜侬身何日丧?
侬今葬花人笑痴,他年葬侬知有谁?
试看春残花渐落,便是红颜老死时。
一朝春尽红颜老,花落人亡两不知。

这不是传统的伤春悲秋。芒种节,大观园绣带飘飘,花枝招展,唯有黛玉来到山坡处的花冢,哀悼落花,哀悼青春和美好的生命,并追问生命的终极意义。

"一年三百六十日,风刀霜剑严相逼",这个世界很荒谬,爱与美没有容身之地,不适合居住。

不过,看清不自由的处境,就是自由的开始。因此,宝黛是

> 《金瓶梅》写中年,《红楼梦》写少年

怀抱必死之心,拼命去爱的。他们相爱,写诗,大观园由此成了一个诗意、丰盈而独立的空间。

这就是少年气,元气淋漓,清新刚健。

所谓中年少年,无关年龄,关乎心性和气质。并不是所有的中年人,都油腻不堪;也不是所有的年轻人,都能配得上自己的青春。

比如平儿、香菱、王熙凤和刘姥姥。

她们都是资深已婚女性,但跟大观园有深刻的精神关联——平儿判冤决狱,情掩虾须镯,曹公说她是"俏平儿";香菱一心学诗;凤姐是大观园的守护者,她维护宝黛,曾发出"一夜北风紧"的哀音;而刘姥姥,更是在贾家败落后,赴汤蹈火,救出了巧姐。

她们活得通透、有力,懂得大观园的珍贵。对她们,年龄从不是障碍。

而宝钗,是大观园里最令人困惑的存在。她身在大观园内,心却在大观园外。

宝玉特别不理解宝钗们:"好好的一个清净洁白女儿,也学的钓名沽誉,入了国贼禄鬼之流。"独有黛玉自幼不曾劝他去立身扬名等语,所以深敬黛玉。用宝玉自己的话说:林妹妹从来不说这种混账话,不然,我早就跟她生分了。

宝钗长得鲜艳妩媚,明明是少女,却有了典型的中年气质。

她藏愚守拙,仪态万方,穿着半新不旧的衣服,住雪洞一般的蘅芜苑,平时也不爱花儿粉儿的。"琉璃世界白雪红梅",众女儿一色的红色大氅,皑皑白雪里明艳照人,唯有她穿着莲青色,老气横秋。

她规劝黛玉:别看那些闲书,移了性情,就不可救药了。即使跟小伙伴娱乐，也不肯放松身段，写"珍重芳姿昼掩门"；湘云要做东起诗社，她提醒：诗社虽是玩意儿，也要瞻前顾后，又要自己便宜，又要不得罪了人，然后大家才有趣。

她的世界里都是人，有中国式的人情世故。她没有青春期，好像一生下来就老了。

相比之下，就会知道宝黛们是多么罕见——在薄情的世界里，满怀深情；在战战兢兢的世界里，敞开肺腑。这不仅是勇气，也是自由意志。

卢梭说："野兽根据本能决定取舍，而人类则通过自由意志。"古希腊的英雄阿喀琉斯，他母亲知道他的命运，要么一生碌碌无为，平安到死；要么就是顶天立地的英雄，但英年早逝。阿喀琉斯选择在命运面前披上他的铠甲，挺起他的长枪。

这样迅猛英气的少年，在我们的文化里，太少了。

他们永远留在了大观园里。

4

如果让潘金莲来到《红楼梦》里，她会成为谁呢？

当潘金莲还是少女时，也对未来充满幻想。然而，她先是被卖给王招宣，后又遇到张大户，再后来被嫁给武大……从来身不由己。

她"本性机变伶俐"，长得"脸衬桃花，眉弯新月"，也会"品竹弹丝，女工针指，知书识字，梳一个缠髻儿，着一件扣身衫子"，聪慧性感，妩媚动人。

她还会弹琵琶，写情书，对爱充满期待。可是，被嫁给武大后，生命黯淡无光——

见他一味老实，人物猥琐，甚是憎嫌，常与他合气。报怨大户："普天世界断生了男子，何故将我嫁与这样个货！每日牵着不走，打着倒退的，只是一味吃酒，着紧处却是锥钯也不动。奴端的那世里悔气，却嫁了他！是好苦也！"

武松来了，潘金莲燃起了爱的小火苗，却被兜头一盆冷水。后来又遇到西门庆，对方却见一个爱一个，情感粗陋……她焦虑、愤怒，内心的恶逐渐被激发，一步步走向黑暗之所，最后被欲望吞噬。

如果她来到大观园，学诗、写诗，爱上宝玉……人生会不会有另外的可能？毕竟她也冰雪聪明，也曾天真热烈。有诗，爱上一个人，那个人也爱她，珍惜她，尊重她，会不会除了美丽聪慧，再多几分诗意和独立？

潘金莲本来应该有另一种可能性，拥有丰富而强悍的人生的。

倘若嫁给贾琏，成了琏二奶奶，会不会成为王熙凤第二呢？

贾琏是贵族版的西门庆，离开凤姐就生事，先找了多姑娘，后来找鲍二家的，被王熙凤当场捉到，还闹到贾母那里，场面一度很不堪。好在王熙凤是荣国府的大管家，协理宁国府，弄权铁槛寺，广阔天地大有作为，还被赞为"金紫万千谁治国，裙钗一二可齐家"。

最像潘金莲的是王熙凤。《红楼梦》里，她最有烟火气、市井气。

她们都有一个花心老公，都擅长妻妾战争，彪悍能打——潘金莲气死李瓶儿，王熙凤整死尤二姐。连个性都一样泼辣，王熙凤人称"凤辣子",明里一盆火,暗里一把刀,是泼皮破落户,也是歇后语女王,一说话就飞流直下三千尺。

潘金莲的一张嘴,更是连西门庆都奈何不得。孙雪娥说金莲"嘴似淮洪也一般,随问谁也辩他不过";吴月娘说金莲"有这些孩子气";孟玉楼则说她"最是嘴快"。

王熙凤在荣国府管家理政,雷厉风行,是"脂粉堆里的英雄",潘金莲却只能在西门庆的后院里,天天咬碎银牙,内心越来越黑暗。如果她来到《红楼梦》里,给她一个别的支点,也许会活成另一个王熙凤吧?

其实,西门庆和贾宝玉,也代表了人性的两面。

西门庆恨不得把全天下的女人都拉上床,潘金莲骂西门庆:"若是信着你意儿,把天下老婆都耍遍了罢。贼没羞的货,一个大眼里火行货子!你早是个汉子,若是个老婆,就养遍街,合遍巷。坐家的女儿偷皮匠——缝着的就上。"

他的淫器包里各种颤声娇、银托子和勉铃,为了拉伸欲望,可谓鞠躬尽瘁死而后已。

贾宝玉也恨不得爱尽天下所有美好的女儿,在美面前,心甘情愿低下头来,鲁迅先生说他"爱博而心劳",诚然。

他曾幻想自己死了,姐妹们的眼泪流成河,葬他;看着宝钗一截雪白的臂膀成了"呆雁";所以黛玉说他:"你心里有妹妹,只是见了姐姐,就忘了妹妹。"好在,这个博爱又有点孩子气的少年,在目睹了龄官和贾蔷的爱情后,终于明白"各人只得各人的眼泪",分清了博爱与爱情。

再看《红楼梦》第5回,警幻仙姑对宝玉说:

"尘世中多少富贵之家,那些绿窗风月,绣阁烟霞,皆被那些淫污纨袴与那些流荡女子悉皆玷辱。更可恨者，自古来多少轻薄浪子，皆以'好色不淫'为饰，又以'情而不淫'作案，此皆饰非掩丑之语也。好色即淫，知情更淫。是以巫山之会，云雨之欢，皆由既悦其色、复恋其情所致也。吾所爱汝者，乃天下古今第一淫人也。"

宝玉听了，唬的忙答道："仙姑差了。我因懒于读书，家父母尚每垂训饬，岂敢再冒'淫'字？况且年纪尚小，不知'淫'字为何物。"警幻道："非也。淫虽一理，意则有别。如世之好淫者，不过悦容貌，喜歌舞，调笑无厌，云雨无时，恨不能尽天下之美女供我片时之趣兴。此皆皮肤滥淫之蠢物耳。如尔则天分中生成一段痴情，吾辈推之为'意淫'。'意淫'二字，惟心会而不可口传，可神通而不可语达。汝今独得此二字，在闺阁中，固可为良友，然于世道中未免迂阔怪诡，百口嘲谤，万目睚眦。"

这一席话，好似曹雪芹隔空跟西门庆喊话。在《红楼梦》里，还有贾瑞的故事——对凤姐盲目的欲望，一点点杀死了他，正好是西门庆的缩影。

作为一个深刻的悲观主义者，叔本华对欲望心怀余悸，认为欲望就是暴君，个体很容易成为奴隶。不过，他也认为，艺术可以拯救人心。弗洛伊德也说，"本我"虽然动物凶猛，但可以转化、升华为更高级的存在。

没错，《金瓶梅》里的人，个个像暴君下的臣民，盲目地生，盲目地死，从不曾认真打量自己和这个世界。在《红楼梦》里，有欲望的升华，有自由意志，还有觉悟。

贾宝玉是西门庆的升华，王熙凤和林黛玉是潘金莲们的升华。《红楼梦》和《金瓶梅》是有互文关系的。

有人说，如果贾府不败落，宝玉长大了也就是一个西门庆。大观园终会崩塌，每个人也都要告别青春，走向灰暗的中年。

说这话的人，你确定自己了解宝玉，了解西门庆？

宝玉之所以是宝玉，不是因为他任性富有，风流年少，而是因为他满怀爱与温柔，在美好面前低下头来的谦卑，以及至死不渝的坚持；西门庆之所以是西门庆，不是因为有钱有欲望，而是没有能力去爱，也看不见美。

你可以相信现实力量很强大，但请不要为宝玉代言。能成为西门庆的宝玉，压根儿就不是宝玉。

《红楼梦》第28回，有一场冯紫英家的酒局。薛蟠拉着妓女云儿唱小曲，还在酒席上唱"一个蚊子哼哼哼""两个苍蝇嗡嗡嗡"，热闹不堪。独宝玉说：如此滥饮，易醉而无味。他提议行酒令时，要说悲、愁、喜、乐四个字，却要说出女儿来。

这是最接近《金瓶梅》的一个场景。但宝玉唱："滴不尽相思血泪抛红豆，开不完春柳春花满画楼……遮不住的青山隐隐，流不断的绿水悠悠"，就这样，化腐朽为神奇，给一个寻常酒局注入了灵魂。

所以，宝玉不是回眸繁华流连忘返的末代公子，而是一个高贵的人：一部分是至死不渝；一部分是鉴赏力，能看见美，写下美；另一部分则是教养和规范。

5

东吴弄珠客说："读《金瓶梅》而生怜悯心者，菩萨也；生畏惧心者，君子也；生欢喜心者，小人也；生效法心者，乃禽兽耳。"

同样,"一部《红楼梦》,经学家看见《易》,道学家看见淫;才子看见缠绵,革命家看见排满,流言家看见宫闱秘事。"

读书,其实就是读自己。

《金瓶梅》大俗大艳,处处是喧嚣的欲望,是大红遍地金比甲和满头黄哄哄的钗环,是醉闹葡萄架,兰汤邀午战……《红楼梦》则有贵族气,是黛玉葬花的诗意,大观园的爱与美,是西厢记妙词通戏语,琉璃世界白雪红梅……

《金瓶梅》开首写:"豪华去后行人绝,箫筝不响歌喉咽。雄剑无威光彩沉,宝琴零落金星灭。玉阶寂寞坠秋露,月照当时歌舞处。当时歌舞人不回,化为今日西陵灰。"

《红楼梦》也有《好了歌》:"世人都晓神仙好,惟有功名忘不了!古今将相在何方?荒冢一堆草没了。世人都晓神仙好,只有金银忘不了!终朝只恨聚无多,及到多时眼闭了。世人都晓神仙好,只有姣妻忘不了!君生日日说恩情,君死又随人去了。世人都晓神仙好,只有儿孙忘不了!"

在人间繁华的背后,《金瓶梅》和《红楼梦》的底色,其实都是生命的无常,是"如梦幻泡影,如电复如露",是"悲凉之雾,遍被华林",这很残忍。

但无常和残忍的背面,也有同样的爱与慈悲。

西门庆死后,《金瓶梅》的后二十回,断崖式下跌——李娇儿盗财归丽院,潘金莲被武松杀死,孟玉楼再嫁李衙内,孙雪娥被拐自杀,众兄弟树倒猢狲散。就连唯一的遗腹子孝哥也被普静禅师度化出家……他一心想要留住的人和财物,都化为乌有。

结尾处,是普静禅师在禅床上,敲着木鱼,口中念经。吴月娘的丫鬟小玉,从门缝里看得清楚,原来他是在荐拔幽魂,解释宿冤，绝去挂碍，各去超生——

　　有数十辈焦头烂额，蓬头泥面者，或断手折臂者，或有剖腹剜心者，或有无头跛足者，或有吊颈枷锁者，都来悟领禅师经咒，列于两旁。禅师便道："你等众生，冤冤相报，不肯解脱，何日是了？汝当谛听吾言，随方托化去罢。"

后来，又有死去的周守备、陈敬济、西门庆、潘金莲、武大、李瓶儿、宋蕙莲、庞春梅等人，一一被禅师超度为人。
　　普静禅师要度化孝哥儿，吴月娘不舍得，老禅师将手中禅杖，向正睡在床上的孝哥儿头上一点，孝哥儿翻过身来，却是西门庆，项戴沉枷，腰系铁索。复用禅杖只一点，依旧是孝哥儿睡在床上。月娘见了，不觉放声大哭——

　　良久，孝哥儿醒了。月娘问他："如何你跟了师父出家。"在佛前与他剃头，摩顶受记。可怜月娘扯住恸哭了一场，干生受养了他一场。到十五岁，指望承家嗣业，不想被这老师幻化去了。吴二舅、小玉、玳安亦悲不胜。当下这普静老师，领定孝哥儿，起了他一个法名，唤做明悟……月娘便道："师父，你度托了孩儿去了，甚年何日我母子再得见面？"不觉扯住，放声大哭起来。老师便道："娘子休哭！那边又有一位老师来了。"哄的众人扭颈回头，当下化阵清风不见了。正是：

　　　　三降尘寰人不识，倏然飞过岱东峰。

孝哥儿法名"明悟"。如果世人能够早点觉悟，知道欲望之虚妄，世间一切都不免"成、住、坏、空"……也许会活得更明白、更审慎，这个世界也会更适宜居住。

第96回，春梅游旧家池馆，来到李瓶儿的住处，但见——

> 楼上丢着些折桌、坏凳、破椅子，下边房都空锁着，地下草长的荒荒的。方来到他娘这边，楼上还堆着些生药香料，下边他娘房里，止有两座厨柜，床也没了。

原来，潘金莲的螺钿床给了孟玉楼，孟玉楼的南京拔步床原先给了西门大姐当嫁妆，再嫁时便赔了金莲的床给她。后来拔步床也卖了，李瓶儿的螺钿床也卖了，只卖了三十五两银子。春梅本想买走螺钿床，做个念想——

> "可惜了，那张床，当初我听见爹说，值六十两多银子，只卖这些儿。早知你老人家打发，我到与你老人家三四十两银子要了也罢。"月娘道："好姐姐，人那有早知道的？"一面叹息了半日。

是啊，"人那有早知道的？"，谁会想到春梅翻身做了贵妇？西门庆家转眼会如此萧索？烈火烹油鲜花着锦时，谁会想到树倒猢狲散的那一天呢？

世事大抵如是，人心大抵如是。

《金瓶梅》是哀书，也是绝望之书，亦是生死之书：写尽生的盲目、死的残酷，提醒我们睁眼看自己，看人生，看天地。

第98回，西门庆曾经拥有的一切，飞速瓦解，全书接近尾声。临清的大酒楼上,来了一家人,原来是王六儿和韩道国。王六儿还是老样子,韩道国已掺白须鬓,年小的妇人,长得白净标致,正是他们的女儿韩爱姐。

韩爱姐跟陈敬济一见钟情。陈敬济是败家子,跟潘金莲乱伦,虐待西门大姐,又被春梅包养,孱弱又任性,一心想当西门庆第二,后来被张胜杀死。韩爱姐却执意为其守节:"奴既为他,虽刿目断鼻也当守节,誓不再配他人。"

后来金兵打来,一片混乱,爱姐一路南下来到湖州找到父母和小叔——

> 那湖州有富家子弟,见韩爱姐生的聪明标致,都来求亲。韩二再三教他嫁人,爱姐割发毁目,出家为尼,誓不再配他人。后来至三十一岁,无疾而终。

评点者张竹坡说:爱姐的"爱"通"艾",此等艾火,可炙一切淫妇紊乱纲常等病;可炙一切奸夫淫妇乱臣贼子、盗杀邪淫等病;可炙一切溺爱痴愚等病……

这黯淡、污秽的人间,劈空出现一个韩爱姐,爱得如此坚贞。对人性,兰陵笑笑生依然有愿景。

陈敬济写给韩爱姐的情书里,有这样一首诗:"吴绫帕儿织回纹,洒翰挥毫墨迹新。寄与多情韩五姐,永谐鸾凤百年情。"这首诗重复出现过两次。

台湾的侯文咏在《没有神的所在:私房阅读〈金瓶梅〉》里说:"这是作者向读者说再见的告别手势。"前两句隐喻了作者写《金瓶梅》的过程,后两句则是写给读者的,写给懂《金瓶梅》,能从情色欲望里看到慈悲的读者。

我为这个解释击节！

一部《金瓶梅》，整整一百回，八十万字，写尽生与死、人心与欲望。

正如"风月宝鉴"，正面是欲望和诱惑，反面是克制与觉悟，你能看到哪一面呢？

6

《风月宝鉴》是《红楼梦》的另一个书名。

在《红楼梦》未成之时，可能真有一部《风月宝鉴》，写的是"王熙凤毒设相思局，贾天瑞正照风月鉴""贾二舍偷娶尤二姨，尤三姐思嫁柳二郎"……一堆痴男怨女的风月债。

如果按此写下去，不过是无数模仿《金瓶梅》的小土丘中的一个。

后来笔锋一转，有了"千红一哭""万艳同悲"，有了"开辟鸿蒙，谁为情种"，有了情僧，有了怀金悼玉……拔地而起一座《红楼梦》的高峰。

就这样，在《金瓶梅》结束的地方，《红楼梦》开始了。

读完西门庆、潘金莲、李瓶儿、宋蕙莲、王六儿们的故事，回头再看《红楼梦》，你会发现，其实《红楼梦》是对《金瓶梅》的遥相呼应。

《金瓶梅》洞悉人心和欲望，提醒我们诚实面对自己；《红楼梦》要回答的是："什么样的人生才值得一过？"

必须理解大观园，这是打开《红楼梦》的钥匙。

大观园是曹雪芹在中年人的重重围剿中，精心建构的伊甸园。

《红楼梦》的故事，其实开始于宇宙洪荒。曹雪芹架空朝代，开篇便是远古神话：女娲补天、大荒山无稽崖青埂峰，西方灵河岸赤瑕宫、太虚幻境……何以如此大费周折？因为他要"重估一切价值"，正如尼采所言："一切事物的权重必将重新得到确定。"

因此，故事发生在哪朝哪代不重要，重要的是这个文化时空是全新的——天上的太虚幻境，人间的大观园。

这提醒我们——大观园是陌生的，或许是我们未曾经历的生活；也是熟悉的，或许是我们曾经拥有，却最终失落的世界。

对大观园，有人看见阴谋，有人看见悲剧，我更愿意看见爱、美和自由以及此间的少年。

然而，大观园甫一开始，便隐含了"失乐园"。第23回里黛玉第一次葬花。她告诉宝玉：不要把花撂水里，这里的水干净，但流到外面，就脏污了，不如埋在土里，随风化了，岂不干净？

这也是一句谶语，生命终究是悲剧，大观园也不会永存。第70回，大观园已经风雨飘摇：桃花社未成，偶填柳絮词，也悲声一片。然后，绣春囊出现了，王夫人又惊又气，在王善保家的撺掇下，开始查抄大观园。

绣春囊是谁的？是外人的还是园内人的？是潘又安送给爱人司棋的吗？不知道。它更像一个隐喻，隐喻情欲和现实，一种破坏性的力量。

可惜八十回后的文字，是续作，看不到"落了片白茫茫大地真干净"的世界是怎样地荒寒。唯一确定的是，宝玉内心依然是那个少年，满怀爱与温柔。不然，就不会有"字字看来皆是血，十年辛苦不寻常"的《红楼梦》了。

谁会忘记大观园呢？

在这里，有丰沛的青春、自由的灵魂。在这里，曾经卑微的生命也有了光。

香菱一心学诗，黛玉给她开教科书，画重点。她谈读后感："渡头余落日，墟里上孤烟"，写得真好！那年我们上京来，傍晚湾住船，岸上没人，只有几棵树，远远有人家做饭，"那个烟竟是碧青，连云直上"。香菱一生所遇皆无好人，彼时身边还有薛蟠，然而，她看见了乡村傍晚的炊烟，看见了诗意。

后来她写出"一片砧敲千里白，半轮鸡唱五更残"，众人喝彩，宝玉更赞：呀，这样的人原该不俗！老天生人不会虚赋情性的，可见天地至公！

诗是什么？诗是觉悟，是暗夜里的微光，能照亮生命，救赎自我。所以，大观园一定有诗社：海棠社、菊花社，写梅花诗、桃花行、咏柳絮词……他们是真正的文艺青年——时刻保持感受力，保持着惊奇和爱的能力，能被别人熟视无睹的事物感动，这是多么宝贵的天性啊！

为此，曹雪芹格外珍视那些旁逸斜出的人。

在第2回里，贾雨村列过一个名单，从陶潜、阮籍、嵇康、刘伶到陈后主、唐明皇、宋徽宗，再到卓文君、红拂、薛涛、朝云……有诗人，有隐士，有君主，有文青，他们的共同特点，就是无法被归类，拒绝与生活和解。

这些人，可有半点灰扑扑的中年气？他们都是大观园里的人。

大观园最终坍塌了。正当我们心满意足地喊出"你真美啊，请你停留一下"，它却转眼消失。不过，一切都成空又如何？大观园的意义本来就不在于它的真实永存，恰恰在于它的脆弱易朽。

但它会永远留在我们的记忆里。正如宝玉惦记刘姥姥杜撰出的茗玉，说"这样人是虽死不死的"。所以，即使老了、残了，也曾因为爱过、活过，见过美和自由而内心通透，绝不油腻。

海德格尔说，人类本应该诗意地栖居，却在生存的"狡计"中日渐遗忘了本真，背离了存在，成了沉沦于世的"常人"。我们开始讪笑年少轻狂，决定归顺现实。于是，人到中年就像进入一条隧道，活得更窄迫、更荒凉。用本雅明充满诗意的说法，这是因为人的生命和天上的星辰逐渐断了联系，并持续远离。

大观园，是距离天上的星辰最近的。

有人说《金瓶梅》比《红楼梦》更慈悲，因为能看见人性的破败而能谅解、能担荷。可是，理解破败人心是慈悲，能看见天上的星空，也是慈悲啊。

《金瓶梅》写中年，写人心与欲望，沉重的肉身；《红楼梦》写少年，发现爱、美与尊严，呈现丰茂的灵魂。它们都是生命之书，怀抱同样的纯真和慈悲，在沉沉末世里依然关爱世人。

乱红错金，是学会通过中年看见少年，再以少年审视中年，从而，在"我们应该活成的样子"和"我们最终活成的样子"之间，相互照见，悲欣交集。

所以，《金瓶梅》和《红楼梦》同时发现了"存在"。

从《水浒传》到《金瓶梅》再到《红楼梦》，呈现的是文明的阶梯

1

武松、西门庆和贾宝玉，一个是英雄，一个是暴发户，一个是贵族，他们都是很容易被标签化的人物。其实，可以把这三个人，看成人性的三个面相。

一个是破坏力，一个是欲望，一个是灵魂。从这个角度看，《水浒传》《金瓶梅》和《红楼梦》，包含了整个中国。

先来聊武松。

《金瓶梅》里的武松，跟《水浒传》里的武松，很不一样。

绣像本金瓶梅，第1回是"西门庆热结十兄弟，武二郎冷遇亲哥嫂"，最先出场的是西门庆，"武松打虎"的一段也被删了，换成从应伯爵嘴里复述。词话本的开头还是武松打虎，几乎照搬《水浒传》。

显然，绣像本知道主角是谁，知道怎么讲故事，更有文学的自觉。

西门庆和应伯爵在酒楼上看热闹，武松是这样出场的："雄躯凛凛，七尺以上身材；阔面棱棱，二十四五年纪。"尤其是

"身穿着一领血腥衲袄,披着一方红锦。"更是血色将至,风雨欲来。

《水浒传》里,武松是响当当的英雄。其复仇也一气呵成,滴水不漏——得知潘金莲与西门庆偷情、毒杀武大,遂掌握证据去报官,不成,杀之……该缜密时缜密,该出手时出手。

但在《金瓶梅》里,事情变了。武松要复仇,可是西门庆偷娶了潘金莲,何儿躲了,王婆嘴硬,西门庆也在眼皮底下溜了,武松一怒之下,杀了李外传,然后入狱……处处阴错阳差,拖泥带水。甚至延宕七年的杀金莲,也变了味。彼时,西门庆已死,金莲因为偷女婿,被吴月娘撵出来,在王婆处等候发卖。武松对王婆说:

> 我闻的人说,西门庆已是死了,我嫂子出来,在你老人家这里居住。敢烦妈妈对嫂子说,他若不嫁人便罢,若是嫁人,如是迎儿大了,娶得嫂子家去,看管迎儿,早晚招个女婿,一家一计过日子,庶不教人笑话。

又拿出白花花一百两银子。王婆信了,帘内的潘金莲也心花怒放:"既是叔叔还要奴家去看管迎儿,招女婿成家,可知好哩。"

杀戮发生在新婚之夜,这是一场狡黠的围猎。所以,有人说,武松不是杀嫂,而是杀妻。更让人大跌眼镜的是杀了金莲和王婆后——

> 那时有初更时分,倒扣迎儿在屋里。迎儿道:"叔叔,我害怕!"武松道:"孩儿,我顾不得你了。"……武松跳过

墙来，到王婆房内，只见点着灯，房内一人也没有。一面打开王婆箱笼，就把他衣服撇了一地。那一百两银子止交与吴月娘二十两，还剩了八十五两，并些钗环首饰，武松都包裹了。提了朴刀，越后墙，赶五更挨出城门，投十字坡张青夫妇那里躲住，做了头陀，上梁山为盗去了。

武松把所有值钱货打包背走，却扔下亲侄女在凶杀现场，直奔梁山。左看右看，都不是金圣叹笔下的"天人"武松。

武大原无女儿，迎儿是兰陵笑笑生凭空添上的，真是神来之笔，简直就是专门来考验英雄的——英雄连亲人都不庇佑，况众生乎？

哪一个武松更真实？那得看你对英雄有没有执念了。

即使在《水浒传》的世界里，英雄也很可疑。

不妨来看武松的事迹：打虎、杀潘金莲、醉打蒋门神、血溅鸳鸯楼……施恩好酒好肉款待武松，武松就帮其夺回快活林。而施恩和蒋门神争夺快活林，属于黑吃黑，没正邪对错，武松出手，完全出于江湖义气。请注意，义气不是正义，即使有，也是个人正义，跟公义无关。

蒋门神、张团练和张都监陷害武松，武松大闹飞云浦，来找张都监复仇——杀守门人，杀俩丫鬟，杀当事人蒋门神、张团练和张都监之后，却并未收手。张都监的夫人、丫鬟、亲随一个也没放过，原文说他"一不做，二不休。杀了一百个，也只是这一死"，"又入来寻着两三个妇女，也都搠死了在房里"。中间有一幕，武松要割张夫人的头，却割不动，月光下举刀一看，原来杀人太多，刀都砍出缺口了。

真是惊人！最后，张都监被灭门十五口，其中八个是无辜女性，再加上潘金莲，英雄武松杀了九个女性，确实是梁山强盗作风。吊诡的是，这九个女性被杀了，杀人凶手却被当英雄膜拜许多年。

《红楼梦》里，宝玉想到贾琏之俗，凤姐之威，平儿厕身其中殊为不易，不禁掉下泪来。谁又会为《水浒传》里的无辜死难者，叹息一声？

《水浒传》的世界里，暴力血腥是常态。方圆几百里，不是少华山，就是二龙山、桃花山。好不容易翻过一个猛恶的树林，来到的又是十字坡，孙二娘正在她的店里磨刀霍霍。她的人肉作坊，日常情形是这样的："壁上绷着几张人皮，梁上吊着五七条人腿；见那两个公人一颠一倒，挺着在剥人凳上。"

再看李逵救法场，一路杀到江边，死者十之八九是普通老百姓。阎婆惜、潘巧云都被杀了，小衙内被砍成两截，刘家庄的一对小恋人，也被李逵一阵乱砍，还有李家庄、扈家庄的百姓，动辄被团灭……真是命如草芥。

梁山好汉信奉的是弱肉强食，是只认拳头不认理的丛林法则。他们不懂得尊重生命，就连自己的生命，也可轻言放弃——

> 阮小五和阮小七把手拍着脖项道："这腔热血，只要卖与识货的！""若是有识我们的，水里水里去，火里火里去。若能勾受用得一日，便死了开眉展眼。"

虽然举起"替天行道"的大旗，却只是忙着打粮草、报私仇、走招安。排起座次来，同样人心如鬼蜮，并无什么豪气、什么道义。

他们都是亡命之徒，怒火冲天、杀气腾腾，代表了人性中的某种破坏性力量。

对这样的英雄,兰陵笑笑生显然充满怀疑。

他把传统价值拆解得七零八落——修齐治平,成了酒色财气;"桃园结义""管鲍情深""四海之内皆兄弟也",在西门庆和他的结义兄弟面前成了笑话;蔡状元、宋御史们对西门庆趋之若鹜;谦谦君子温秀才,却好男风、喜偷窥,还告密。

处处是价值的崩坏。英雄自然也经不起世俗生活的追问,露出了袍子底下的"小"来。

把《水浒传》的英雄视角替换成人性视角,不再站武松的立场,而是人性立场,再看第2回潘金莲雪天撩武松,相信我,你会读出不一样的感觉。

自来到哥哥家里,第一眼看见潘金莲,武松便看出这个嫂嫂有几分妖娆,他的反应是"低头"。潘金莲热情邀请他来家里住,他当晚就搬过来,随后潘金莲殷勤招待,武松也礼貌回馈,送给嫂子礼物,相处倒也融洽。

在那个下雪的中午,潘金莲独自在帘子下,看着武松踏着乱琼飞雪回来,早已准备好酒菜在武松屋里。武松说等哥哥一起,潘金莲说如何等得了,二人便一起喝酒聊天。

潘金莲步步深入,气氛非常暧昧——

> 筛了三四杯饮过。那妇人也有三杯酒落肚,哄动春心,那里按纳得住。欲心如火,只把闲话来说。武松也知了八九分,自己只把头来低了,却不来兜揽。妇人起身去烫酒。武松自在房内却拿火箸簇火。妇人良久暖了一注子酒来,到房里,一只手拿着注子,一只手便去武松肩上只一捏,说道:"叔叔只穿这些衣裳,不寒冷么?"武松已有五七分不自

在，也不理他。妇人见他不应，匹手就来夺火箸，口里道："叔叔你不会簇火，我与你拨火。只要一似火盆来热便好。"武松有八九分焦燥，只不做声。这妇人也不看武松焦燥，便丢下火箸，却筛一杯酒来，自呷了一口，剩下半盏酒，看着武松道："你若有心，吃我这半盏儿残酒。"武松匹手夺过来，泼在地下说道："嫂嫂不要恁的不识羞耻！"把手只一推，争些儿把妇人推了一交。武松睁起眼来说道："武二是个顶天立地噙齿戴发的男子汉，不是那等败坏风俗伤人伦的猪狗！嫂嫂休要这般不识羞耻，为此等的勾当，倘有风吹草动，我武二眼里认的是嫂嫂，拳头却不认的是嫂嫂！"

这个片段，《金瓶梅》几乎照搬《水浒传》。

《水浒传》要写一个顶天立地的英雄，不近女色，悍然抗拒诱惑。《金瓶梅》的人性视角，却让我们对潘金莲多了一份同情。武松明明看得明白，却能忍得住，一直沉默不语，放任潘金莲一条道走到黑，最后关头才掀桌翻脸。

但凡稍有点人情味，难道不是找借口溜走，或者干脆就避免单独相处吗？

英雄的不近人情，乃至残忍，可见一斑。

2

《金瓶梅》是一个新的世界，在这里，活着比什么都重要。武松来到这里，就像英雄走错了片场。

那些死在英雄刀下的吃瓜群众，在《金瓶梅》的世界，做起了小生意，活得有滋有味。"上天有好生之德"，他们都是市井小民，讨生活而已，原本就不该死。

西门庆也从武松刀下逃脱，成了一方土豪，过得风生水起，"性"致勃勃。

他不光自己发家致富，也给普通人提供就业机会，还会做点小慈善。

比如，他资助应伯爵，对应伯爵吃回扣睁只眼闭只眼，有好吃的好玩的，都给他留着；帮助穷朋友常峙节，先给十几两碎银子做家用，再给五十两，三十两买房子，剩下的做个小买卖。

富有和奢侈也不是原罪，还可以带动其他产业。第46回元宵节，西门庆家里热闹非凡——

> 李铭、王柱须臾吃了饭，应伯爵叫过来吩咐："你两个会唱'雪月风花共裁剪'不会？"李铭道："此是黄钟，小的每记的。"于是，王柱弹琵琶，李铭搽筝，顿开喉音唱了一套。唱完了，看看晚来，正是：
>
> > 金乌渐渐落西山，玉兔看看上画阑；
> > 佳人款款来传报，月透纱窗衾枕寒。
>
> 西门庆命收了家火，使人请傅伙计、韩道国、云主管、贲四、陈敬济，大门首用一架围屏，安放两张桌席，悬挂两盏羊角灯，摆设酒筵，堆集许多春檠果盒，各样肴馔。西门庆与伯爵、希大都一带上面坐了，伙计、主管两旁打横。大门首两边，一边十二盏金莲灯。还有一座小烟火，西门庆吩咐等堂客来家时放。先是六个乐工，抬铜锣铜鼓在大门首吹打。吹打了一回，又请吹细乐上来。李铭、王柱两个小优儿筝、琵琶上来，弹唱灯词。那街上来往围看的人，莫敢仰视。西门庆带忠靖冠，丝绒鹤氅，白绫袄子。玳安与平安两

个,一递一桶放花儿。两名排军执揽杆拦挡闲人,不许向前拥挤。不一时,碧天云静,一轮皓月东升之时,街上游人十分热闹,但见:

> 户户鸣锣击鼓,家家品竹弹丝。游人队队踏歌声,士女翩翩垂舞调。鳌山结彩,巍峨百尺矗晴云;凤禁褥香,缥缈千层笼绮队。闲庭内外,溶溶宝月光辉;画阁高低,灿灿花灯照耀。三市六街人闹热,凤城佳节赏元宵。

这一幕能养活多少产业?唱戏的、弹乐器的、做灯笼的、造烟火的、乐工、吹打……只有在商业社会,在城市里,才有这样的人间图景。

在《水浒传》里,西门庆偷鸡摸狗、为富不仁,是负面形象,一刀被武松结果。但在《金瓶梅》里,却是最令人艳羡的成功者,甚至带动了一大批人发家致富奔小康——卖水果的郓哥、教踢球的圆社、理发的小周、唱戏的李铭,媒婆薛嫂们靠他赚钱,应伯爵成了中介,韩道国们跟西门庆合伙做买卖,还拿到了股份。

让他们来选跟武松还是西门庆,答案不言而喻。世道变了,不再是武松们的地盘,而是小人物的世界,活着才是硬道理。

为什么说《金瓶梅》很现代,是因为作者能看见这样的人间,尊重人性,尊重普通人生存的权利。

为此,在整个中国传统文学史里,《金瓶梅》显得非常另类。

儒家重义轻利,看不起金钱。在士大夫的词典里,最要紧的是道德文章,赚钱是小人行为,自私自利是要被灭掉的"人欲"。而《金瓶梅》的作者不带任何偏见,写西门庆如何赚钱,如何生活,也让我们看见那个时代的生存状况。

在西门庆三十三岁的人生里,金钱和权力共舞,食与性齐飞。

作为男人,西门庆无疑是开挂的——有钱有权,"状貌魁梧,性情潇洒",潘驴邓小闲。后期步步高升,当了东京蔡太师的干儿子,清河县公安局副局长,临死前还被升正职。吃的用的琳琅满目,堪称明代博物志。

从潘金莲到李瓶儿,从李桂姐到郑爱月,从如意儿到林太太,从人妻到寡妇到贵妇……没有他搞不定的女人。

不过,盗亦有道,西门庆泡女人从不霸王硬上弓。勾搭潘金莲,他摇着洒金扇,风流浮浪,语言甜净,跟王婆一起定下计谋攻城略地;看上宋蕙莲,开口许诺:"我的儿,你若依了我,头面衣服随你拣着用。"还让玉箫拿匹蓝缎子给蕙莲,探其口风;瞄上了王六儿,差冯妈妈去询问。

比动辄向女人举刀的武松,比死缠烂打、胡天胡帝的韦小宝,体面多了。

说他欺男霸女,那是刻板印象。对待女人,他的脾气并不算坏。

潘金莲没少怼他,她嘴巴伶俐,掐尖要强,怼天怼地怼空气。潘金莲跟琴童偷情,西门庆知道后,气冲冲地拿马鞭子打,只打了一鞭,然后——

又见妇人脱的光赤条条,花朵儿般身子,娇啼嫩语,跪在地下,那怒气早已钻入爪洼国去了,把心已回动了八九分,因叫过春梅,搂在怀中,问他:"淫妇果然与小厮有首尾没有?你说饶了淫妇,我就饶了罢。"那春梅撒娇撒痴,坐在西门庆怀里，说道："这个，爹你好没的说！我和娘成日唇不离腮，娘肯与那奴才？这个都是人气不愤俺娘儿们，做作出这样事来。爹，你也要个主张，好把丑名儿顶在头上，传出外边去好听？"几句把西门庆说的一声儿没言语，丢了马鞭子，一面叫金莲起来，穿上衣服，吩咐秋菊看菜儿，放桌儿吃酒。

还有几次，被潘金莲直接怼在脸上，他说不过，只好呵呵笑了。

妻妾之间经常硝烟弥漫，他是按下葫芦浮起瓢，左右奔突。第75回，潘金莲和吴月娘第一次从暗战转为公开撕破脸，一个骂：你害杀了一个（李瓶儿），如今又来害我！一个坐在地下打滚撒泼，自己打自己嘴巴，放声大哭。

西门庆回家一看，赶紧先去吴月娘屋里，因为她是大房，又有身孕，好好安抚了一番——

"你如今心内怎么的？吃了些甚么儿没有？"月娘道："谁尝着些甚么儿？大清早辰才拿起茶，等着他娘来吃，他就走来和我嚷起来。如今心内只发胀，肚子往下憋坠着疼，脑袋又疼，两只胳膊都麻了。你不信，摸我这手，恁半日还同握过来。"西门庆听了，只顾跌脚，说道："可怎样儿的，快着小厮去请任医官来看看。"

张竹坡说吴月娘一味装，仗着怀孕挟制西门庆，真是丑绝。这倒没什么丑的，反正大官人吃软不吃硬。到第三天晚上，西门庆才抽空到潘金莲屋里道安慰。

这边潘金莲哭得梨花带雨,他只好又换一番口吻劝和——

"罢么,我的儿,我连日心中有事,你两家各省一句儿就罢了。你教我说谁的是?昨日要来看你,他说我来与你赔不是,不放我来。我往李娇儿房里睡了一夜。虽然我和人睡,一片心只想着你。"

安抚住了潘金莲,还有气性更大的春梅躺在床上生闷气,西门庆巴巴儿地去抱她——

那春梅从酪子里伸腰,一个鲤鱼打挺,险些儿没把西门庆扫了一交,早是抱的牢,有护炕倚住不倒。

他赶紧吩咐秋菊去取菜、筛酒、烤果馅饼,三个人坐下一起喝酒,总算和好。

这样的西门庆,不是扁平的,而是立体的,比《水浒传》里的西门庆,多了些人情味。

西门庆做生意很精明,但却经常被女人骗,但凡狡黠一点,又会撒娇,都能骗得他晕头转向。他一个月二十两银子包养了妓女李桂姐,却撞破她偷接客人,便发狠再也不去找她,还砸了丽春院。结果第二天应伯爵拉他过去,李桂姐眼泪汪汪,说自己只是陪着客人喝酒……他还真就信了。

在来旺事件中,他本来并不想下杀手,表现得像一个"耙耳朵":一会儿被潘金莲说服,一会儿又觉得宋蕙莲说得好有道理,摇摆不定。

看,他顶多有点肤浅,算不上恶。

在两性关系里，西门庆也不吝啬，要钱给钱，还想法子取悦对方。他有一个工具包，里面有勉铃、颤声娇，袖子里有香茶、碎银子，几乎有求必应，堪称殚精竭虑，死而后已。

当然，你可以说他是不知餍足，但那些女人，似乎也不受苦，反而都甘之若饴。

这就是生活，就是人性吧？人性是如此驳杂、泥沙俱下，好坏善恶并非截然两分。用道德的标准来判断西门庆以及《金瓶梅》里的人，将会丧失对人性的想象力，不免"明乎礼义陋于知人心"。

比如他也有深情之时。

李瓶儿快死了，他不顾道士的劝告，走进病人的房间，跟李瓶儿抱头痛哭。李瓶儿死了，他痛哭流涕，嗓子都哑了，不吃不喝。听曲子想起瓶儿，眼圈发红，还屡屡梦见李瓶儿，从梦中哭醒。

如今流行翻案风。有人说，西门庆虽花心浮浪，但对他的女人不错，要钱给钱，要性给性，死了还这么哭……简直是一枚暖男。

先别急着感动。

当年他跟潘金莲如胶似漆，一看见她，就像天上掉下来的，喜不自胜。武大死后，他却忙着娶玉楼，足有两个多月没来看金莲。金莲相思入骨，咬碎银牙。她是西门庆的女人里，唯一一个对爱情有期待的。可惜西门庆娶了金莲后，很快就包养了妓女李桂姐，又与李瓶儿隔墙密约，更有宋蕙莲、王六儿……在失落、绝望和愤怒中，金莲终于被内心的黑暗吞噬，再也不能回头。

李瓶儿一心要安稳的婚姻生活，她不争不抢岁月静好，生下官哥儿后，更是贤良淑德。然而，她的死，西门庆却难辞其咎。她病危，医生一个个来，都无济于事，来了一个何老人——

看了脉息,出到厅上,向西门庆、乔大户说道:"这位娘子,乃是精冲了血管起,然后着了气恼。气与血相搏,则血如崩。不知当初起病之由是也不是?"西门庆道:"是便是,却如何治疗?"

这才是她的病因——第 50 回,西门庆刚得了胡僧药,先去找王六儿,意犹未尽,又缠着李瓶儿要跟她睡,不顾她来了例假。"精冲了血管",其实是月经期同房导致的妇科炎症。

李瓶儿死后,他哭:好仁义的姐姐,你在我家没过几天好日子,都是我西门庆坑陷了你!这话倒也不假。第 61 回,他喝醉了来找李瓶儿——

李瓶儿道:"你没的说!我下边不住的长流,丫头替我煎药哩。你往别人屋里睡去罢。你看着我成日好模样儿罢了,只有一口游气儿在这里,又来缠我起来。"西门庆道:"我的心肝!我心里舍不的你。只要和你睡,如之奈何?"李瓶儿瞪了他一眼,笑了笑儿:"谁信你那虚嘴掠舌的。我倒明日死了,你也舍不的我罢!"又道:"亦发等我好好儿,你再进来和我睡也不迟。"西门庆坐了一回,说道:"罢,罢。你不留我,等我往潘六儿那边睡去罢。"李瓶儿道:"原来你去,省的屈着你那心肠儿。他那里正等的你火里火发,你不去,却忙惚儿来我这屋里缠。"西门庆道:"你恁说,我又不去了。"李瓶儿微笑道:"我哄你哩,你去罢。"于是打发西门庆过去了。李瓶儿起来,坐在床上,迎春伺候他吃药。拿起那药来,止不住扑簌簌香腮边滚下泪来,长吁了一口气,方才吃了那盏药。正是:

心中无限伤心事，付与黄鹂叫几声。

　　西门庆当然也爱李瓶儿，但他粗心又浅陋，看不见她的眼泪，体会不了她的痛苦，甚至都不知道她已病入膏肓。

　　《红楼梦》里的呆霸王薛蟠也这样。王熙凤说他：对香菱也就图两天新鲜，很快也就看成马棚风了；还有贾琏，在宝玉眼里，他"惟知以淫乐悦己，并不知作养脂粉"。什么是作养？就是爱，是看见，是懂得。

　　西门庆、薛蟠们哪里懂这些！

　　他不是好人，但也谈不上有多坏，只是不能深刻、持久地爱一个人。他代表了人性中的欲望，是一个非常现实的人。

　　所谓现实，就是不标签化、不概念化，《金瓶梅》是真正的现实主义。

　　对我个人而言，阅读《金瓶梅》，是从不忍下咽到逐渐心平气和的过程，是放下傲慢与偏见，回归常识的过程。

　　《金瓶梅》并不是在写非常之人、非常之事，它写的就是人性。书里的人，个个欲望丰沛，携带着丰富的秘密和深渊，一言难尽。如果我们诚实一点、谦卑一点，是能从他们身上辨认出自己的：软弱、粗陋、放任欲望，不懂得爱，不知道爱其实是尊重、接纳和慈悲。

　　判断一个人，要看他闲暇时间做什么。西门庆一直停留在弗洛伊德所说的"本我"层面，依据的是快乐原则，集中在吃和性，这也是马斯洛五层需求里的最底层。

　　西门庆的故事，就是欲望的故事。他的一生，都在金钱、权力和性里打转——赚更多的钱，当更大的官，泡更多的女人。表面上看，他拥有世俗的成功和荣耀，但情感生活总是浅尝辄止。

他取悦女人的方式，不是给钱，就是给性，简单又粗暴。

他安慰失去儿子的李瓶儿，就是跟她睡觉。安慰含酸的孟玉楼，也是跟她上床，全不顾对方其实身体并不舒服。

他不知道，她们也需要情感的慰藉，而不只是性。也只有李瓶儿之死，他才有了切肤之痛。不过，尽管"观戏动深悲"，一度因思念她而落泪，"愿同穴一时丧礼盛"，悲恸欲绝，却又"守孤灵半夜口脂香"，慌不择路把奶妈如意儿拉上床，当成李瓶儿的替代品。

他不是坏，而是软弱，无法控制自己的欲望，爱得不深刻、不持久。终其一生，他的爱只是停留在欲望的层面上，无法拥有深刻的亲密关系。

他没有爱的能力，无法拥有更高级、更深刻的精神世界。他的结义兄弟都是酒肉兄弟，生意伙伴、亲戚也都停留在交易关系上。一句话，他无力跟现实社会构建一个真实的、可靠的、有价值的链接。

这样的世界，是机械的、物质的，不能给人安慰；这样的人生，是扁平的，没有高度和深度……这是地狱般的场景。地狱之所以恐怖，不是因为刑罚，而是生命成了机器，没完没了，看不到尽头，这会让所有意义都丧失殆尽。

最后，西门庆只能纵欲而亡。

这比在《水浒传》里让武松杀死，深刻得多。

3

伟大的小说，本质上都是寓言。

《金瓶梅》告诉我们：欲望有它的丰美，也有它的边界。但是，在《金瓶梅》的世界里，没有一个人有能力看见边界在哪里，也看不清自己的处境，他们都被欲望蒙住了眼睛。

在西门庆力竭倒下的地方，《红楼梦》开始了。

武松的世界，对生命没有敬畏，更像原始的丛林社会，是托马斯·霍布斯说的"所有人反对所有人的战争"；西门庆的世界，琳琅满目，内心却一片荒凉。

如果说武松代表了破坏欲，西门庆代表了欲望，贾宝玉给予我们的，则是爱与温柔。

从《水浒传》到《金瓶梅》再到《红楼梦》，人性拾级而上，进入一个丰饶、高远的境界。

《红楼梦》第 5 回，宝玉梦游太虚幻境，警幻仙姑送他两个字"意淫"：是"天分中生成一段痴情"，跟皮肤滥淫不同，后者只是肉体上的占有，简单粗暴，毫无精神内容。

意淫是宝玉的使命，也是他的自我选择。

当年青埂峰下，作为命运使者的一僧一道，告诫灵性已通、凡心正炽的顽石：凡间之事，美中不足，好事多磨，乐极悲生，人非物换，到头一梦，万境归空，你还去吗？

这几乎是对他命运的坦示，顽石说：我要去。去红尘历劫，见证一切，既是他的命运，也是他的使命。

正如《红楼梦》的另一个书名《情僧录》，宝玉是一个情僧——

他"爱博而心劳"：丫鬟给他脸色、抢白他，他不在意，反而甘心情愿为她们充役，给麝月篦头，服侍袭人吃药，给晴雯焐手，真是操碎了心；帮烧纸钱的藕官挡责罚，替彩云顶了偷拿玫瑰露的缸，连春燕挨母亲的打，也知道跑向宝玉寻救援……忙得不可开交。

在东府看戏，他惦记厢房里的"美人图"，却发现了小厮茗烟和丫头卍儿的私情，他提醒丫头快跑："放心，我不会告诉别人的。"又问茗烟这丫头多大了，什么名字，低头沉思良久。

大观园是人间的伊甸园，怡红院是其中最温暖的所在。

在蔷薇架外，看到龄官一边呜咽一边用簪子在地上画"蔷"字，心想这女孩子内心得有多大的煎熬！恨不得跑过去帮她分担——

只见那女孩子还在那里画呢，画来画去，还是个"蔷"字。再看，还是个"蔷"字。里面的原是早已痴了，画完一个又画一个，已经画了有几千个"蔷"。外面的不觉也看痴了，两个眼睛珠儿只管随着簪子动，心里却想："这女孩子一定有什么话说不出来的大心事，才这样个形景。外面既是这个形景，心里不知怎么熬煎。看他的模样儿这般单薄，心里那里还搁的住熬煎。可恨我不能替你分些过来。"

伏中阴晴不定，片云可以致雨，忽一阵凉风过了，唰唰的落下一阵雨来。宝玉看着那女子头上滴下水来，纱衣裳登时湿了。宝玉想道："这时下雨。他这个身子，如何禁得骤雨一激！"因此禁不住便说道："不用写了。你看下大雨，身上都湿了。"那女孩子听说倒唬了一跳，抬头一看，只见花外一个人叫他不要写了，下大雨了。一则宝玉脸面俊秀，二则花叶繁茂，上下俱被枝叶隐住，刚露着半边脸，那女孩子只当是个丫头，再不想是宝玉，因笑道："多谢姐姐提醒了我。难道姐姐在外头有什么遮雨的？"一句提醒了宝玉，"嗳哟"了一声，才觉得浑身冰凉。低头一看，自己身上也都湿了。说声"不好"，只得一气跑回怡红院去了，心里却还记挂着那女孩子没处避雨。

他本可以没心没肺地快活，贾珍、贾琏和薛蟠们不就是这样吗？不，他情愿在美好的事物面前，低下头来。

婆子小厮背地里评价他："一点儿刚性都没有"，宝钗嘲笑他"富贵闲人""无事忙"。对经济仕途、道德学问，他丝毫不关心，他关心的是另一个世界。

他如何安抚哭泣的平儿？先是替凤姐和贾琏向平儿赔罪，让平儿换干净衣服，拿出自制的香粉和胭脂，教平儿化妆，最后还从瓶里剪下并蒂秋蕙替她插上。平儿走后，他又拿出酒和熨斗，帮平儿熨好衣服，想到平儿的不幸，不禁落下泪来……这一切，全是体贴和尊重。

对宝玉来说，替一个女儿梳妆打扮，为她尽心，比为官做宰更重要、更有价值。

对黛玉，宝玉更是万般小心：林妹妹你不要不理我啊！林妹妹你为什么哭啊？都是我不好，你昨夜咳嗽了几次？温言款款和小心翼翼并不难，西门庆有时候也能做到，难的是日日如此。

第 30 回，黛玉和宝玉又闹了一次别扭。第二天，宝玉来到潇湘馆看望黛玉，紫鹃笑着说：还以为二爷不来了呢——

> 宝玉笑道："你们把极小的事倒说大了。好好的，为什么不来？我便死了，魂也要一日来一百遭。妹妹可大好了？"紫鹃道："身上病好了，只是心里气不大好。"宝玉笑道："我晓得有什么气。"一面说着，一面进来，只见林黛玉又在床上哭。
>
> 那林黛玉本不曾哭，听见宝玉来，由不得伤了心，止

不住滚下泪来。宝玉笑着走近床来,道:"妹妹身上可大好了?"林黛玉只顾拭泪,并不答应。宝玉因便挨在床沿上坐了,一面笑道:"我知道妹妹不恼我。但只是我不来,叫旁人看着,倒像是咱们又拌了嘴的似的。若等他们来劝咱们,那时节岂不咱们倒觉生分了?不如这会子,你要打要骂,凭着你怎么样,千万别不理我。"说着,又把"好妹妹"叫了几万声。

…………

林黛玉道:"我回家去。"宝玉笑道:"我跟了你去。"林黛玉道:"我死了呢?"宝玉道:"你死了,我做和尚!"林黛玉一闻此言,登时将脸放下来,问道:"想是你要死了,胡说的是什么!你家倒有几个亲姐姐亲妹妹呢,明儿都死了,你几个身子去作和尚?明儿我倒把这话告诉别人去评评。"

宝玉自知这话说的造次了,后悔不来,登时脸上红胀起来,低着头不敢则一声。……宝玉心里原有无限的心事,又兼说错了话,正自后悔;又见黛玉戳他一下,要说又说不出来,自叹自泣,因此自己也有所感,不觉滚下泪来。要用帕子揩拭,不想又忘了带来,便用衫袖去擦。林黛玉虽然哭着,却一眼看见了,见他穿着簇新藕合纱衫,竟去拭泪,便一面自己拭着泪,一面回身将枕边搭的一方绸帕子拿起来,向宝玉怀里一摔,一语不发,仍掩面自泣。宝玉见他摔了帕子来,忙接住拭了泪,又挨近前些,伸手拉了林黛玉一只手,笑道:"我的五脏都碎了,你还只是哭。走罢,我同你往老太太跟前去。"

再也不是张生和崔莺莺，柳梦梅和杜丽娘式的"恋爱"。

宝玉和黛玉不仅在生活中心意相通，在灵魂的高度上，更是惺惺相惜。大观园里遍地芳华，各有其美，更有鲜艳妩媚的宝钗，坊间又有"金玉姻缘"之说，宝玉为何独爱黛玉呢？

因为黛玉从来不说混账话，因为黛玉超逸，最懂他。她说什么，做什么，在他眼里，都是最好最美的。

第40回，众人陪贾母、刘姥姥坐船逛大观园，来到荇叶渚：

> 宝玉道："这些破荷叶可恨，怎么还不叫人来拔去。"宝钗笑道："今年这几日，何曾饶了这园子闲了，天天逛，那里还有叫人来收拾的工夫。"林黛玉道："我最不喜欢李义山的诗，只喜他这一句：'留得残荷听雨声'。偏你们又不留着残荷了。"宝玉道："果然好句，以后咱们就别叫人拔去了。"

从这个细节里，能看见什么呢？

宝玉说破荷叶可恨，因为他不忍心看生命的破败；宝钗说根本没时间收拾，这解释很实在，停留在现实的层面；黛玉却说，破荷叶很美，跟雨是绝配。这是从残破看见美，并升华为艺术。宝玉一听便击节赞赏，他俩是真正的灵魂伴侣。

《红楼梦》里，有最好的爱情。

不只是对黛玉、对女儿，宝玉对整个世界其实都温柔相待，情深意重。

他的小厮们根本不把他当主子，跟他说话又随便又平常，经常被小厮们拦腰抱住，一个解荷包，一个解扇囊，将他所配之物尽行解去。

妙玉要扔掉刘姥姥用过的"成窑五彩小盖钟",他央求送给刘姥姥,好教她卖了度日。

贾环故意烫坏了他的脸,他叮嘱别人就说是自己烫的。

酒席上,薛蟠唱"一个蚊子哼哼哼",别人都一脸嫌弃,只有他笑笑:没关系,押韵就好……

有人说:宝玉有小孩子的赤子之心,所以天真清澈,保持了善良的本性。非也非也。小孩子或许真的天真善良,但未经生活考验,这些美好的本性很脆弱。只有经过现实的淬炼,善良才能拥有力量。何况,小孩子的天性未必是善良,因为天性本来就很复杂。

宝玉的温柔,不只是善良,更是生命的哲学——

> 宝玉在山坡上听见,先不过点头感叹;次后听到"侬今葬花人笑痴,他年葬侬知是谁","一朝春尽红颜老,花落人亡两不知"等句,不觉恸倒山坡之上,怀里兜的落花撒了一地。试想林黛玉的花颜月貌,将来亦到无可寻觅之时,宁不心碎肠断!既黛玉终归无可寻觅之时,推之于他人,如宝钗、香菱、袭人等,亦可到无可寻觅之时矣。宝钗等终归无可寻觅之时,则自己又安在哉?且自身尚不知何在何往,则斯处、斯园、斯花、斯柳,又不知当属谁姓矣!因此一而二,二而三,反复推求了去,真不知此时此际欲为何等蠢物,杳无所知,逃大造,出尘网,始可解释这段悲伤。

这是《红楼梦》里最重要的时刻,也是中国传统文化里最接近生命终极意义的时刻。

他们是叔本华所说的"天才",于生看见死,于繁华看见衰落。从死亡中生出觉悟:既然人终有一死,不如在有限的生命里,活出鲜烈、丰富而充满勇气的人生来。

这是宝黛对生死的思考,对死亡的先行感知,接近海德格尔哲学的"向死而在"。这是觉悟,是真正的自由意志:睁眼看世界,对生命充满理解和体谅;看清人生的悲剧,凝神驻足,看见爱,看见美,并践行爱。

然而,他来到这个世界,温柔谦卑、情深意重,却见证了美好的生命——被摧毁,他看着司棋、晴雯被撵走,却无能为力。他的痛苦如此丰富,却只能写出一首《芙蓉女儿诔》,痛悼美好的凋零,控诉无爱的人间。

很多人都说宝玉再美好也是无用之人,既不能救金钏,也救不了晴雯。说这话的人不知道,《红楼梦》压根儿就不是一个英雄或侠客救人救世的故事,这样的故事很多,或瞒或骗,纷纷营造皆大欢喜的假象。

《红楼梦》就是让宝玉亲眼目睹,爱与美如何被碾碎被遗忘。

这是真正的悲剧。宝玉其实是人间悲剧的见证者和担荷者。

可惜,现存的后四十回,宝玉和黛玉也都纷纷失去灵性,变得面目全非,贾家也中兴兰桂齐芳。第5回本来就剧透,"食尽鸟投林,落了片白茫茫大地真干净",续作者无法领会这其中的悲剧精神,把后四十回写成了半调子的悲剧。

马尔库塞说:"文学就是书写那些被背叛了的梦想和被遗忘了的罪恶。"陀思妥耶夫斯基也说:"我怕我配不上自己所受的苦难。"他当然配得上。贾宝玉也配得上,曹雪芹也配得上,不然,就不会有"漫言红袖啼痕重,更有情痴抱恨长"的《红楼梦》了。

这样一个宝玉，确实手无缚鸡之力，不能救国救民，他从来就不是英雄。

传统的英雄是怎样的？是梁山好汉啸聚山林，三国英雄逐鹿中原。在这种江湖或庙堂的游戏里，杀人最多、心最黑、脸最厚的，才会笑到最后，并被冠以大英雄大豪杰，被后世赞美讴歌。在《三国演义》里，魏军围城，刘谌誓要"背城一战，同死社稷"，刘禅说："汝独仗血气之勇，欲令满城流血耶？"最后他保全了满城百姓，却被钉上耻辱柱，成了"扶不起的阿斗"。

不过，骂他"快乐异乡忘故国，方知后主是庸才"的人，一定忘了，英雄是会拉他上战场的。

也许，正是因为缺少爱与温柔，历史和人心才一片荒寒吧。

文明代表的其实是一种高远的东西。汉密尔顿在《希腊精神》一书中说："文明是对心智的热衷，甚至是对美的热爱，是理智，是温文尔雅，是礼貌周到，是微妙的情感，如果那些我们无法准确衡量的事物变成了头等重要的东西，那便是文明的最高境界。"

从《水浒传》到《金瓶梅》，再到《红楼梦》，呈现的是文明的阶梯。

读懂这三本书，读懂武松、西门庆和贾宝玉，就读懂了中国和中国人。

后记

1

当我们谈论《金瓶梅》时,到底在谈论什么?

关于《金瓶梅》,其实我们知道得很少。

目前所知第一个关于《金瓶梅》的信息,是明代著名的文学家袁宏道透露的。

1596年,即明代万历二十四年,袁宏道给画家董其昌写了一封信,说:"《金瓶梅》从何得来?伏枕略观,云霞满纸,胜于枚生《七发》多矣!后段在何处?抄竟当于何处倒换?幸一的示。"

彼时,袁宏道在江苏吴县当县令,他从董其昌处得到半部《金瓶梅》,读后很是喜欢,于是来了个连环问:你从哪里得到这本书?下半部在哪里?我抄完了,去哪儿找到其他抄本?但他没问:"作者是谁?"恐怕知道问了也白问。

袁宏道们读的是早期抄本,直到1617年,苏州刊刻了第一部《金瓶梅》,上有三篇序言,即欣欣子的《金瓶梅词话序》、甘公的《金瓶梅跋》、东吴弄珠客的《金瓶梅序》。

这些人总该会提到作者吧？没错，不过是以这样的方式提到的：

"欣欣子"的序里，第一句"窃谓兰陵笑笑生作《金瓶梅传》"，指明作者是"兰陵笑笑生"，但这只是一个笔名、一个假名。而且，山东兰陵县兰陵镇和江苏武进县，古时均曾名为"兰陵"。所以，至今连作者的籍贯也无考。

廿公的《金瓶梅跋》又这样说："《金瓶梅传》，为世庙时一巨公寓言。"

明沈德符《万历野获编》则说："闻此为嘉靖间大名士手笔。"

除了序言里的"巨公""大名士"，还有人说是"绍兴老儒""金吾戚里门客""某孝廉"。从明代至今，已有众多可能的作者人选，比如王世贞、贾三近、屠隆、李开先、徐渭，还有汤显祖、冯梦龙、沈德符、丁惟宁……有近百人之多。

既然同时代的人说起作者，都用"相传""据说""听闻"，后来人隔了几百年的时光迷雾，又没有靠谱的新史料，更考证不出作者是谁了。

最多也就是从《金瓶梅》的文字里，找点蛛丝马迹。

在本书《一代又一代中国人，在饭桌上沉沦》一文中，我认为兰陵笑笑生并不熟悉上流社会，应该没当过大官，恐怕不是呼声最高的王世贞。

姑且就叫他"兰陵笑笑生"吧。他把自己隐藏得这么深，如同一棵树隐入森林，沿途不设路标，本就不想被人找到。

为何不署真名呢？

有人说明代有文字狱，朱元璋一向"雄猜好杀"，又兼出身低微，对文人充满偏见和猜忌，擅长通过文字罗织罪名。《金瓶梅》从不遮遮掩掩，暴露世情太彻底，署真名定会惹祸上身；也有人说，在明代，诗词文章依然是主流，小说仍属稗官之言，地位低，登不了大雅之堂，写小说不是正经事。

我有时会想：这样一部小说，有最隐秘的人心，有最沸腾的欲望，要紧处毫不避讳，敏感点绝不遮掩，全是人间烟火……多少会有作者自己的影子。也许，把自己藏起来是最妥当的。

不管怎样，能写出《金瓶梅》的人，不能以常情度之。而且，以"无我"之心看世界，更无挂碍，尽享匿名写作的自由。

2

作者不可解，版本还是要分清的。一般而言，《金瓶梅》有三个版本，两大系统。

一是《金瓶梅词话》，简称词话本，又叫万历本。人民大学出版社曾出过节本的词话本，以及少量全本的词话本。一是《绣像批评金瓶梅》，简称绣像本，又叫崇祯本。一是清代张竹坡的评点本，又叫张评本，评点的底本是绣像本，只是对绣像本做了少许修改。20世纪80年代岳麓书社曾出版过节本的张评本，如今在正规渠道能购买到的，亦有吉林大学出版社的张评本，副标题为《皋鹤堂批评第一奇书》。

两大系统，是指词话本和绣像本。

我们目前看到的《金瓶梅词话》不是1617年的早期刻本，而是1932年在山西发现的。还有闻名遐迩的日本大安本，也属于词话本系统。

绣像本，据说是在崇祯年间，有无名氏大幅修改了词话本，增加了木刻插图二百幅，刻成《新刻绣像批评金瓶梅》，因此也叫崇祯本。

大部分学者都认为词话本在先,绣像本在后。当然也有说是两套平行系统,各自属于不同底本的。

这些知识太专业,普通读者只要知道《金瓶梅》有两个版本,且两个版本之间有差别即可。如果你发现我引用的《金瓶梅》原文,跟你之前读的不一样,是因为我参考的是绣像本,你读的应是词话本。

为什么参考绣像本,而非词话本呢?我仔细比较了两个版本,认为绣像本比词话本更齐整,适合入门阅读,也更有文学性。

首先,从形式上来看,词话本不如绣像本简净文雅。文字方面,词话本偏口语化,更活泼,更接近民间文学。但不免重复啰唆,有的地方也掺杂不清。词话本也保留了一些说唱元素,比如书中有很多"各位看官,且听"之类的文字,尤其是每一回后,都有"毕竟未知后来何如,且听下回分解"这样的套话。词话本保留了大量的明代流行歌曲,连歌词也都收录了;还保留了具体的食物名称和衣饰样式。绣像本则删改了词话本重复啰唆之处,也删去了与内容无关、纯粹娱乐的歌词、美食和衣饰。如果想从《金瓶梅》里了解明代的市民生活、风土人情,词话本能提供更多的细节。

从回目上看,绣像本的回目也比词话本文雅美观。比如第6回词话本是"西门庆买嘱何九,王婆打酒遇大雨",绣像本改为"何九受贿瞒天,王婆帮闲遇雨",明显后者的文字更工整;第41回词话本是"西门庆与乔大户结亲,潘金莲共李瓶儿斗气",绣像本改为"两孩儿联姻共笑嬉,二佳人愤深同气苦"。这一回写吴月娘一力主张官哥儿跟乔大户的女儿结娃娃亲,西门庆并没参与。因此，词话本的回目不仅对仗不工，也不够准确。

再看篇头诗。词话本的篇头诗，几乎都是道德说教，道家的人生道理、民间的世俗智慧杂糅在一起，市井气十足；绣像本的篇头诗，抒情为多，多表达闺中情，而且多数是词。比如第2回，词话本的篇头诗是："月老姻缘配未真，金莲卖俏逗花容，只因月下星前意，惹起门旁帘外心；王妈诱财施巧计，郓哥卖果被嫌嗔，那知后日萧墙祸，血溅屏帏满地红。"绣像本则是："芙蓉面，冰雪肌，生来娉婷年已笄。袅袅倚门余。梅花半含蕊，似开还闭。初见帘边；羞涩还留住；再过楼头，款接多欢喜。行也宜，立也宜，坐也宜，偎傍更相宜。"

这一对比就能看出，词话本的诗，有劝善，有因果报应，说教气息浓厚，跟《增广贤文》一样，着意于处世之道；绣像本的词写闺中少女的心情和行止，跟情节没有必然联系，有一种抽离感，更有文学性。

第3回词话本的篇首诗是："色不迷人人自迷，迷他端的受他亏，精神耗散容颜浅，骨髓焦枯气力微；犯着奸情家易散，染成色病药难医，古来饱暖生闲事，祸到头来总不知。"绣像本就不一样了，是："乍对不相识，徐思似有情。杯前交一面，花底恋双睛。佽俹惊新态，含胡问旧名。影含今夜烛，心意几交横。"

两个版本，两种美学气质。词话本有如粗服乱头的村姑，亦不掩国色；绣像本是雍容俊雅的小姐，有林下之风。

其次，请注意第53回到第57回。

沈德符在《万历野获编》里说："然原本实少五十三回至五十七回，遍觅不得，有陋儒补以入刻。无论肤浅鄙俚，时作吴语，即前后血脉，亦绝不贯串，一见便知其赝作矣。""陋儒"所补的这五回，第53回、第54回和第57回尤差，不仅文风不对，人物的性格也多有背离，尤其是西门庆。

吴月娘好结交王姑子薛姑子们，图的是"有道行"，但西门庆对此一向不以为然。绣像本第51回，写薛姑子正跟吴月娘说话，西门庆掀帘子进来，薛姑子慌得忙去李娇儿屋里：

> 早被西门庆看见，问月娘："那个是薛姑子？贼胖秃淫妇，来我这里做甚么！"月娘道："你好恁柱口拨舌，不当家化化的，骂他怎的？他惹着你来？你怎的知道他姓薛？"西门庆道："你还不知他弄的乾坤儿哩！他把陈参政的小姐吊在地藏庵儿里和一个小伙偷奸，他知情，受了三两银子。事发，拿到衙门里，被我褪衣打了二十板，交他嫁汉子还俗。他怎的还不还俗？好不好，拿来衙门里再与他几拶子。"月娘道："你有要没紧，恁毁僧谤佛的。他一个佛家弟子，想必善根还在，他平白还甚么俗？你还不知，他好不有道行！"西门庆道："你问他有道行一夜接几个汉子？"月娘道："你就休汗邪！又讨我那没好口的骂你。"

可见，西门庆深知薛姑子底细，对她毫不客气。但在绣像本第53回里，西门庆主动把跟薛姑子一起的王姑子叫来，给儿子官哥儿念经做功德：

> 不多时，王姑子来到厅上，见西门庆道个问讯："动问施主，今日见召，不知有何吩咐？老身因王尚书府中有些小事去了，不得便来，方才得脱身。"西门庆道："因前日养官哥许下些愿心，一向忙碌碌，未曾完得。托赖皇天保护，日渐长大。我第一来要酬报佛恩，第二来要消灾延寿，因此

请师父来商议。"王姑子道："小哥儿万金之躯，全凭佛力保护。老爹不知道，我们佛经上说，人中生有夜叉罗刹，常喜啖人，令人无子，伤胎夺命，皆是诸恶鬼所为。如今小哥儿要做好事，定是看经念佛，其余都不是路了。"西门庆便问做甚功德好，王姑子道："先拜卷《药师经》，待回向后，再印造两部《陀罗经》，极有功德。"西门庆问道："不知几时起经？"王姑子道："明日到是好日，就我庵中完愿罢。"西门庆点着头道："依你，依你。"

西门庆何时改了腔，对姑子如此礼貌周到？最后连连点头："依你，依你。"这太令人诧异了，明显不是原来的西门庆。
第57回更离谱，西门庆正跟吴月娘说话：

> 只见王姑子同了薛姑子，提了一个盒儿，直闯进来，朝月娘打问讯，又向西门庆拜了拜，说："老爹，你倒在家里。"月娘一面让坐。

不管西门庆对姑子什么态度，西门府好歹算深宅大院，西门庆也是一个提刑官，薛姑子和王姑子这般大剌剌直闯进来，太不符合常理。

通过以上举例，可知绣像本的第53回至第57回有很多不对劲的地方，时间点、故事线也乱写一通，溢出了原本的情节结构。

不过，词话本更糟糕，完全让人不忍卒读。

比如第53回，绣像本虽有不合理的地方，但文风基本能跟全书保持一致。词话本却从第52回末开始，就急转直下，到了第53回，借用张爱玲评论《红楼梦》续书的话，那真是"天日无光，味同嚼蜡"。先是吴月娘来到李瓶儿屋里看望官哥儿，李瓶儿和丫头迎春为了接待吴月娘，忙乱了一番。又写吴月娘因为听了潘金莲的怪话，两天不去看官哥儿，李瓶儿来到吴月娘屋里汇报官哥儿的情况，吴月娘说：

"你道我昨日成日的不得看孩子，着甚缘故不得进来？只因前日我来看了孩子，走过卷棚照壁边，只听到潘金莲在那里和孟三儿说我自家没得养，倒去奉承别人。扯淡得没要紧！我气了半日的，饭也吃不下。"李瓶儿道："这样怪行货，歪剌骨！可是有槽道的？多承大娘好意，惹着他甚的？也在那里捣鬼！"

这一番对话，粗陋不堪，吴月娘不是吴月娘，李瓶儿不是李瓶儿。

潘金莲说吴月娘的坏话，怎么会在乱哄哄的后堂说？孟玉楼为人谨慎，也断不会在这里听任潘金莲说这种话。李瓶儿安慰月娘的话，全非她平时口吻，她嘴笨心软，哪里敢这样说潘金莲？吴月娘每天去李瓶儿屋里看官哥儿，这根本就不可能。

比较下来，虽然绣像本增补的五回不怎么样，词话本却更差劲。

3

在小说的结构和主题上，词话本和绣像本也有明显差异。

先看第1回，词话本是"景阳冈武松打虎，潘金莲嫌夫卖风月"，武松第一个出场，几乎全盘移植《水浒传》第22回的"武松打虎"和第 23 回的部分情节。

绣像本的第 1 回是"西门庆热结十兄弟，武二郎冷遇亲哥嫂"，最先出场的是西门庆、吴月娘和应伯爵，还提到了花子虚和李瓶儿。绣像本这样改，是因为西门庆才是《金瓶梅》的主角，更有文学的自觉性。

"热结"和"冷遇"，一边是一群帮闲，在玉皇庙里结拜兄弟，对财主西门庆前呼后拥，热络至极；一边是武松和武大这对至亲兄弟，却要在街头偶遇，不禁让人对这亲情的成色产生了一点怀疑。

假兄弟很热情。但原本的十兄弟中的一个卜志道死了，西门庆却不知情。搞结拜要凑够十个，西门庆沉吟一会儿，提名邻居花子虚，原因是：他手里有钱又大方，还经常去妓院……正好一起吃喝嫖赌。西门庆之沉吟，其实意在花子虚家的李瓶儿哉！

所谓兄弟，不过如此。绣像本一开头就道出人心和世情的"伪"，以此，拉开这本世情大书的帷幕。

绣像本不仅提前让西门庆露面，还修改了武松的出场。先是通过应伯爵告诉西门庆，景阳冈上的那只老虎被一个叫武松的打死了，咱们去街边的大酒楼，一边喝酒一边看热闹吧：

> 于是一同到临街一个大酒楼上坐下。不一时，只听得锣鸣鼓响，众人都一齐瞧看。只见一对对缨枪的猎户，摆将过来，后面便是那打死的老虎，好象锦布袋一般，四个人还抬不动。末后一匹大白马上，坐着一个壮士，就是那打虎的这个人。西门庆看了，咬着指头道："你说这等一个人，若没有千百斤水牛般气力，怎能够动他一动儿。"这里三个儿饮酒评品，按下不题。

单表迎来的这个壮士怎生模样？但见：

　　雄躯凛凛，七尺以上身材；阔面棱棱，二十四五年纪。双目直竖，远望处犹如两点明星；两手握来，近觑时好似一双铁碓。脚尖飞起，深山虎豹失精魂；拳手落时，穷谷熊黑皆丧魄。头戴着一项万字头巾，上簪两朵银花；身穿着一领血腥衲袄，披着一方红锦。

　　这人不是别人，就是应伯爵所说阳谷县的武二郎。

　　就这样，武松空降到这个喧闹的世俗世界里，像走错了片场，有一种奇妙的错位感。

　　接着，绣像本开始插叙武松、武大和潘金莲的故事，先把潘金莲和武大的出身和形象都改了，再对西门庆和潘金莲的初次偷情，进行了大幅修改。对此，我在《我是潘金莲》一节中有比较详细的分析对比。

　　在两个不同的版本里，西门庆的形象也是有差异的。

　　词话本的西门庆是在第2回出场的——

　　看官听说：莫不这人无有家业的？原是清河县一个破落户财主，就县门前开着个生药铺。从小儿也是个好浮浪子弟，使得些好拳棒，又会赌博，双陆象棋，折白道字，无不通晓。近来发迹有钱，专在县里管些公事，与人把揽说事过钱，交通官吏，因此满县人都惧怕他。那人复姓西门，单名一个庆字，排行第一，人都叫他做西门大郎。近来发迹有钱，人都称他做西门大官人。他父母双亡，兄弟俱无，先头浑家是早逝，身边止有一女。新近又娶了清河左卫吴千户之女，填房为继室，房中也有四五个丫鬟妇女。又常与勾栏里的李娇儿打热。今也娶在家里；南街子又占着窠子卓二姐，名卓丢儿，包了些时，也娶来家居住。专一嫖风戏月，调占良人妇女，娶到家中，稍不中意，就令媒人卖了；一个月倒在媒人家去二十余遍，人多不敢惹他。

绣像本的第一回这样介绍西门庆——

　　山东省东平府清河县中，有一个风流子弟，生得状貌魁梧，性情潇洒，饶有几贯家资，年纪二十六七。这人复姓西门，单讳一个庆字。他父亲西门达，原走川广贩药材，就在这清河县前开着一个大大的生药铺。现住着门面五间到底七进的房子。家中呼奴使婢，骡马成群，虽算不得十分富贵，却也是清河县中一个殷实的人家。只为这西门达员外夫妇去世的早，单生这个儿子却又百般爱惜，听其所为，所以这人不甚读书，终日闲游浪荡。一自父母亡后，专一在外眠花宿柳，惹草招风，学得些好拳棒，又会赌博，双陆象棋，抹牌道字，无不通晓。

词话本的西门庆是以《水浒传》为底本的，形象有点负面。先是个"破落户"，被称为"西门大郎"，也就是西门家的大儿子，后来发迹才成了"大官人"。还喜欢调戏良家妇女，娶回家，稍不中意就卖了。给西门庆贴的这个标签，其实跟实际情况不相符，因为西门庆把青楼里的李娇儿和卓丢儿，外面的情人潘金莲、李瓶儿都娶了。

而绣像本的西门庆，出身体面了，"殷实的人家"，而且"状貌魁梧，性情潇洒"，不甚读书，终日闲逛，眠花宿柳……过滤掉有价值判断倾向的文字，西门庆的形象更丰满、含蓄，道德偏见也较少。

跟词话本相比，绣像本更愿意保持立场的中立，让读者自己去判断，有更广阔的想象空间。

4

最后，再看第1回词话本的篇前诗：

> 丈夫只手把吴钩，欲斩万人头。如何铁石打成心性，却为花柔。请看项籍并刘季，一似使人愁；只因撞着虞姬戚氏，豪杰都休。

这首诗说"情色"二字，如何消磨了英雄的志气。又讲了刘邦和戚氏、项羽和虞姬的故事，更以酒色财气入手，教诲各位看官，无论男女都切莫堕入情色陷阱。重弹"红颜祸水"的老调，属于劝世良言一类。

绣像本换成了这样的一首诗：

> 豪华去后行人绝，箫筝不响歌喉咽。雄剑无威光彩沉，宝琴零落金星灭。玉阶寂寞坠秋露，月照当时歌舞处。当时歌舞人不回，化为今日西陵灰。

这首诗原本叫《铜雀台怨》，原创属于一个唐朝女诗人。绣像本把开头的"君王"换成了"豪华"，意境随之一变：不再执着于道德说教，而是在繁华和凋零、热与冷的对比中，照见了人间的无常,进而超越世间得失,直达生命的本质。

虽然都说到"酒色财气"四贪,词话本只是痛诉其害,绣像本走得更远。在论述"财色"欲望之后,直接点出一个更深刻的主题:"看得破时忍不过","从来只没有看得破的","世上人,营营逐逐,急急巴巴,跳不出七情六欲关头,打不破酒色财气圈子,到头来同归于尽……"

这可如何是好?

紧接着,作者引用了《金刚经》里的"如梦幻泡影,如电复如露",结论是不如参透空色世界,跳出轮回之道,方清净自在。

且慢,觉悟不是《金瓶梅》的主题,这个主题要到《红楼梦》才能完成。世人要觉悟,更难于上青天,才是《金瓶梅》的主题。

唐代有两部传奇故事,《南柯太守传》和《枕中记》。前者写淳于棼在古槐树下醉倒,梦见自己娶了槐安国国王的女儿,任南柯太守二十年,跟公主生了五男二女,一时荣耀无双。后来却与檀萝国交战,打了败仗,公主亦病死,最后被遣送回家,一路凄惶……此时突然惊醒,发现一切都是梦,槐安国和檀萝国不过是两个忙着打架的蚁穴而已。

《枕中记》写卢生梦中飞黄腾达,功名利禄,子孙满堂,八十而终,忽然醒来,原来不过是梦一场。梦中已过完一生一世,黄粱做的饭还没熟呢。

在真与幻、穷与达、生与死的对照中,人生的意义突然落空,原来生命的本质是一场虚幻,于是当事人醍醐灌顶,实现了顿悟。

《金瓶梅》却不相信人能够顿悟。西门庆眼看着儿子死了,爱人死了,这接踵而来的死亡,却没让他有半点警觉。潘金莲依然在欲海里沉浮，争宠斗气。吴月娘们又何尝不如是？

第31回，西门庆给官哥儿摆百日宴，刘太监点了一出戏，叫《叹浮生有如一梦里》，众人提醒他今天是大喜日子，不合适。薛太监又点："你记得《普天乐》'想人生最苦是离别'？"众人又说：这越发唱不得了。

其实《金瓶梅》里的每个人，都曾有过可能顿悟的时刻，但没一个人能凝神敛足，去倾听繁华背后的凋败之音。李瓶儿葬礼上，黄道士的一番告诫，不也随风飘散，无一人入耳？在第100回的大结局，西门庆和潘金莲们都一一投胎转世，再度为人，兜兜转转，方生方死，他们还是他们，他们也是我们。

被欲望裹挟的世人，觉悟是很难的。《金瓶梅》很诚实，也很绝望。

《金瓶梅》的作者确实深受佛教的影响，不过，他只是借用佛教的智慧，构建了一个超越性的视角：超越人间悲喜和世俗道德，站在更高的层面看人生、看世界。正因为如此，作者写西门庆和潘金莲们，能抽离个人的价值立场，不以善恶论之，真正的等生死齐万物，众生平等。

这种超越的文学视角相当高级，也相当前卫。直到三百年后，19世纪的法国作家福楼拜才用同样的视角，写出了《包法利夫人》。

"人生不过是一个行走的影子，一个在舞台上指手画脚的伶人，登场片刻，就在无声无息中悄然退下；它是一个由白痴所讲的故事，充满了喧哗和骚动，却找不出一点意义。"这是莎士比亚的《麦克白》里的一句台词。

兰陵笑笑生一定也会同意。

但这个无意义的世界，正是文学所关心的。所以，《金瓶梅》虽然充满佛教的元素，却不是宗教文学。因为宗教不关心现实世界，文学却要面对它并讲述它。

木心说："苦海无边，回头是岸，是宗教。苦海无边，回头不是岸，是艺术。"因此，伟大的文学，目的并不是彼岸世界，也不是要接近上帝或佛陀，而是以宗教的眼光，去观照此岸的人心和烟火。

所以，《金瓶梅》有冷，亦有热；有绝望，也有慈悲。

一部《金瓶梅》，浩浩荡荡、烟波无尽，矛盾处、破绽处，不可避免。但作为一部长篇巨著，全书的结构依然严整流畅，"如脉络贯通，如万丝迎风而不乱"。

《金瓶梅》之宏大，在于人物多、场景多，商场官场民间社会，南来北往三教九流，剥皮见骨尽入囊中；《金瓶梅》之细微，在于日常生活，饮食男女，人心欲望，曲尽其幽丝丝入扣。

张竹坡极力赞许《金瓶梅》，说它是"大手笔"，却是"极细的心思做出来者"。故，"读《金瓶梅》，不可呆看，一呆看便错了"。

愿我这本小书，没呆看《金瓶》，能跟你一起走进《金瓶梅》的世界，体会它的万千气象。

参考版本：

《金瓶梅》，兰陵笑笑生著，张道深评，齐鲁书社1991年版。

《新刻绣像批评金瓶梅》，齐烟、汝梅（校），台湾晓园、齐鲁书社联合出版1990年版。

《金瓶梅词话》，梅节校订，台湾里仁2013年修订一版。

《红楼梦》，曹雪芹著，脂砚斋评，齐鲁书社1994年版。